中公文庫

夢も定かに

澤田瞳子

中央公論新社

目次

主な登場人物

【采女《うねめ》】後宮に勤務するため上京してきた、地方豪族の娘たち。下級女官。

若子《わかこ》 十八歳。容姿は十人並み、女官に必要な知性も皆無ながら、妹に代わって出仕することに。天皇の食事を準備する役所・膳司《かしわでのつかさ》勤務。阿波国《あわのくに》（現在の徳島県）出身。

笠女《かさめ》 十九歳。男勝りの性格で、何かと頼りになる姉御肌。書籍や文房具類を管理する書司《ふみのつかさ》勤務。伊勢国《いせのくに》（現在の三重県）出身。

春世《はるよ》 十七歳。藤原麻呂と愛人関係になり、浜足《はまたり》を産む。愛らしい外見から言い寄る男は後を絶たない。衣服の裁縫を司る縫司《ぬいのつかさ》勤務。因幡国《いなばのくに》（現在の鳥取県東部）出身。

【氏女《うじめ》】采女とともに後宮に勤務する、畿内《きない》豪族の娘たち。

意美奈《いみな》 膳司勤務。名族・紀《き》氏の出身。数人の取り巻きを従え、事あるごとに采女を見下す嫌味な娘。

志斐弖《しひて》 酒司《みきのつかさ》から縫司に転属してきた新人。おっちょこちょいながらいつも快活で、年長者からの評判がよい。

小鹿《おじか》 笠女の上司にあたる典書《ふみのすけ》。意美奈の伯母。細面の取り澄ました美人だが、一旦怒り出すと誰も手が付けられない。

諸姉《もろあね》　後宮十二司の束ね・内侍司《ないしのつかさ》の次官《じかん》である辣腕《らつわん》女官。

【藤原氏《ふじわら》】帝の姻戚という血縁を最大限に利用し、急速に勢力を拡大しつつある名家。

房前《ふささき》　藤原四兄弟の次男。藤原家の中でも切れ者と評判の授刀頭《じゅとうのかみ》。

麻呂《まろ》　同四男。春世の愛人で浜足の父親。京職大夫《きょうしきだいぶ》。

安宿媛《あすかべひめ》　房前たちの妹。首天皇の妃となり阿倍皇女を産む。広刀自と対立。

【皇族】

首《おびと》天皇　聖武天皇。おとなしい気性の割に多情で、妃の数は優に片手の数を超える。

広刀自《ひろとじ》　首天皇の妃の一人。井上皇女、不破《ふわ》皇女の母。安宿媛と対立。

海上《うなかみ》女王　首天皇の妃の一人。子を持たないため、安宿媛や広刀自に比べて立場が低い。

阿倍《あべ》皇女　首天皇と安宿媛の子。藤原氏の支援を受ける。

井上《いがみ》皇女　首天皇と広刀自の子。帝の長女でありながら、伊勢《いせ》の斎王《さいおう》に任ぜられる。

安貴王《あきのおう》　海上女王の甥。春世に好意を抱いている。

夢も定かに

第一話　蛍《ほたる》の釵子《さいし》

静まり返った室内に、かつん、かつんという木沓《きぐつ》の音が高く響いた。床を叩く鋭い音には、明確な怒気が含まれている。横一列に並んだ女官《にょかん》たちが、申し合わせたように首をすくめてうつむいた。

同輩と同じく、ひたすら肩をすぼめて下を向けば、長く裾《すそ》を曳《ひ》いた裙《くん》が視界をゆっくり横切っていく。

その端《はし》からちらちらとのぞく濃緑色《のうりょくしょく》の沓の鮮やかさに、若子《わかこ》は詰めていた息をますます殺した。

それにしても、苦行のようなこの時間は、いったいいつ終わるのだろう。

ずっと下を向いているせいで、頭が重い。そうでなくとも今日は、同室の友人である春《はる》世《よ》に借りた銀の釵子《さいし》を髪に挿《さ》している。牡丹《ぼたん》と二羽の鳥を彫り出し、そこここに紅玉《こうぎょく》や琅玕《ろうかん》を埋め込んだ繊細な逸品である。

このまま頭を下げ続けていれば、そのうち釵子が落ちてくるかもしれない。床に当たり、餝《かざり》を損なったらどうやって弁済しよう。いったんそう考えだすと、目の前の上司への怯《おび》えと相まって、十八歳の若子の胸は不安でいっぱいになるのであった。

「顔をお上げなさい」

冷ややかな声に恐る恐る頭を上げれば、典侍《ないしのすけ》の大宅朝臣諸姉《おおやけのあそんもろあね》が肉づきのよい身体を反《そ》らして、女官たちを睨《にら》み付けている。

彫りの深い顔立ちに、くっきりと濃い化粧。威圧的なその眼差しに、若子を含めた采女《うねめ》や氏女《うじめ》はそろって震え上がり、再び視線を床に落とした。

諸姉が次官《じかん》を務める内侍司《ないしのつかさ》は、十二ある後宮《こうきゅう》の官司《かんし》の束ね。天皇への奏上の取り次ぎ、帝《みかど》の宣旨《せんじ》の伝達などの重責を果たすとともに、後宮六百人の女官の監視役も務めている。

そんな内侍司随一のやり手と噂される大宅朝臣諸姉は、大倭国《やまとのくに》（現在の奈良県）添上《そふのかみの》郡《こおり》出身の氏女。十三歳で宮仕えを始めて以来、三十二歳の今日まで、ひたすら宮城《きゅうじょう》のためだけに働き続けてきた辣腕《らつわん》である。

氏女——とは後宮に勤務する、畿内《きない》豪族の娘。これに対し、畿外諸国の郡司《ぐんじ》の子女は采女と呼ばれ、ともに一族の期待を担って働く下級女官であった。

氏女・采女のほとんどは出仕《しゅっし》から五、六年もすれば後宮を退《しりぞ》き、官吏《かんり》の妻になったり故郷に戻ったりする。しかし中には十年、二十年と仕事を続け、叩き上げの女性官吏となる者もおり、諸姉などはまさに後者の代表であった。

さりながらどれだけ懸命に働いても、後宮十二司の長官には貴族の妻や王族の子女が任じられるのが決まり。氏女なら次官、采女なら三等官まで出世すれば、まず上出来と思わねばならない。

このため諸姉の如く夫も持たず、ただ真面目に務めを果たす人物は、後宮では畏敬《いけい》の念とともにいささか嘲《あざけ》りを持って見られる傾向があった。

とはいえ幾《いく》ら日頃、「嫁き遅《い》れ」だの「年増」だのと陰口を叩いていても、後宮きっての敏腕女官を前に身をすくませぬ宮人《くにん》（女性官吏）は皆無。今も諸姉のあまりの迫力に、誰もがひたすら小さくなるばかりであった。

「いったいそなたたちは、天皇にお仕えする身をなんと心得おるのですッ。畏《おそ》れ多くも天皇にお進めする高坏《たかつき》を踏み割るとは言語道断……厳しい叱責が加えられても当然なのですよッ」

厳しい叱責もなにも、小言はすでにかれこれ四半刻《しはんとき》前から続いている。諸姉の説教の長さはかねがね小耳にはさんでいたが、なるほどこれは聞きしに勝るしつこさである。

「心当たりがある者は、名乗り出なさい。今のうちなら、決して悪くは計《はか》らいませぬ」

しかしその言葉に、宮人たちは皆横目で互いをうかがうばかり。誰も前に進み出ようとはしない。諸姉の眉間に見る見る深い皺が寄るのを、若子は上目づかいにうかがった。

若子が働く膳司《かしわでのつかさ》は、天皇の食事を準備する役所である。とはいえ、実際に調理を行うのは別の部署。膳司の女官は上役の指示に従い、食器を整えたり、料理を美しく盛り付けるのが務めであった。

そんな膳司で騒ぎが起きたのは、今朝早く。尚膳《かしわでのかみ》（膳司の長官）である牟《む》妻《ろ》女王が朝の御物《おもの》（天皇の食事）を捧げて出て行った直後、一匹の大きな黒犬が闖入《ちんにゅう》してきたのである。

膳司の建物は、台盤所《だいばんどころ》（厨《くりや》）と棟続き。壁際に食器類が収められた棚が並び、盛り付けの際に用いる巨大な几《つくえ》が、板間の中央に据えられている。

天皇の御膳といっても、ただ一人前を用意すればよいわけではない。日に二度の食事には必ず尚膳たちが陪従《ばいじゅう》して毒見に当たる上、煮物一つとっても、もっとも美しく、形よい物を奉る必要がある。準備される量は自然と膨大になり、膳司の女官たちがお下がりを頂戴しても十分なほどであった。

薄汚い野良犬が、平城宮《へいじょうきゅう》の十二門をどうやってかいくぐったのかは分からない。ともあれ旨そうな料理の匂いに惹かれてやってきた犬は、女官たちに吠えながら板間に上がり、山鳥の焼物の鉢に顔を突っ込んだ。

幸い、通りかかった衛士《えじ》が追い払ってくれたが、犬が去った板間は獣の足跡だらけ。逃げまどった女官がひっくり返した鉢や、突き倒された水瓶が転がり、まさに台風一過の惨状であった。そんな中で高坏を踏み割ったのは誰かと問われて、答えられる道理がない。

「だいたい犬如きで狼狽《うろた》えるとは何事ですッ。そなたたちは天皇に近侍《きんじ》する宮人。万一のことがあれば、身を挺してでも主上《おかみ》をお守りせねばならぬというのに」

しつこく怒りながら板間を往き来していた諸姉の足が、若子の前でつと止まった。小言までがぴたりと止み、不自然な沈黙が落ちた。

「そなた――」

視線を上げれば、諸姉の顔がすぐそこにある。若子は慌てて目を伏せた。

冷厳な目が、こちらをじっと見下ろしていると気配で分かる。まさか自分に疑いがかけられている？　冗談じゃない。あの騒ぎのとき、若子は土間で豆をより分けていた。そのため犬が駆け込んできたのも、すぐに気付かなかったほどだ。

左右の朋輩《ほうばい》は関わり合いを恐れるように、じりじりと自分から離れていきつつある。薄情者、と呟きそうになるのを若子はかろうじて噛み殺した。

官衙《かんが》の中は水を打ったように静まり返り、誰もが息を殺して自分たちの様子をうかがっている。

「あの……」

あまりの沈黙に耐えかねて口を開いた矢先、諸姉が若子の方にさっと手を伸ばした。結い上げた髪になにかが触れ、次の瞬間、彼女の手中には薄い木簡が一枚、収まっていた。

諸姉はそれをくるりと裏返し、書かれている文字を小声で読み上げた。

「膳司、酒司《みきのつかさ》に白酒《しろき》一升を請《こ》う。二月四日……」

白酒一升を膳司まで届けてください――という、酒司にあてた発注文書である。膳司が日々大量に用いる木簡は、整理整頓の点から、他の役所のものに比べて薄く小さい。とはいえどうしてそれが、自分の髪に挿さっていたのだ。

あることに思い至り、若子は結い上げた髻《もとどり》の根にはっと手をやった。ない。春世に借りた、釵子がない。

どういうわけだ。いや、そんなことより、いくら春世が物にこだわらぬ性格とはいえ、あんな高価そうな品をなくしたでは済まされまい。

一瞬にして血の気を失った彼女を見下ろし、諸姉が呆《あき》れ顔で溜息をついた。

「こんな木簡を釵子代わりにしているとは、膳司はよほど忙しいのですか。まあ、勤務熱心なのはよいことですが」

その一言で、宮人たちの間からどっと笑い声が起きた。そうでなくとも、若い女の集まりである。長い緊張を強いられた後だけに、その声はいつまでも止まず、中には腹を抱えて坐り込む娘までいた。

だがいくら自分がそそっかしくとも、木簡を高髻《こうけい》に挿すわけがない。それにだいたい春世の釵子は、どこに行ったのだ。

何者かが釵子をこっそり抜き取り、代わりに木簡を挿したのに違いない。こんな真似をする者は、一人しか思い当たらなかった。

（い、意美奈《いみな》――ッ）

首まで真っ赤にしながら周囲を見回した眼に、顔中を口にして笑い転げる同輩の紀朝臣《きのあそん》意美奈の顔が飛び込んできた。

目鼻立ちのちんまりとした瓜実顔《うりざねがお》に、艶《つや》やかな黒髪。なにも知らなければ、可憐で上品と評するであろう娘である。

しかし若子の眼差しに気付いた途端、意美奈はきゅっと口を結び、細い顎を上げて薄いせせら笑いを浮かべた。狐《きつね》か年老いた猫が浮かべそうな、実に小狡《こずる》げな嘲笑であった。

宮人たちの笑い声は、まだ止む気配がない。諸姉までが木簡を手の中でもてあそび、先ほどまでとは打って変わった苦笑を浮かべている。

官衙の縁先に降りたった鶯《うぐいす》が黒い目をきょときょととしばたたき、どこかぎこちない囀《さえず》り声を上げた。

「結局そのまま、典侍さまのお怒りは収まっちゃったんでしょ？　だったらまあ、万々歳じゃない」

「万々歳じゃないわよッ。ごめん、春世。せっかく貸してもらったのに。絶対に意美奈を締め上げて取り返すから、数日だけ待って」

寝台に寝そべった笠女《かさめ》を怒鳴りつけ、若子は鏡台の前で長い髪を梳《す》いている春世に両手を合わせた。

後宮の片隅に建つ、女官の宿舎の一室。開け放した窓からは左右の部屋のおしゃべりが流れ込み、梅の薫りを含んだ春宵に、更なる華やぎを添えている。

一日の勤務後の、わずかばかりの気ままな時間。日はとうの昔に落ちたが、娘たちの囀りはいっこうに静まる様子がない。あと四半刻もすれば、舎監役《しゃかんやく》の老采女たちが一部屋一部屋叱《しか》りつけに来るであろう。

後宮では二十一歳未満の采女・氏女は、官舎で三人一部屋での共同生活を営むのが慣例である。なにしろ宮城では低位とはいえ、彼女たちは地元に帰れば郡領《こおりのかみ》や豪族の姫君とかしずかれる娘たち。治安のよくない町中で、寝起きさせるわけにはいかぬからである。

一方、親たちにとっても、監視の目が行き届く宿舎は心強い存在。そのため大半の宮人は二十一歳を超えてもこの宿舎から出て行かず、結婚もしくは退勤まで仲間たちとの生活を続けるのであった。

若子の謝罪に、春世は白柘植《しろつげ》の櫛《くし》を置いて、ゆっくり振り返った。自慢の大きな眼をしきりにまばたいて、

「ううん、別に気になさらなくていいですわ」

と首を横に振る。

その声は風鐸《ふうたく》の音色のように涼しげで、愛くるしい顔立ちと相まってまさに無邪気そのものである。喩《たと》えるならば、純真無垢な小鳩か小鹿。これがすでに一児の母だとは、教えられねばまず気付かぬであろう。

「あれはどうせ、いただきものですから。なくなっちゃったのなら、いっそそのほうがいいんですの。だから、取り戻したりなんかしないでくださいな」

「ちょっと、それはまずいんじゃない？　京職大夫《きょうしきだいぶ》さまに知れたら、ご機嫌を損ねられるわよ」

行儀悪くうつ伏せになったまま、笠女がまたしても口を挟んできた。

伊勢国《いせのくに》（現在の三重県）飯高郡《いいたかのこおり》出身の彼女は、勤務五年目の十九歳。二年前まで音楽・舞楽を司る内教坊《ないきょうぼう》で妓女《ぎじょ》をしていただけに、手足がすらっと伸び、身の丈も若子より頭一つ高い。男勝りの性格と勤務経験の長さから、若子には何かと頼りになる年長者であった。

勤務年数からいえば、出仕四年目になる因幡国《いなばのくに》（現在の鳥取県東部）出の春世もまた、

昨年の秋に采女となったばかりの若子には先輩格。年は若子の方が一歳年長だが、そんなことはこの後宮では何の役にも立たなかった。

それというのも采女は、十四、五歳で出仕するのが常識。若子のように十七歳で上京する娘など、ほとんどいない。

このため采女の人事を統括する采女司は、若子が少しでも早く後宮に慣れるようにと、年の近い笠女たちと同室にしたらしい。とはいうものの、野に鹿が遊び、気候も気風も穏やかな阿波国《あわのくに》（現在の徳島県）板野郡《いたののこおり》からやってきた身には、この二人はあまりに個性的に過ぎた。

「あら、京職大夫さまは関係ありませんわ。だってあれ、他の方にいただいた釵子ですもの」

しれっと言い放つ春世に、若子と笠女は思わず顔を見合わせた。

京職大夫こと正四位上《しょうしいのじょう》・藤原朝臣麻呂《ふじわらのあそんまろ》は、春世の愛人。春世との間に今年三歳になる息子を儲けている彼は、一昨年《おととし》、即位した首《おびと》天皇（聖武《しょうむ》天皇）の叔父であり、中納言《ちゅうなごん》の藤原武智麻呂《むちまろ》、授刀頭《じゅとうのかみ》の房前《ふささき》、式部卿《しきぶきょう》の宇合《うまかい》ら三人の兄とともに、朝堂《ちょうどう》の一翼を担う顕《けん》官《かん》である。

「あの釵子は先月、安貴王《あきのおう》からいただいたものなんですの。でもあまりにあたくしの好みじゃなかったから、どうしたものかと困ってて。意美奈が欲しがったんでしたら、いっそそのままあげちゃいましょう」

悪びれもせず言い放ち、春世は梳き終えた髪を紅《くれない》の紐でゆるく束ねた。

麻呂が天皇の叔父である以上、春世の子は当今《とうぎん》の従弟《いとこ》になる道理。だが彼女に、それを誇る様子はない。権高《けんだか》な様子をこれっぽっちも見せぬところは親しみやすくてありがたいが、我が子をあっさり本妻に引き渡し、ただの女官として宮仕えを続ける春世は、宮城では常に噂の的であった。

何しろその愛らしい外見から、麻呂の愛人と知りながら春世に言い寄る男は後を絶たず、彼女の方もまたそれを拒みもしない。女官たちから「浮かれ女」だの「尻軽」だの悪口を言われながらも、平然と男遊びを続ける春世は、若子の常識ではどうしても理解しがたい存在でもあった。

「――安貴王って、すでにご正室がおられなかったっけ」

恐る恐る尋ねた若子に、笠女がわずかに頰を強張《こわば》らせてうなずいた。

「いらっしゃるわよ。もう何年も前から、紀朝臣小鹿《きのあそんおじか》さまと一緒にお暮らしのはず――ちょっとちょっと、春世。勘弁してよ」

笠女が寝台から跳ね立ち、春世の横に坐り込んだ。それが持ち前の張りのある声で、文句をまくし立てる。

「紀小鹿さまっていったら、典書《ふみのすけ》（書司《ふみのつかさ》次官）。つまりは、あたしの上司じゃない。そうでなくてもあの方は、姪《めい》の意美奈と仲が悪いあたしを毛嫌いしてらっしゃるのよ。その背の君とややこしくなったりされちゃ、ますますあたしの立場が悪くなるってば」

「あら、そうなんですか。あんまり熱心に言い寄って来られるから、ご本妻がおられるなんて、全然存じませんでしたわ」

「なんですってえ。知らなかったはずないでしょうが。冗談も休み休み言いなさいよ」

春世の襟首《えりくび》を摑《つか》み上げようとする笠女を、若子は大急ぎで引き剝《は》がした。

笠女は書籍や文房具類を管理する、書司の女孺《にょじゅ》。漢籍《かんせき》を好み、男顔負けの達筆である彼女は、性格までが少々男っぽい。縫司《ぬいのつかさ》で日がな一日、衣服を作っている春世とは、すべての面で正反対であった。

さりながら、笠女の懸念も分からぬではない。

北は石城《いわき》（現在の福島県）、南は長門《ながと》（現在の山口県）。陸奥《みちのく》や越後《えちご》、筑紫七国《つくしのななこく》をのぞく全国各地からやってきた采女は、本国では郡領の姫君ではあるが、平城京においては所詮鄙《ひな》の娘。そんな彼女たちを、中央豪族の娘である氏女は田舎者と嘲り、事あるごとに莫迦《ばか》にした。

無論、采女の側も負けてはいない。仲間同士の団結を強め、氏女を「着飾ることしか能のない空っぽ」と誹《そし》るため、両者の間には常に深い溝が築かれていたのである。

そうでなくとも後宮での出世は、采女より氏女のほうが数倍早く、十二官司の次官・三等官もほとんど氏女で占められている。その上、役職を得た氏女のほとんどは、自分の親類縁者を贔屓《ひいき》する一方、配下の采女たちをこき使い、口汚くののしってやまない。

諸姉のように采女・氏女を等しく遇する管理職は、後宮では極めて稀《まれ》だったのである。

「ああもう、まったく春世は男に関しては見境がないんだから」

ぷんと顔を背けて寝台に寝っころがった笠女に、春世は薄い笑みを向けた。

「別にあたくしから言い寄ったわけじゃありませんわ。どこで見初めてくださったのか、安貴王がとてもしつこく追いかけて来られるんですの。まあ 政《まつりごと》にも無関心で、気立てのいい方とは思うんですけど、無官の王じゃお付き合いしてもねえ」

安貴王は葛城《かつらぎ》大王（天智《てんじ》天皇）の曽孫《ひまご》。血こそ貴いが、宮城では何の役職にも就いていない皇族である。

かつて朝堂の重職を荷《にな》っていた皇親たちは、近年、台頭目覚ましい藤原一族によって、政治の中枢から遠ざけられつつある。左大臣《さだいじん》の長屋王《ながやおう》、知太政官事《ちだいじょうかんじ》の舎人親王《とねりしんのう》といった面々は、そんな趨勢《すうせい》に焦りを抱いているが、若い皇族の中には「ややこしいことは藤原氏ら貴族に任せておけばよい」という楽天派も多い。歌人としても名高い安貴王も、そんな一人であった。

「だったら釵子なんて、受け取らなきゃいいのに。そういうことをするから、かえって期待させせちゃうのよ」

「仰《おっしゃ》る通りですわね。今度からはそうしますわ」

春世の物言いには、どこか他人事《ひとごと》の気配が濃い。とはいうものの、釵子を盗られたのは自分の責任だ。若子は二人のやり取りに割って入った。

「だけどどんな品であれ、盗んでいい理屈なんてないわ。意美奈ったら、絶対に許さないんだから」

意美奈は、大人しげな外見に似合わぬしたたか者。上司の前ではしおらしいが、裏に回れば目下の采女の失態をあげつらい、上司たちの陰口を叩く。その癖、上役《うわやく》たちにそんな二面性を決して悟らせぬ、ひどく狡猾《こうかつ》な娘であった。

なんとかしてその本性を暴露してやりたいが、なにせ彼女は畿内の名族・紀朝臣家の一員。紀小鹿を始め、幾人もの親類が宮城で重職を得ており、下手に告げ口をすればこちらに火の粉が降りかかって来かねない。

宮仕《みやづか》えを始めて半年で、若子はこの後宮が思ったより狭く、また血縁関係が濃密な場所と理解していた。当初はなんと豪奢《ごうしゃ》で広大なと思った宮城も、馴れてしまえば三千余の官《かん》人《じん》が鼻を突き合わせる、窮屈な世界。少々人の数が多いだけで、生まれ育った板野の村々とさしたる変わりはない。

「でも何の証拠もない以上、尚《かみ》さまや典《すけ》さまに訴えも出来ないわよね」

「そうですね。下手に文句を言うと、満座の中で恥をかいた八つ当たりと取られかねませんもの。まったく、意美奈の小賢《こざか》しさにはほとほと参りますわ」

笠女と春世のやり取りに、若子は大きな息をついて天井を仰《あお》いだ。

こんな嫌な思いばかりするのであれば、京になど出てくるんじゃなかった。それも全てみんな、あの妹のせいだ。

地方における采女貢進は、各郡持ち回り。一つの郡はだいたい二、三十年に一度、子女を奉るのが慣例となっている。

板野郡領である若子の父は、男児に恵まれなかった。このため一族の中では早くから、長女である若子は婿《むこ》を取り、二歳年下の妹が采女として京に上ると決まっていた。――それなのに。

(すまぬ、稲子《いなこ》に代わって、おぬしが采女になってくれ)

妹が隣郡の郡領の次男と情を通じて妊娠したことで、若子の運命は一変した。

現在でこそ采女は後宮の職員だが、その起源は豪族が服従の証として大王に捧げた処女。長年のうちに制度は変われど、行い正しい乙女が選ばれるのが常識であった。

(こうなった以上、稲子を京に奉るわけには参らぬ。幸い麻植《おえ》の郡領どのは、ご次男をわが家の婿にくださってもよいと仰られておる。全てを丸く収めるためじゃ、得心してくれ)

幸か不幸か、若子の婿はまだ定まっていなかった。薄い頭を頼むと下げられると、若子はうなずかざるをえなかった。

本音を言えば彼女は幼い頃から、いずれ采女となる妹に軽い羨望を抱いていた。自分はこの狭い郡で一生を終えるのに、妹は美しく着飾って繁華な京に上る。そんな境遇が逆転したことに、かすかな胸の弾《はず》みすら抱いたのもまた事実であった。

だがいざ宮仕えを始めるや、若子はすぐに己の短慮を悔いることになった。

何しろ他の采女はみな、巧拙《こうせつ》はあれど文字に通じ、簡単な算術ぐらい身につけている。それに引きかえ、一家の主婦となるはずだった若子は、縫い物や家事は出来るものの、学力は簡単な字を拾い読みするのが精一杯。その上、同期の中で一人だけ年上とあって、周囲からの眼差しはすぐに冷ややかなものに変わった。

せめて四年、いや三年も勤めれば、体調不良を口実に、故郷に退きも出来る。しかし意美奈たち氏女からは田舎者と嘲られ、采女仲間からも役立たずと誹《そし》られる日々は、京に不慣れな若子の心をすでに深く傷つけていたのである。

勤務先が異なるためか、はたまたその奔放な性格ゆえか、同室の笠女と春世は若子の仕事ぶりには何の興味もないらしい。いわば官舎のこの一間だけが、若子にとって唯一心安まる場であった。

今頃、妹は丸々と肥えた赤子を抱き、幸せな新妻として過ごしているだろう。遠い古里を思えば思うほど、己の境遇がみじめでならなかった。

「もう、嫌だ」

頭に浮かんだままを呟くと、笠女がまあまあとなだめ声を上げた。

「気持ちは分かるけど、もう少し我慢なさいな。あたしだって春世だって、みんなそういう時期を乗り越えてきたんだから」

至極《しごく》もっともな言い分である。しかし慣れきったようなその口振りに、若子は自分でも驚くほどの反発を抱いた。気が付いたときには、胸のうちにため込んでいた不満が、意外な勢いで噴き出していた。

「笠女はいいわよ。頭もいいし、漢籍だってすらすら読めるんだから。小鹿さまからいじめられたって、痛くもかゆくもないでしょう。春世だってそうよ。その気になればいつだって、麻呂さまのお宅で楽に暮らさせていただけるもの」

それにひきかえ、自分はどうだ。容姿は贔屓目に見ても、十人並み。女官に必要な知性は皆無に近い。これで家柄に誇るべきところでもあればいいが、かつては阿波国全域を支配したと言われる実家も、今ではただの一郡司。父は人がいいばかりのお人よしで、宮城内にこれといった伝手《つて》もない。

仮に数年後、務めを退いて板野に帰っても、その頃には郡領の職は義弟が継いでいよう。婚期を逃した身で実家で肩身狭く暮らすぐらいなら、いっそ宮仕えを続けたほうが気楽だが、得られる官職はたかが知れている。

この官舎の舎監役は、行き場のないまま劫《こう》を経た采女たちの最後の仕事。彼女たちのような老宮人になって一生を終えるのかと思うと、情けなさに目頭が熱くなって来た。

「ちょ、ちょっと泣かないでよ。なんだかあたしたちがいじめたみたいじゃない」

笠女は口は悪いが案外心根が優しく、他人の涙に弱い。鏡台の前の春世に、おろおろとすがる眼を向けた。

髪の手入れを終えた春世は、今度は生薬《しょうやく》を混ぜた油を顔に塗り込んでいた。くりぬいたように形のいい眼をしばたたき、そうですねえ、と顎先に細い指を当てた。

「そんなに務めが嫌なのでしたら、いっそどなたかいい男君《おとこぎみ》を見つけてみては？」

手鏡の蓋《ふた》を外しながら、彼女は歌うように続けた。

「昔と違い、今は采女の婚姻もさほどうるさく咎《とが》められませんもの。どなたかいい官吏を捕まえて家刀自《いえとじ》（主婦）になってしまえば、京に暮らしたまま、嫌な宮仕えから逃れられますわよ」

まだ日本が倭《わ》と呼ばれていた頃、采女はみな大王直属の侍女《じじょ》――ありていに言えば妻《さい》妾《しょう》候補の性格が強く、臣下との結婚は固く禁じられていた。それが徐々に許され出したのは、天下を揺るがせた乙巳《いっし》の変《へん》（大化の改新）以降。おおっぴらな奨励こそされていないものの、現在では男性官僚である官吏と女性官僚である采女との婚姻は、宮城を内外から支えるとして喜ばれる傾向すらある。

「あたくしで良ければ、どなたか紹介いたしますわ。あ、もちろん、あたくしに言い寄って来た方を押しつけるわけじゃないですからね」

「ちょっと、春世。妙なことを吹きこむんじゃないわよ」

笠女ががばっと寝台から起き上がり、朋友《ほうゆう》の言葉を遮る。そんな彼女を視界の隅《すみ》に捉えながら、そうか、と若子は膝を叩いていた。

そうだ。その手があった。妹夫婦が跡を取れば、実家は他人の家も同然となる。だとすればいっそ、夫を見つけて京に留まるほうが気楽ではないか。
十五、六歳を適齢期と考える当節、十八歳という年齢はすでに嫁き遅れに近い。誰か紹介しましょうかとの提案は、まさに渡りに船。若子は思わず、春世に向かって身を乗り出していた。
「お願い。ぜひ仲立ちして」

「ちょっと、若子もやめなさいよ。急いで結婚したって、いいことなんてないわよ」

顔をしかめる笠女の左右には、様々な本が山積みにされている。

宮城の書籍管理は、図書寮《ずしょりょう》という役所の仕事。男勝りの頭脳を買われた笠女は、図書寮の親しい役人から内々に仕事を回してもらい、空き時間には書籍の筆写や文書の草稿《そうこう》作りに暇《いとま》がない。またその達筆から、休暇届や親族への手紙を同輩より頼まれることも多かった。

笠女はきっと、諸姉のようなやり手宮人になるのだろう。だが自分は、彼女のように仕事に生きる質《たち》ではない。もともと運命の悪戯《いたずら》で采女になってしまった身が、ぐずぐず宮仕えを続ける必要などないであろう。

「お相手の出自や官職に、ご希望はあります？　たとえば文官《ぶんかん》がいいとか、地方に飛ばされる可能性のある御仁は嫌だとか」

「ううん、別にないわ。とにかく、すぐにでも采女を辞められるのであれば、文句は言わない。だから早ければ早い方が嬉しいかも」

若子の勢いに、春世は少々気圧《けお》された様子で目をしばたたいた。これほどに食いついてくるとは思ってもいなかったのだろう。わかりました、とうなずいて小首を傾《かし》げる。

「心当たりを尋ねてみますから、少し待ってください。ただ、あんまりえり好みはしないでくださいね。あたくしたちは所詮、田舎出の采女なんですから」

「分かってるわ。大丈夫よ」

しがない郡領の娘が大それた夫を得られるとは、もとより考えていない。目の前に春世という例があるにせよ、権勢著しき都の貴族に見初められるような奇瑞《きずい》は、自分には縁のない話だ。

出世なぞ出来ずともよい。穏やかな夫を得て役目を退ければ、それに勝る幸せなどない。そう若子は考えていた。

流されるまま京に来た自分は、今、初めて己の道を切り開こうとしているのかもしれない。そう思うと全身がかっと火照《ほて》り、笠女の呆れ顔もまったく気にならなかった。

数日後、若子は突然上役から、主殿寮《しゅでんりょう》に行くよう命じられた。宮城の殿舎《でんしゃ》の保全と灯火全般を司る主殿寮は、膳司と縁が深い。このため若子は上司の指示を、さほど異とも感じなかった。

官衙の裏口で訪《おとな》いの声をかけると、主殿寮の下官《げかん》は妙に慌てて、若子を殿舎の奥へ導いた。薪《まき》か何かを運ばされるとばかり思っていたが、それにしては様子がおかしい。首をひねる間もあればこそ。招き入れられた板の間には、立派な髯《ひげ》をたくわえた三十がらみの男と、ひょろりとした青年が待ち構えていた。

恰幅のよい美髯《びぜん》の男には見覚えがある。春世の愛人である主殿頭《しゅでんのかみ》（主殿寮長官）兼京職大夫、藤原麻呂であった。

「そなたが阿波より参った若子とやらか。わしのことは知っておるな。これなるはわしの部下で、主殿《しゅでんのじょう》允を務める、阿倍朝臣佐美麻呂《あべのあそんさみまろ》と申す。身分はまだ従七位上《じゅしちいのじょう》だが、いずれはこの国を背負う有能な官僚じゃわい」

その一言で若子は、これが春世によって仕組まれた縁組だと気づいた。

こちらの眼差しに気付いたのだろう。佐美麻呂はびくっと肩を引き、上目づかいに若子を見た。年はまだ二十歳そこそこ。隣の麻呂の鷹揚《おうよう》さとは対照的に、ひどく気の弱そうな男である。

正一位《しょういちい》から少初位下《しょうそいのげ》まで三十階ある官職の中で、従七位は中堅どころ。とはいえ佐美麻呂の若さで得るには、相当の家柄が必要である。阿倍朝臣という氏名《うじな》から推《お》しはかるに、現在参議（朝堂の執政官）の任にある上卿《しょうけい》・阿倍朝臣広庭《ひろにわ》と縁続きに違いない。

少々軟弱そうだが、品のいい顔立ち。折り目正しい物腰。何かに背中をどやされた気がして、若子はさっと背筋を伸ばした。

「春世からはおおまかにしか聞いておらなんだが、実に物堅そうな娘じゃな。これなれば必ずやよい母として、多くの子を産むに違いあるまい」

自分が春世ほどの美貌《びぼう》でないことは、承知している。地味で目立たぬ容貌を、物堅いと表した麻呂の心遣いをありがたいと思う反面、わずかな寂しさが胸に湧いた。

しかし阿倍広庭の血縁となれば、こちらからすれば望むべくもない良縁。いや、自分にもたらされるのが恐ろしいほどの縁組と言っても過言ではない。

これは夢ではないかと疑いながら、若子は麻呂と佐美麻呂の顔を見比べた。

「もう下がってもよいぞ、若子。近いうちに膳司にも話を致すゆえ、その心積もりをしておくように」

「は、はい。かしこまりました」

「それとそなたの父御にも、ご了解をいただかねばなるまいな。まあその辺はわしが面倒を見て遣わそう。差し当たってはいつでも務めを退けるよう、身の始末をしておくのじや」

結局、当の佐美麻呂とは一言も言葉を交わせなかったが、この顛末《てんまつ》を聞かせるや、笠女と春世は驚いたように顔を見合わせた。

「阿倍佐美麻呂さまといえば、確か広庭さまの次男よ。どこにどう転んでも出世間違いなしの公卿《くぎょう》じゃない。なるほどねえ、そういう口を持ってきたわけか」

「麻呂さまがすぐに、よし、心当たりがあると仰ったときはちょっと不安だったのですけど、佐美麻呂さまなら安心ですわ。少々優柔不断なところはありますが、まあ若子さまをお任せしても大丈夫じゃないでしょうか」

「なによ、春世。妙に詳しいじゃない」

うふふ、と含み笑って答えぬのが、春世と佐美麻呂の関係を告白したようなものである。しかし若子からすれば、そんなことはこの際、どうでもよかった。

阿倍朝臣広庭は、正四位下。日本の国政を預かる太政官《だじょうかん》の一員で、その権勢は藤原四兄弟にもひけを取らない。

もともと阿倍氏は古来、多くの高官を輩出してきた名族。その子息《しそく》に嫁ぐなど、まさに文字通りの玉の輿《こし》である。田舎の父が聞いたら、間違いなく腰を抜かすはずだ。

本当にこんな自分でいいのか、と一抹《いちまつ》の不安が胸をよぎる。とはいえまさかあの藤原麻呂が、嘘をつく道理がない。

半信半疑のまま、少しずつ身辺整理などしている間に、麻呂から事の次第が伝えられたのだろう。数日後、若子は御物の支度の任を解かれ、蔬菜《そさい》や酒の在庫確認を行う部署へ異動となった。

天皇の御膳を整える仕事は、早朝から緊張を強いられる激務。万一、天皇の食事に毒を盛る者がおらぬとも限らぬため、女官たちは互いの動きにも注意を配るよう命ぜられ、気の休まる暇などない。

これに対して新たに命じられた仕事は、来る日も来る日も、別段、急ぐでもない書類に印を捺《お》すだけの単純作業。しかも同僚である宮人はいずれも、五十をすぎた老女官ばかりである。

「ああこれ、急いで捺すと歪《ゆが》むでな。こうまっすぐ構えて、ゆっくりゆっくり捺すのじゃ」

用いられる印は方《ほう》二寸二分。ずっしりと重い金銅製で、丁寧に捺すほうが腕が疲れてくる。いっそ重さに任せて一気に捺したほうが楽なのだが、新参の身ではそんなことも口にしがたい。

白湯《さゆ》をすすりながらの老女官の助言に、若子は痛む肩をもみながら、はい、とうなずいた。

若くていい働き手が来たと思ったのだろう。古くからの宮人たちは、仕事をすべて若子に押し付けたが、どれだけ書類が溜まっているといっても、押印《おういん》など根《こん》を詰めればほんの半刻で終わってしまう。それを白湯をすすり、菓子をつまみながら一日も二日もかける長閑《のどか》さは、若子にはどうにも耐え難かった。

　阿倍佐美麻呂の妻となる女に、並みの宮人と同じ仕事はさせられないのだろうが、あの緊張感に満ちた盛り付け作業とは、雲泥《うんでい》の差。はっきり言って閑職以外の何物でもない。ぜいたくにもそうなってみると、朝晩のあの慌ただしさが懐かしくなってくるのだから、不思議である。

「あたくしだって、息子を身籠《みごも》ったと分かった途端に、それまでの掃《かにもりのつかさ》司から縫司に転属させられましたわ。確かに掃除三昧《ざんまい》の日々にはうんざりしていましたけど、縫司は針と糸ばかりが相手の退屈な官司。慣れるまでは、あくびを嚙み殺すのが大変でした。ですがまあ、しかたないですわね」

　春世はそう慰めめいた言葉をかけてくれた。

　唯一の救いは、あの紀意美奈の顔を見なくて済むようになったこと。だが、来る日も来る日も書類ばかり相手にする毎日の中で、若子の胸には何かわけの分からぬ焦燥が湧き始めた。

　佐美麻呂との婚姻の件が、すでに広まっているのだろう。官衙で行き合う女官はみな、これまで以上に自分を遠巻きにして、なにやらひそひそ囁《ささや》き合っている。もともと同輩と仲がいいほうではないが、いきなり冷ややかな壁が周囲に張り巡らされたようで、決して愉快ではない。

そういえば若子はこれまで幾度か、春世が縫司内で孤立しているとの噂を耳にしていた。そのときは「そりゃ藤原朝臣麻呂さまの愛人となれば道理」と感じたが、自分がそれと同じ目に遭うと、ひどく薄ら寒いものが胸に迫ってくる。春世が同輩とつるまず、官吏たちの間を蝶《ちょう》のように飛びまわっている理由が、漠然と理解できた気がした。

しかし麻呂との間に子を生《な》した春世とは違い、自分の身の上はいまだ何も変わってはいない。

(阿倍朝臣家に嫁ぐと決まっただけで、こんなに好奇の眼にさらされるとはね……)

そうかと思うと中には正反対に、佐美麻呂とのなれ初《そ》めをしきりに聞きほじってくる女官もいる。そんな女に限って、あれこれ詮索した末、自分も誰か高官の妻になれないかと売り込んでくるのだから、そのしたたかさにはまったく啞然とするよりほかなかった。

唯一の救いと言えば、同室の笠女と春世が以前と態度を変えないこと。だがある夕、普段より少しだけ早く宿舎に戻った若子は、まだ人気《ひとけ》のない食堂の片隅で話し込んでいる二人を見かけた。

声をかけようとして思いとどまったのは、彼女たちがあまりに硬い顔をしていたからだ。思わず物陰に隠れた耳に、春世の溜息混じりの声が聞こえてきた。

「……でもそれって、あの方だって最初っから承知してらした話じゃないですの？　今更、あたくしにそんなこと言われたって困りますわ」

「春世やあたしは、もう長年ここにいるもの。采女の末路はだいたい分かってるわよ。でも召されたのは、あの役に立たない新米の若子なのよ？　今回の縁組の意味が、本当に分かっていると思えるわけ？」

苛立った笠女の声に、若子は胸の奥にざらりとしたものを覚えた。

役立たずの新米――それはまったく反論しようがない事実だ。だがあの姉御肌の笠女までが、自分を陰でそう呼んでいたとは。

春世が低い声で、笠女に何か言い返している。それから逃げるように、若子は足早にその場を離れた。

自分の関わり知らぬところで色々な噂が囁かれ、友と信じていた二人ですら、笑顔の裏に違う顔を隠している。その言い知れぬ不気味さに叫び出したいほどの不安を覚え、夕餉《ゆうげ》も取らず夜着《よぎ》をひっかぶって眠った翌朝、若子の元に阿倍朝臣家からの使いがやってきた。

佐保《さほ》に構えられた阿倍家の別墅《べっしょ》――広大な庭に川水を曳きこみ、楓《かえで》や梧桐《あおぎり》といった山野の木々を植えた風雅な屋敷は、前帝の氷高《ひだか》（元正《げんしょう》天皇）が気に入り、しばしば行幸《みゆき》した邸宅である。

使者は、その別宅で催される宴《うたげ》にお招きしたいとの阿倍朝臣広庭の口上《こうじょう》を携えてきたのであった。

「この時期、佐保のお屋敷では、それはそれは美しく蛍が飛びまする。主《あるじ》はぜひあなたさまに、その様をお目にかけたいと仰せでございます」

顕官である広庭の招きなど、若子には想定外。とはいえ昨日の盗み聞きの件があるだけに、笠女たちに相談する気にもなれない。

部屋に戻ったときの顔が、よほど強張っていたのだろう。朝の身支度を整えていた笠女が外に飛び出し、使者から用件を聞き取って戻ってきた。

「なに狼狽《ろうばい》してるのよ。落ち着いて考えてごらん。あんたはあの阿倍家のご子息と結ばれるんだよ。広庭さまからすればそりゃどんな女子なのか、気になるのは当たり前でしょうが。胸を張って行ってらっしゃいな」

「だけど……」

口ごもったのは、広庭の品定めを受けるという恐怖だけが理由ではない。

裕福な親を持つ氏女は、親族の法事だ、氏寺《うじでら》の落慶《らっけい》法要だといっては、きらびやかな私服で出かけていくが、采女には基本的にそういった外出の機会はない。それだけにせっかく宴に呼ばれたとて、満足な晴れ着一枚用意しようがない。そんな事実が、若子の気分をますます引き込ませていた。

加えて、夕刻から単身、外出などすれば、残る女官たちは——笠女や春世は、自分のことをどう噂するだろう。

考えれば考えるほど、足がすくんでならなかった。

唇を噛んで黙り込む若子に、笠女は鏡台の前で化粧に余念のない春世とちらっと眼を見交わした。

「ああ、もう。内々の宴なんだから、別に官服のままでかまわないわよ。化粧を念入りにして、釵子を華やかなものに替えておけば、誰も文句は言わないって」

「華やかな釵子なんて、わたし、持ってないわ。春世の釵子だって、まだ意美奈から取り戻せてないし」

「あれでしたら、もうそのままにしておいてくださいな。なまじあたくしの手許《てもと》にあると、厄介ですもの」

「そういうことじゃないのよ。とにかくわたしは、今夜は行けないわ」

頑《かたく》なに首を振る若子に、笠女は苛立ったように眉を跳ね上げた。だがすぐにくるりと踵《きびす》を返すと、自分の荷物入れをひっくり返し、総銀造りの釵子を取り出した。花菱《はなびし》をあしらった長い歩揺《ほよう》がかえってさみしげな、先だっての春世の品とは比べものにならぬ地味な釵子である。

「ちょっとおとなしいけど、これなら風情があっていいわよ。なくしたっていいから、挿して行きなさいな」

「あら、笠女さまったら親切ですこと。あたくし、余計な口を叩かない方がいいかと黙ってましたのに」

春世が覗きこんだ鏡越しに、わざとらしい声を投げてくる。笠女は眉間に深い皺を寄せ、そんな春世を振り返った。

「こうなったら、手伝ってあげるよりほかないでしょう。この期《ご》に及んで、そんな口叩くんじゃないわよ」

春世は軽く鼻を鳴らしただけで、答えなかった。

夕刻、若子が務めを終えて宿舎に戻ってくると、門の傍らにはすでに阿倍家の迎えの手《た》輿《ごし》が控えていた。またしても逃げ出したい思いが込み上げてくるが、まさか本当に行方《ゆくえ》をくらませるわけにもいかない。

一足先に戻っていた笠女に叱り飛ばされながら化粧を終え、結い上げた髪の頂《いただき》に銀の釵子を挿した頃には、庭先にはうっすらと暮靄《ぼあい》が漂い始めていた。

春世は縫司で居残りを命じられたとかで、まだ部屋に戻っていない。

純朴そうな初老の家令に導かれるまま、輿に乗り込もうとした若子の二の腕を、突然笠女が摑んだ。ちらりと周囲を見回し、もともと低い声を更に低める。

「いいこと。何を言われたって、にこにこ笑ってうなずいておくのよ。あんたに求められているのは、そういうことなんだから」

どういう意味かと問い返す暇もなく、笠女は若子の背をとんと突いた。輿の四囲《しい》に巡らされた帳《とばり》の裾が、折からの夕風にはたはたと鳴っている。見回せば宿舎のそこここの窓から、朋輩たちが興味深げにこちらをうかがっていた。幾多の視線から逃げるように、若子はそそくさと輿に移った。垂《た》れ緒《お》をひきそばめ、帳の陰に身を隠す。それだけで周囲の空気が、心なしか軽く感じられた。

「では、参ります」

阿倍家の別宅は、宮城から四半刻あまりの距離。屈強な輿舁《こしか》きたちの肩に揺られているうちに、若子は自分が一枚の木の葉の如く、大きな流れのなすがままになっている気がしてきた。

自ら摑み取ったように錯覚していたこの縁組も、よく考えれば春世や麻呂に仕組まれた話。幼いころから妹ともども、女子たるもの淑《しと》やかであれと教えられてきたが、結局己はこうやって、他人のなすがままに生きるしかないのだろうか。

一度そう考え始めると、采女暮らしもこの縁組も、どこか他人事のように思われてくる。宮城は天下を動かす要《かなめ》だが、そこで働くこの身はこんなにもちっぽけで役立たず。自分はこんなふうに生きるために生まれて来たのか、という疑念が胸をよぎった。

阿波の山奥で育った自分にとって、華やかな京はまさに夢の地であった。だがいざそこに寝起きしてみると、それは定かならぬ夢であったがゆえに美しかったのだと分かる。

そして今、自分は新たな夢を見るべく、佐美麻呂の妻になろうとしている。本当にこれでいいのだろうか——と自問しかけ、若子はぶんぶんと首を横に振った。

しがない采女の身からすれば、この結婚はまたとない良縁。幸せになれぬ道理がない。

そうこうするうちに、一行は二条大路《にじょうおおじ》を東に進み、佐保川の堤《つつみ》の上を歩み始めていた。

すでに辺りは夜の帳に包まれ、川音がさらさらと耳を打つばかり。先導する従者の手《て》燭《しょく》がまぶしすぎるのか、叢《くさむら》を飛び交っているはずの蛍の影は、一つとして見えない。

やがてたどりついた別荘の門前では、若子とさして年の変わらぬ小柄な娘が、年配の侍女を従えて輿を待っていた。

ほっそりとした全身に、静かな威《い》が満ちている。夜目《よめ》にも美々《びび》しい纐纈《こうけち》の裳《も》が、冴《さ》えた美貌をなお輝かせ、月の仙女《せんにょ》かと目を疑うほど、﨟《ろう》たけた娘であった。

「お待ちしておりました。さあ、こちらへどうぞ」

繊細な刺繍《ししゅう》を施した絹沓《きぬぐつ》の足を、娘は野草に覆われた庭へ向けた。すでに宴はたけなわなのだろう。庭のそこここには小さな灯が点《とも》され、大勢の人々が笑いさざめきながら広《ひろ》縁《えん》で酒を酌《く》み交わしている。

内々の宴とは思えぬ賑《にぎ》わいに気おくれを覚えた矢先、二人の姿に気付いた佐美麻呂が、庭に続く階《きざはし》を降りてきた。

「若子どの」

佐美麻呂は前回よりは落ち着いた物腰で、若子の片手を取った。まるで女の手のように優しげで、ひんやりとした掌《てのひら》であった。

「わざわざお越しいただき、ありがとうございます。さっそく、父に紹介いたします。さあ、こちらへ」

居並んだ人々の間をかき分け、佐美麻呂はずんずんと奥へと歩んでいく。どういうわけか若子をここまで導いてきた娘までが、当然といった顔で二人について来たが、四囲に満ちた酒の香《か》と高らかな放吟《ほうぎん》に浮かされた若子は、それに気付かなかった。

「父上、お連れいたしました」

もっとも奥まった座では、豪奢な衣に身を包んだ男が二人、親しげに盃《さかずき》を交わしていた。佐美麻呂の声に、鬢《びん》に白いものが混じった丸顔の男が顔を上げる。その隣に坐《ざ》す中年男も、盃を持つ手を止めて、若子と佐美麻呂に目を向けた。

「はて、誰じゃったかな」

人のよさげな丸顔を傾《かし》げた男が、広庭であろう。すでに相当酔っているのか、酒焼けした顔はもちろん、太い首までが真っ赤に染まっている。傍らの男が毛筋ほども乱れた様子を見せていないのと、正反対であった。

「お忘れですか。先日お話しいたしました膳司の采女、若子どのです」

「ああ、思い出した、思い出した。藤原京職大夫さまのご紹介という娘じゃな。ふむ、確かに麻呂さまが仰せられた通り、実に健《すこ》やかそうな女子ではないか」

しげしげと注がれる眼差しに、若子は思わず身をすくめた。だがそれよりもなお気になったのは、見るからに好人物の広庭ではなく、その傍らの中年男である。

参議の広庭と同席しているのだから、おそらく相当の高官に違いない。頬骨《ほおぼね》の秀でた面差しに、太い眉。宴の席には似つかわしからぬ鋭い眼を光らせながら、男はゆっくりと盃を干した。

「ご子息に迎えられる女子どのでございますか」

「さようでござる、房前どの。佐美麻呂もすでに二十三歳。いい加減そろそろ、子を儲けねばなりませぬからのう」

房前との名には、聞き覚えがある。確か藤原麻呂の兄、藤原四兄弟の中でも切れ者と評判の授刀頭ではないか。

内々の宴と言いながら、そんな人物を招いているあたり、広庭は見た目通りの人物ではないのだろう。藤原麻呂が自分と佐美麻呂を娶《めあわ》せようとしているのも、案外そんなところに理由があるのかもしれない。

「なかなかよさそうな女子ではありませぬか。さきほど佐美麻呂どのが、膳司の采女と言われましたが」

「さよう。阿波国の出と聞いておりまする。——いかがじゃな、児鳥《こどり》どのはどうご覧になられますかのう」

広庭は突然、若子たちの背後に酔眼《すいがん》を転じた。驚いて振り返れば、先ほどの娘が細い首を傾げ、若子の頭の先から爪先までを瞬きもせずに見つめている。その挙措《きょそ》はたおやかで美しかったが、双眸《そうぼう》は高価な錦《にしき》か夾纈《きょうけち》の領巾《ひれ》でも品定めするかのように、冷ややかであった。

児鳥は驚くほど長い間、若子を凝視していた。やがてふっと口許を緩め、ひどく満足げにうなずいた。

「よろしいかと存じます。そもそも、お義父《とう》さまと佐美麻呂さまが是《ぜ》と思われたのであれば、わたくしには何の異存もありません。あえて一つだけ意見を申さば、何よりおとなしそうなところが、わたくし、とても気に入りました」

お義父さま——の言葉が、若子の胸にひっかかった。この娘は、いったい何者だ。さりながらその疑念に答えを出すよりも早く、広庭がうむ、と大きくうなずいた。

「確かにその通りじゃ。子を生した後、あれこれわがままを申すような女子に、佐美麻呂の子を産ませるわけには参らぬ。児鳥どのにおとなしく子どもを渡し、侍妾《じしょう》の地位をわきまえる娘でなければのう」

頬がかっと熱くなり、小さな火花が頭の中で散った。

なぜ自分のような一介の采女が、阿倍朝臣家に迎え入れられることになったのか。その理由が広庭の言葉にすべて籠《こ》められていると気付いたのである。

自分は妻として、この家に来るのではない。子を産む女として、佐美麻呂に添《そ》わされようとしているのだ。

児鳥は、おそらく佐美麻呂の正室。広庭の言葉づかいから察するに、生家は阿倍家と同等、いやそれ以上の家に違いあるまい。

だが華奢《きゃしゃ》な外見通り、児鳥はなかなか子を孕《はら》めない。そこで健康で平凡な自分に、白羽の矢が立てられたのだ。

家柄のよい娘が佐美麻呂の子を産めば、児鳥の立場がなくなってしまう。阿倍家の言うがままに子を生し、それを差し出せる娘。それでいて出自卑《いや》しくなく、血縁に瑕瑾《かきん》のない娘。自分のような采女は、まさにそれにうってつけだったのだ。

「父上と児鳥、双方のお気に召したようで何よりです。早速、この旨を京職大夫さまにも申し上げましょう」

いつの間にか佐美麻呂の白い手が、腰に回されている。考えるよりも早く、若子はそれを力いっぱい振り払っていた。

冷たいものが、爪先からじわじわと這い登ってくる。怒りがあまりに激しいと、かえって罵声《ばせい》など出ないということを、若子は初めて知った。

流され、流されて京に来た。褒《ほ》められているのかけなされているのか分からない言葉の数々も嫌な務めも、その気になれば我慢できる。いや、我慢したからこそ、自分は今ここにいる。とはいえこれから先の日々まで、己を殺して生きていくのは真っ平だ。

笠女が春世と何を揉めていたのか、ようやく理解できた。若子の間抜けさを知っている笠女は、自分がこの縁組の意味を理解していないことを案じていたのだ。

しかし、春世を恨むことはできない。所詮、自分たちは鄙の地から来た采女。それが京で幸せを得ようとすれば、こんな生き方しかないのだ。

咲き誇る花の如く華やかで、それでいてどこかいつも寂しげな春世の姿が脳裏に浮かんだ。だが自分は、彼女のような身の処し方は願い下げだ。

若子は昂然《こうぜん》と顎を上げた。眉の際で、長い歩揺がしゃらんと鳴った。

「宮城に帰ります」

「どういうことですか、若子どの」

うらなりの瓜のような佐美麻呂の顔が、驚愕に歪んでいる。いつの間にか、宴席の喧騒までが止んでいた。

困惑に裏返った彼の声を背に歩み出せば、賑やかな篝火《かがりび》に戸惑った蛍が一匹、視界をつと横切った。

足元にまとわりつく裳を大股に蹴立て、幾つもの酒焼けした顔を左右に眺めながら、ただ前だけを見つめる。狼狽して道をあける男たちの面が腹立たしく、それでいてわずかに痛快であった。

そうだ、学問をしよう。唐突に若子はそう思った。

流され、流されてやってきたこの京。もはや古里に戻れぬのであれば、ここで懸命に生き抜いてみせる。

しかし宮人として仕事を続けるならば、今のようにお粗末な頭ではだめだ。笠女について、勉強をしよう。文字を習おう。女としての技量を磨くために、春世から化粧も学ぼう。

この京は定かならぬ夢。ならば他人に頼るのではなく、自分はこの夢の中で自らの手で真の夢を摑んでやる。

一介の田舎出の采女にだって——いや、采女だからこそ、その程度の意地はあるのだ。

小走りに門を出た若子は、昇り始めた満月の光に甍《いらか》を輝かせる宮城を目指し、まっすぐに歩き出した。その髪に一匹の蛍が止まり、ゆらゆらと歩揺を揺らす銀の釵子に小さな輝きを添えるかのように、いつまでも冷たい灯りを点し続けていた。

第二話　錦《にしき》の経巻《きょうかん》

背後で甲高い罵声《ばせい》が響き、笠女《かさめ》は咄嗟《とっさ》に首をすくめた。その直後、頭上わずか二、三寸のところを拳大の墨がかすめ、壁際の書架に当たって砕ける。似た光景は必ず月に一度は起こるが、今日はまた特に片付けが大変そうだ。

「あたくしの言う事が聞けぬのであれば、宮仕《みやづか》えなど辞めてしまいなさいッ。代わりの者など、いくらでもいるのですからッ」

振り返れば仁王立ちになった紀小鹿《きのおじか》の前で、先日、配属されてきたばかりの采女《うねめ》がしくしく泣いている。これまたいつもの光景に、書司《ふみのつかさ》の女官《にょかん》たちは溜息をついて顔を見合わせた。

小鹿は、書司の典《すけ》（次官《じかん》）。細面の取り澄ました美人ながら、一旦怒り出すと誰も手の付けられぬひどい荒れ様をする。

新参の采女には気の毒と思いはするが、下手に口を出そうものなら、こちらまでとばっちりを食らう。ここはなるべく、素知らぬ顔を決め込むのが得策であった。

書司は、天皇の蔵書と文具類を管理する役所。室内には樫《かし》の書棚が設《しつら》えられ、様々な書籍がぎっしり詰め込まれている。

後宮《こうきゅう》十二司最大の任務は、天皇の生活を支えることに尽きる。このため大半の部署が掃除や縫い物などの雑務を担当する中、書司は書籍の管理・国史編纂《へんさん》を任とする図書寮《ずしょりょう》との関係も密で、貴重な書籍も読み放題。当然、勤務する女官にも相当の教養が必要で、他の司とは一線を画していた。

笠女からすれば、女らしい仕事など真っ平ご免。自分の能書《のうしょ》や文才は、内侍司《ないしのつかさ》や書司といった部署でこそ初めて活かせるはず。だからこそ願い通りの辞令が出たときには、諸手を挙げて喜んだのだが――。

「ああもう、そんなに泣くなら出て行きなさい。そなたの如き役立たずは、この書司には要《い》りませんッ」

直属の上役《うわやく》があんな感情的な女とは、まったく計算違いだった。笠女は内心、軽い舌打ちをした。

書司には長官である尚書《ふみのかみ》のもと、二人の典書《ふみのすけ》、六人の女嬬《にょじゅ》が配属されている。齢《よわい》六十を超えた尚書は温厚だけが取り柄で、毒にも薬にもならない老女。問題なのは二人いる典書の片割れ、六人の女嬬のまとめ役である紀朝臣《きのあそん》小鹿だ。

おそらく、根は悪い人間ではないのだろう。さりながら部下の失態をしつこく責めたり、言う事を聞かぬ女嬬を痣《あざ》が出来るほど打ち据えるのは、少々やりすぎの感がある。

幸い笠女はまだ、面と向かって彼女に叱《しか》られたことがない。だがその頭のよさや、後宮の手師《てし》（代筆屋）と呼ばれるほどの能筆《のうひつ》が癪《しゃく》に障るのだろう。小鹿は笠女には万事冷ややかで、上司としての温情を感じたことなど、一度としてなかった。

その代わり、笠女に親切なのは図書寮の男性官吏《かんり》たち。ちょうど一年前、書司の仕事だけでは物足りぬと思った笠女が、何の伝手《つて》もなしに図書寮に飛び込んで以来の縁である。彼らはいずれは大宅朝臣諸姉《おおやけのあそんもろあね》のような辣腕《らつわん》女官になりたいと言った笠女を可愛がり、こっそり寮の書籍や文房具などを貸してくれる。書物の書写といった小さな仕事を、内々に回してくれるのも図書寮の官吏たちだ。

もともと男兄弟に囲まれて育ったせいだろうか。互いの動向を横目で監視し合っているような女たちより、図書寮の役人のほうがよっぽど話がしやすい。男と見まごうほど雄渾《ゆうこん》な字を褒めてくれるのも、決まって男性官吏であった。

後宮六百人の女官の中でも、笠女の右に出る能筆はまずいない。それにも拘《かか》わらず、頭の悪い上司の言う事を聞かねばならぬ現実に腹を立てるのは、十九歳の向こう見ずさからすれば当然であった。

（ああもう、なんであたしは女なんかに生まれたのかな）

自分が男であれば、必ずや国を動かす官吏になっただろう。いやせめて采女ではなく氏《うじ》女《め》として後宮に上がっていれば、こんな上司の下で働かずとも済んだはずだ。

なにしろ同じ女官でも、地方郡司《ぐんじ》の娘である采女の地位は、畿内《きない》豪族の子女である氏女に比べて低い。氏女なら比較的簡単に就ける次官職も、采女にとっては高嶺の花。このため大半の采女は早々に結婚して退職するか、下級女官のまま生涯を終えるしかなかった。

だが、自分は結婚に逃げるつもりはない。もちろん、このまま一生、ただの采女として過ごそうなどと諦めてもいない。

目指すは、采女史上初の尚職《かみしょく》。さもなくばあの諸姉の如く、後宮のすべてを切り盛りする内侍司の高官だ。その野心の前には、小鹿の嫌味の一つや二つ、どうとでも聞き流してみせる。

十日前、隣国・新羅《しらぎ》の使節が京に到着したせいで、最近、宮城《きゅうじょう》内はひどく慌ただしさを増していた。財物を管理する内蔵寮《くらりょう》は、彼らに与える土産《みやげ》選びに駆け回っているし、外交を担当する玄蕃寮《げんばりょう》は、饗応《きょうおう》の準備に余念がない。それは図書寮とて同様で、新羅使に下賜《かし》する璽書《じしょ》（親勅《しんちょく》）の装丁や賜禄《しろく》の目録作りなど、やるべき務めは山積みであった。

ところが多忙とは続くもので、そんな最中《さなか》、前帝の氷高《ひだか》（元正天皇《げんしょう》）が病に臥《ふ》した。

現天皇の伯母である氷高は、政《まつりごと》の補佐役たるとともに、宮城の要。そんな彼女の病に首《おびと》は狼狽《ろうばい》し、早速図書寮に快癒祈願の写経を行えと指示した。

されどそうでなくともここのところ、図書寮は大忙し。かような任をすぐさま果たせるはずがない。たまりかねた図書頭が笠女をこっそり呼び寄せたのは、今朝早くであった。

「帝《みかど》は写経所と協力し、今月中に大般若経《だいはんにゃきょう》六百巻を薬師寺《やくしじ》に奉納せよと仰られておる。されどいきなりの話で、図書寮だけではどうにも手が足りぬのだ。どうじゃ、手伝ってくれまいか」

経典は一枚当たり十七文字二十四行で写経されたものを貼り継いで、経巻に仕上げる。一枚約四百字と計算して、書司の勤務終了後、消灯までの時間を駆使しても、一晩に二枚がせいぜいというところ。幾《いく》ら頑張っても、月末までに一、二巻を仕上げられれば上出来であった。

だがこれまで関わってきた図書寮の仕事は、すべて内々の雑務。それに比べれば、今回は比べるべくもない大任だ。

「やります、ぜひやらせてくださいませ」

「よいのか。正式な経師《きょうじ》（写経専門の手師）ではないのだから、特別な手当は出せぬ。紙と墨だけは支給してやれるがな」

「はい、構いません」

自分の書いた経典が、勅願経《ちょくがんきょう》として薬師寺に奉納される。その栄誉を考えれば、この際、採算など度外視である。

なにしろこんな晴れがましい仕事に、一介の采女が携わる機会は滅多にない。笠女の関与は表沙汰にされまいが、そこは狭い宮城だ。噂は嫌でも人々の間に広まり、小鹿も少しは自分のことを見直すだろう。

そう思うと、書司でさして急がぬ仕事をしているのが、愚かしく思われてくる。

終業を告げる太鼓が西楼《せいろう》で鳴るや、笠女はのろのろと片付けをしている同輩を尻目に、素速く席を立った。

男性官吏の勤務時間は原則、日の出から正午まで。しかし天皇の生活と近接する後宮十二司の開庁時間は、日の出から日没前後というのが慣例である。急いで宿舎に駆け戻った笠女は、早速几《つくえ》に楮紙《ちょし》を広げ、墨を磨り始めた。

経師や図書寮の写書手に比べ、自分に与えられた時間はあまりに少ない。だからこそ彼らに負けてなるものかとの意地が、笠女の腹の中でふつふつと音を立てていた。女なればこそ自分は男並み、いやそれ以上に頑張らねばならぬ。ましてや田舎出の采女であれば、尚更だ。

四半剋《しはんとき》もせぬうちに、同室の春世《はるよ》が縫司《ぬいのつかさ》から戻ってきた。笠女の真剣な表情に、ただならぬものを感じたのだろう。無言で鏡台に向かい、化粧を落とし始める。

白粉《おしろい》と口紅が油で拭き取られ、童女を思わせるちんまりとした素顔が鏡の中に現れた頃、もう一人の同室の若子《わかこ》が、小さな籠《かご》を抱えて帰ってきた。

室内の妙な静けさに目をしばたたきながら、春世の隣に腰を下ろす。腕の中の小籠が、香ばしい匂いを漂わせていた。

「内膳司《うちのかしわでのつかさ》が伏兎《ぶと》を作りすぎちゃったんですって。三人で食べようと思って、いただいてきたんだけど」

「ああ、今はあまり大声で話さないほうがいいですよ。笠女さま、お忙しいみたいですもの」

先日、主殿允《しゅでんのじょう》・阿倍佐美麻呂《あべのさみまろ》との縁組が取沙汰された若子は、突然、仕事を続けると言い出し、縁談をご破算にしてしまった。膳司内でもいつの間にか元いた部署に戻され、どこか楽しげに仕事に励んでいる。

しかし今をときめく藤原《ふじわら》氏の仲立ちだけに、佐美麻呂の側はすぐに諦めきれなかったらしい。その後も幾度か、後宮の宿舎の門前をうろうろしていたが、最近ようやく姿を見なくなった。

おそらく若子は阿倍邸で、取り柄のない采女の末路がどういうものか悟ったのだろう。以来、学問にも別人のように打ち込み、暇さえあれば笠女に字を尋ねてくる。

とはいえ手習いの師を務められるのも、こちらに暇がある時の話。残念ながら今は、他人に関わり合っている余裕はない。

「ああ、新羅使の饗応のための菓子ですね。天皇ご列席の宴《うたげ》であれば、皇女さまたちもご同席なさりますもの」

「毎日宴があれば、こういう唐菓子がずっと食べられるのにね」

「あたくしは嫌ですわ。こんなものばかりつまんでいたら、すぐぷくぷくに太ってしまいます」

伏兎とは唐菓子の一種で、水で捏《こ》ねた小麦の粉を揚げたもの。通常は塩で味をつけるが、宮中の膳《かしわで》部《べ》が作るそれは、干柿の粉でほんのり甘味が添《そ》えられている。上は十歳、下は八歳になる天皇の三人の娘の口に合うようにとの工夫であった。

「そうかしら。ちらっと遠目に拝見した限りでは、皇女さまも妃さまたちもそんなに肥えてらっしゃらなかったわよ」

「それは見えないところで、必死に運動してらっしゃるんです。ああ、こんな時間にこんなものいただいちゃ、明日からまた食事を減らさなきゃ。それともあたくしも妃さまがたみたいに、毎夕せっせとお散歩しようかしら」

きめ細かな頰に片手を当て、春世は大袈裟な溜息をついた。

首天皇はおとなしい気性の割に案外多情で、妃の数は優に片手の数を超える。そんな後宮の勢力の中心にいるのは、藤原四兄弟の妹である安宿媛《あすかべひめ》と、左大臣《さだいじん》・長屋王《ながやおう》や知太政《ちだいじょう》官事《かんじ》・舎人親王《とねりしんのう》の後押しを受けた県犬養広刀自《あがたいぬかいのひろとじ》の二人。ともに皇太子時代から首と連れ添った仲で、すでに安宿媛の腹には今年九歳になる阿倍《あべ》皇女を、広刀自との間には十歳の井上《いがみ》皇女と八歳の不破《ふわ》皇女の二人を儲けている。

馴染みの深さであれば、海上《うなかみ》女王、酒人《さかひと》女王といった女性たちも決してひけを取らぬが、何分、子を持つ女に権力が集中するのが、後宮の定め。そして藤原安宿媛と県犬養広刀自の対立は、藤原氏と皇族勢力の争いとも密接に結びついていた。

なにしろ藤原四兄弟は昨今、帝の叔父という血縁を最大限に利用し、急速に勢力を拡大しつつある。長屋王を筆頭とした皇族たちはそんな彼らを阻《はば》もうと躍起《やっき》で、両者の間には毎日のように数々のいざこざが起きていた。

だからこそ今ここで、安宿・広刀自のいずれかが皇子《みこ》を産めば、彼らの抗争にはあっさり終止符が打たれることとなる。いわばこの国の将来は、二人の妃の動向にかかっていると言っても過言ではなく、宮城中の目が彼女たちに注がれているのが、当節のご時世だったのである。

とはいえそれはあくまで、上《うえ》つ方《かた》の話。下働きに等しい采女からすれば、まったく雲の上の出来事である。

「笠女も少し食べない？　明日になると、油が回ってまずくなっちゃうわ」

若子の声に、笠女は首を横に振った。普段なら喜んで手を出すところだが、何分、筆写に唐菓子は禁物。指に残った油を少しでも楮紙に付けようものなら、これまでの努力が水の泡である。

「あたしはいいわ。二人で食べちゃってちょうだい」

とはいえ夕餉《ゆうげ》すら取っていないせいで、狭い房に満ちた甘い匂いに、腹の虫がぐうと鳴く。だが食事よりも今は、目の前の写経のほうが大切だ。いつ舎監《しゃかん》が灯りを消せと叱りに来るかと怯えながら、笠女は一心に細筆を動かし続けた。

春世と若子が自分の様子に顔を見合わせ、なるべく音を立てずに伏兎を咀嚼《そしゃく》し始めたことなど、気付くよしもなかった。

字は性格を表すと言われる通り、もともと笠女の字は、女とは思えぬ雄渾な六朝《りくちょう》風。しかし経典に求められるのは、俗に写経体と呼ばれる優美な書体である。そうでなくても首天皇は温和な——言い換えれば繊細な性質で、あまり武張《ぶば》ったものを好まぬと聞いている。

書体を変えるのはひと苦労だが、やって出来ぬ話ではない。一字一字、丁寧に筆を運ぶうち、次第に写経体に慣れてくればしめたもの。初日は一枚ほどしか進まなかった筆は、翌日には二枚近く、更に次の日には二枚半と速度を増した。

結局、月末までかかると思われた二巻分の写経が終わったのは、月も半ばを過ぎた頃。

笠女の予想外の速筆に、図書頭はぎょろりとした眼を更に大きく見開いた。

「なんと、もう仕上がったと申すのか」

振り返れば次の間では、写書手たちが細筆を握ったままぽかんとしている。その間抜け面が、笠女には実に愉快であった。

笠女を信頼していなかったわけではあるまい。さりながら心のどこかではみな、女子如きに写経体の筆写はできまいと侮《あなど》っていたのだろう。一字の誤りもない見事な経典に、図書頭はううむとうなった。

「まったく非の打ち所のない出来じゃ。早速、装丁を行わせねばなるまい」

だがしきりにそう褒めそやしながらも、彼は笠女に更なる仕事を命じなかった。

彼の背後に積み上げられた経典は、まだほんの数十巻。大般若経全六百巻の完成がはるか先であるのは明らかである。しかしそれとなく「新しい経巻をお預かりしましょうか」とうながしても、図書頭は不自然に言葉を濁すばかり。普段であればにこにこと便宜《べんぎ》を図ってくれる他の官吏たちも、どこか決まり悪げに眼を逸《そ》らす。

はて、何か不都合でもあっただろうか。少なくとも自分は、失敗をした覚えはないが。

そう首をひねりながら戻った書司では、紀朝臣小鹿がまたしても、新参の采女を叱責していた。

三月前、常陸国《ひたちのくに》（現在の茨城県）から上京してきたばかりの壬生直《みぶのあたい》小家主《こやかぬし》は、まだ十三歳。後宮の女官の中でも、最年少である。

思いがけず早く、写経を仕上げられたためだろう。出仕《しゅっし》早々、こんな上司の下に配属されて気の毒に、との憐憫《れんびん》の情が笠女の胸をよぎった。

考えてみれば自分とて、最初から宮仕えがうまく行ったわけではない。何しろ笠女の故郷は、伊勢国飯高郡《いせのくにいいたかのこおり》。深い山々に囲まれ、やせた地にわずかばかりの田畑が開かれた僻地《へきち》である。

生家は郡領《こおりのかみ》に任ぜられてはいたが、本来、采女を貢進するような名家ではない。だが笠女の頭脳を惜しんだ父は、なんとかして娘を京に出してやろうと尽力した。幼い頃から彼女に漢籍《かんせき》の手ほどきをした隣郡の寺僧も、協力を惜しまなかった。

「親の贔屓目《ひいきめ》かもしれぬが、そなたはかような田舎で埋もれるべき女子ではない。とはいえ男に栄達《えいたつ》の手段は数多《あまた》あれど、女が世に出る手立てはさして多くない。かくなる上は京に上り、女官として名を挙げるのが得策じゃろう」

「父御さまのお言葉通りでございます。幸い拙僧の朋友《ほうゆう》が、京の元興寺《がんごうじ》におりまする。あ奴の力を借りれば、出仕ぐらいなんとか叶いましょう」

とはいえ、上京後すぐに女官に任ぜられたわけではなく、最初に紹介されたのは雅楽《ががく》寮《りょう》所轄の内教坊《ないきょうぼう》。節会《せちえ》などで舞楽を演じる妓女《ぎじょ》の養成機関である。

舞や歌を学んで過ごす二年余は、笠女には退屈でしかなかった。だが幸いにも妓女は、官吏・女官と接する機会が多い。そんな中で笠女の聡明さに目をつけた人々の推挙を受けて、見事女官となったのは一昨年《おととし》。笠女が十七歳の秋であった。

もっともそこには、喧嘩っ早く、妓女仲間とそりが合わぬ彼女を厄介払いしたいとの、内教坊側の事情もあったのかもしれないが。

「小鹿さまの癇癪《かんしゃく》はいつものことだから。あんまり気にするんじゃないわよ」

夕刻、宿舎に引き上げながら声をかけると、小家主は涙で濡れた顔をうらめしげに上げた。つんと上を向いた鼻の頭が、真っ赤になっている。

「別にあたし、自分が悪いと思っちゃいません。だから平気です」

子どもっぽい顔には似合わぬ湿った声に、笠女は少し鼻白んだ。

「あら、そうなの」

「だって小鹿さまがあたしに当たられるのは、全部、笠女さまのせいですから」

「なんですって」

思わず足を止めた笠女を、小家主はまだうるみを残した眼で見上げた。ひどく頑《かたく》なな光が、その底に宿っている。

「だって笠女さまはいっつもお腹《なか》の中で、小鹿さまを莫迦《ばか》にしてらっしゃるでしょう。あたしたちがすぐにそう気付くんですもの。ご当人だって面白いはずありません」

同じように一日の務めを終えた宮人《くにん》たちが、二人に好奇の目を向けてくる。普段であれば「見せ物じゃないわよッ」と怒るところだが、今の笠女にそんな余裕はなかった。

「でも笠女さまを叱責すれば、どんな口答えが返って来るか分かりませんもの。それで小鹿さまはあたしを怒鳴って、鬱憤《うっぷん》を晴らしてらっしゃるんですわ」

突然の話に、笠女は怒るよりもまず呆然とした。

心当たりがないではない。書司の忙しさにはむらがあり、数日間、仕事がない時期も稀にある。そんな時、同輩たちは掃除をしたり、筆や硯《すずり》の手入れで時間をつぶすのだが、笠女は少しでも時間が出来れば自分のために書物を繙《ひもと》き、文字をさらう。無論、掃除の手伝いなど一度もした例《ためし》がない。

小鹿がそんな自分を嫌っているのは、百も承知。とはいえ怒りたいなら、自分を怒ればいいではないか。なにもそれを、他人にぶつけなくともよかろう。

「……まあ、慣れているんですけどね、こういうのは。父の後添いが、ああいう方でしたから。でも小鹿さまのお小言はちょっとしつこいんで、やっぱり嫌になっちゃいます」

言うだけ言って少しは気が晴れたのか、先程の強情な光は、すでにほとんど消えている。小家主はませた口調で、ですけど、と続けた。

「気を付けたほうがいいですよ、笠女さま。笠女さまが男の方々にも負けぬお人でいらっしゃるのは、みんなよく知っています。けどそれを面白く思わない御仁だって、後宮には多いみたいですから」

そんなことは、言われずとも分かっている。采女貢進すら許されぬ弱小豪族の子女が、後宮の要職を得ようというのだ。同輩先輩たちの嫉《ねた》みを受けるのは、もとより覚悟の上。いや、それほどの気概なくして、ここで出世が叶おうか。

とはいうものの、自分の野心が小家主に迷惑をかけた事実に、笠女は少なからず打ちのめされていた。

己の周囲に敵が多いのは、元より承知していた。だが理解を超えるその感情的な行動は、身近な者をどう傷付けるか予想がつかない。

（まったく、これだから女は嫌いなのよね……）

しかもその翌日の午後、笠女を更に落ち込ませる事態が勃発した。図書寮の使部《つかいべ》（下働き）が、先日提出した大般若経を突き返しに来たのである。

装丁途中なのだろう。三十枚余りの楮紙は貼り継がれ、木製の軸まで添えられている。一応、巻子本《かんすぼん》の形に仕上がっているそれを手に、笠女は一瞬、わが耳を疑った。

「……今、なんて」

「その――ですから今回の写経は、写経所の経師と図書寮の写書手だけで、手がけることになったのです」

「そんなことは最初っから、分かってたわよ。だけど図書頭さまはそれでは到底間に合わないと言って、あたしにも手伝いをさせたんじゃない」

怒っても無駄だという声が、頭の中で響いた。しかし辛抱しようにも、腹の底からふつふつと抑えようのない怒りが湧いてくる。

呼び出された書司の裏庭には、大きな桐《きり》の木が茂っている。笠女の怒りをなだめるかのように、大きな葉が一枚、ぱさりと音を立てて舞い落ちて来た。

「だいたいこの二巻分をお納めしたとき、図書頭さまは至極ご満悦だったじゃない。それをどうして今更、突き返されなきゃならないのよ」

「おそらく、何かの手違いだったんでございましょう。宮城では得てして、起こる話でございます」

中年の使部の口の利きようは丁寧だが、嘲《あざけ》りを含んだ冷淡さが隠しようもなくにじみ出ている。悔しさに涙ぐみそうになるのを、笠女は懸命に瞬きしてこらえた。

あいつらの仕業《しわざ》だ。そそくさと帰っていく使部の背に、図書寮の次の間に詰めていた写書手たちの顔が重なった。

笠女が図書寮の雑事を手伝うだけなら、かまわない。言うなれば、庭に咲いた梅の花。迷い込んできた子猫。むさくるしい男ばかりの官衙《かんが》に若い采女が出入りすれば、自然と張り合いも出るというものだ。

しかしそれが彼らの職域を侵すに至って、男たちは突如、牙を剝《む》いた。図書頭を突き上げ、笠女の写経の排除にかかったのだ。

だが悔しかったのは、仕事が無駄になったことではない。

自分は詰まるところ、一人の官吏と認められていなかった。図書寮の者たちにとって自分は、ただの小娘でしかなかったのだ。男並みの仕事がしたい、女官として身を立てたいという笠女の言葉を、彼らは子どもの駄々だと聞いていたに違いない。

宮城なんて、つまりはそんなものか。女が男と肩を並べようとしても、小娘の猿真似としか思われぬのか。

言い知れぬ虚しさが、笠女の胸を吹き抜けた。

官衙の外で話をしたのは、正解だった。これが殿舎の中だったら、ただならぬ笠女の顔色に、すぐ同輩は事の経緯を悟っただろう。

鉛を詰め込まれたような疲労が、全身を満たしていた。到底、仕事に戻る気分ではない。ええい、どうせすでに上司には嫌われているのだ。今さら一度ぐらい怠けたところで、事態は何も変わるまい。

雑に巻いた巻子を袖に抱え込み、笠女はくるりと踵《きびす》を返した。

(それで馘首《くび》にするなら、したらいいのよ。こんな息苦しいところなど、こっちの方からもうごめんだわッ)

とはいえ、夏の陽《ひ》はようやく頭上を越えたばかり。日没まではまだ相当の間がある。いま宿舎に戻っても、舎監や掃除係の女孺に不審がられるだけだ。

これまで暇が出来たときは、何かと口実をつけて図書寮に遊びに行ったが、今は彼らの顔など目にしたくもない。

大小の役所が建ち並ぶ区域を足早に抜けると、左手に涼しげな林が見えてきた。

宮城の東には、東院と呼ばれる庭園がある。せせらぎに橋をかけ、桟敷《さじき》を敷いた豪奢《ごうしゃ》な庭は、外国使節の饗応などに用いられる晴れの場。笠女も内教坊の妓女だった頃は、そこで催される宴に幾度か侍《はべ》ったものだ。

ちょうど新羅使が来日している折節《おりふし》。普段、厳しく閉ざされている東院では、今日も彼らのために宴の準備が整えられているだろう。

盛夏《せいか》の昼下がりとあって、頭上からは白々とした夏の陽が、痛いほど降り注いでくる。手伝いのふりをしてもぐり込み、木陰で涼を取るのも悪くあるまい。笠女は額に浮かんできた汗を袖の端でぬぐった。

案の定、東院の唐門は大きく開かれ、酒樽や胡床《こしょう》を積んだ牛車《ぎっしゃ》が次々と入っていく。ひょいと覗きこめば、台帳を手にした役人が声を嗄《か》らして走り回っているのが見えた。

「今日の宴は、酉《とり》ノ一剋《いっとき》（午後五時）からじゃ。間もなく玄蕃寮の方々が、支度の具合を改めに来られる。心して用意致せ」

数人の下官が荷車から下ろしているのは、笙《しょう》・篳篥《ひちりき》や楽太鼓《がくだいこ》、鉦鼓《しょうこ》などの楽器。宮城の雅楽寮には唐楽・高麗楽《こうらいがく》・新羅楽・百済楽《くだらがく》など外国音楽専門の楽人《がくじん》がいるが、辺東の小国の演奏が本国のそれにかなうはずがない。雅楽寮もそれは承知しているらしく、唐使をもてなす宴には高麗や新羅の楽を、新羅使には唐楽を用いるのが不文律であった。楽人たちが篳篥や竜笛《りゅうてき》を吹き鳴らして練習をしているのか、池に張り出した桟敷で、楽人たちが篳篥や竜笛を吹き鳴らしている。そのきらびやかな喧騒に紛れ、笠女は素速く東院に入り込んだ。

広大な庭園の中央には池が掘られ、幾棟もの建物がそれを取り囲んでいる。池の西に築かれた丘の中腹から、青々とした松が水面に太い梢《こずえ》を伸ばしているのが視界に入った。あそこであれば、誰も来るまい。そう当たりをつけて斜面を登れば、丘の南は麓《ふもと》からは予想もつかぬほどに切り立ち、すぐ足元に池が広がっていた。

松の梢を映じた池は青く澄み、底に敷かれた五色の玉砂利が色とりどりの光を放っている。涼しげな風に項《うなじ》をくすぐられてしゃがみこめば、宴の準備に右往左往する人々の声が、風に乗って微《かす》かに響いてくる。

そのざわめきを聞くともなく聞いていると、火照《ほて》っていた頭がゆっくりと醒《さ》めて来た。そうなると次に浮かんでくるのは、己のこれからである。

後宮を罷免《ひめん》されてしまえば、京に頼るあてはない。だからといって自分のために数々の尽力をしてくれた田舎に、おめおめと戻れるわけもなかった。

結局、自分はここでこうやって生きていくしかないのか。膝を抱えて溜息をつき、腕の中の巻子を見下ろす。くしゃりと乱暴に巻かれた経典に、図書寮の役人たちの姿が重なった。

そうだ。そもそもあんな奴らを頼りにしたのが、間違いだったのだ。笠女は巻子を池に投げ込もうと、大きく腕を振りかぶった。

だがそのとき、背後から伸びてきた腕が、二巻の経典を鷲摑みにした。驚いて振り返れば、いつの間にか小柄な中年男がうっそりとたたずんでいる。

「おいおい、なにを致す。園池司《そのいけのつかさ》が正午までかかって、さらえた池じゃぞ。かようなことをされては、今宵《こよい》の饗宴に差し障るではないか」

薄い髭《ひげ》に丸い顔、眼の下の黒子《ほくろ》がどこかとぼけた愛嬌を醸《かも》し出している。深緑色の官服から推察するに、官位は六位。年恰好と考え併《あわ》せるに、いわゆる中堅の実務官僚である。

笠女の手から強引に巻子をひったくり、彼は大仰に袖で額を拭った。年の割には、ひどく生え際の後退した額であった。

「丘を登っていく姿を見かけたゆえ、身投げでもすまいなと追いかければ、この始末じゃ。もっともこの池の深さでは、そう簡単には死ねまいがのう」

女官の自殺は、宮城では案外珍しくない。彼がとっさに身投げを案じたのも、無理からぬ話であった。

「それはご心配をおかけして、申し訳ありません」

確かに非は、勝手にもぐり込んだこちらにある。ここで下手に騒がれ、内侍司を呼ばれても厄介だ。咄嗟に頭を下げた笠女に、男は鷹揚《おうよう》にうなずいた。

「まあ、よいわい。これが新羅使どのの目前だと問題じゃが、幸い、宴まではまだ時間がある。されど今後、かようなことは決して致すではないぞ」

言いながら笠女から奪い取った巻子に目を落とし、男はおやっと眉を寄せた。結んであった巻緒《まきお》が解け、経典の端が覗いている。

「これは大般若経の巻六十五。おぬし、これをどこから盗んでまいった」

「盗んだんじゃありません。それは、あたしが書いたんです」

気色《けしき》ばむ男に、笠女はぎょっとして首を横に振った。

「偽りを申せ。見たところどこぞの采女のようじゃが、並みの娘がかよう見事な字を書くわけがあるまい」

「違います、本当です。何だったら、図書頭さまに聞いてくれたって構いません」

「図書頭どのにじゃと」

男はますます眉間の皺を深くした。

「でたらめを申すな。なぜ図書頭どのがそなた如きに写経を命じるのだ。嘘をつくのであれば、もう少しまともなことを言え」

ああもう、すぐこれだ。笠女は思わず天を仰いだ。

男はみな、女は男に劣ると決め込んでいる。されどだとしたらなぜ、この国には女官の制度があるのだ。かなわぬ夢を餌に自分を惹きつけた京が、ひどく恨めしかった。

「信じてくれなくたって構いませんよ。だけどそれはあたしが書いたんです。あまりにうまく書けたせいで、かえって突き返されちゃいましたけど」

どうとでもなれと開き直った笠女の言葉に、男はもう一本の巻子を手早く開いた。むさぼるような目で経典を通読し、太い息をついて顔を上げた。

「これをまことにおぬしが書いたのか」

「だからそうですってば。もうしつこいったらありゃしないんだから」

唇を尖《とが》らせる笠女を、男はじっと見下ろしている。厳《いか》つい顔立ちをしているが、ぽやぽやとした眉のために威圧感は微塵《みじん》もない。むしろ大きな黒目のせいか、どこか丸々と肥えた犬を想起させる顔立ちである。

「わしは玄蕃允《げんばのじょう》の高丘連河内《たかおかのむらじかわち》と申す。そなた、名は」

「——伊勢国飯高郡より参りました采女の笠女です。書司の女孀をしています」

「笠女か。おぬし、この経巻をしばし、わしに預けてくれぬか。決して悪いようには致さぬゆえ」

言われた意味が、すぐには理解できなかった。両目をしばたたいたのを、不審を抱いたと取ったのだろう。河内は周囲をはばかるように声を低め、恐ろしいほどの早口で続けた。

「いや、疑念を抱くのはもっともじゃ。玄蕃寮の務めは、日本に暮らす外国人《とつくにびと》の統括や諸国使の接待。その允《じょう》（三等官）であるわしが、なぜ経典など求めるのか。奇妙に感じもしよう」

よく見れば、河内と名乗った男の顔はわずかに強張《こわば》っている。どうしたわけだろうと内心疑念を抱いた笠女に、河内は更に畳みかけた。

「今すぐには仔細は申せぬが、この巻子は天下の趨勢《すうせい》を左右するやも知れぬ。頼む、助けると思うて、これをしばし貸してくれ」

玄蕃寮は、数ある役所の中でも花形の官司。その三等官が口にするには、ひどく大仰な物言いである。

だが笑おうとした笠女の頬は、途中で不自然に固まった。それほどに河内の表情は真剣であった。

「後事は追って、沙汰いたす。よいな、ではしばらくこれを借りるぞ」

結局彼は経巻を奪い取るようにして、丘を下りて行ってしまった。笠女のことなど既に忘れたかのような、浮足立った足取りであった。

どうせ捨てようと思っていた品だ。持って行かれるのは構わない。それにしてもあの大袈裟な言い様はどういうわけだ。

改めて考えてみると、河内とやらはちょっと頭がおかしい男ではなかろうか、という気すらしてくる。

日が傾くのを待って宿舎に戻った笠女は、真っ先に春世を捕まえた。京職大夫《きょうしきだいぶ》・藤原《ふじわらの》麻呂《まろ》の愛人である春世は、宮城の人事にひどく詳しい。高丘連河内の名に、彼女は細い指を唇に当て、すぐにああ、とうなずいた。

「存じ上げていますわ。確か天皇《みかど》が皇太子でおられた折、東宮学傅《とうぐうがくふ》（教育係）に任ぜられた十数名のお一人です。学問に優れ、外国の言語を四つも五つも操る御仁だとか」

なるほど外交に携わる玄蕃寮の役人に、語学の才は必須。しかしそんな能吏《のうり》が何故、自分の写経を必要とするのだ。彼が奇人でないとは知れたものの、笠女の混乱は深まるばかりであった。

「もともと河内さまのご先祖は、百済の出。一昨年《おととし》、高丘の姓《かばね》をいただかれましたが、それ以前は出自にちなみ、楽浪《さざなみ》の姓を名乗っておられたはずです。そのためか若い頃には、遣唐使として渡海なさったこともおありとうかがってますわ」

ですが、と春世は大きな眼を意味ありげにまばたかせた。

「笠女さま、どうしてそんなことお聞きになりますの。確か河内さまにはお子も奥さまもおいでのはずですのに。それにお年だって、親子ほど離れてらっしゃいますわよね」

「うるさいわね、放っておいてちょうだい。春世みたいな色恋の話じゃないわよ」

苛々と怒鳴る笠女に、春世はくすっと笑った。こちらの言う事を信じているのかいないのか。小兎《こうさぎ》が跳ねるような仕草で身を翻《ひるがえ》し、鏡に向かって頰に油をすり込み始めた。

そうだ、気にするような話ではない。河内はきっと、どこかの寺に経典を奉納しようとしていたのだ。そこに折よく、自分が筆写した経を目にし、手師を頼む手間が省けたと考えたのであろう。

男に期待してはならない。夢を抱けば、それだけ後から痛い目を見るだけだ。

だが幾らそう考えようとしても、笠女の脳裏からはなぜか、あの愛嬌のある顔がなかなか消えなかった。

そうこうするうちに月は改まり、宮城には次第に秋の気配が漂い始めた。

天皇の御願《ぎょがん》経筆写は予定よりずいぶん遅れ、完成まではあとひと月以上かかるという。とはいうものの己の今後に悩む笠女には、それすらが最早よそ事の如く思われた。

宮仕えを辞める気はない。結婚する気もない。だとすればこれからも後宮で頑張るしか選択肢はないのだが、本当にそれでいいのか、踏ん切りがつかない。普段、決断の早い笠女には珍しい逡巡が、彼女の胸を埋め尽くしていた。

「最近なんだかお元気がないですけど、大丈夫ですか？」

よほど思いつめた顔をしているのだろう。書司では小家主があれこれ心配してくれるが、それすらうっとうしくてならない。あまりにおとなしい自分を、小鹿までが気味悪そうに見ていることにも、ついぞ気付かぬままであった。

そんなある日、正午の休憩から戻ってきた笠女は、官衙の外が妙にやかましいことに気付いた。几を並べている同輩たちも、どことなく心ここに在らずといった風情である。

向かいの席で木簡を束ねていた小家主を、笠女は目顔で差し招いた。

「今日って、儀式でもあったっけ?」

「違いますよ、笠女さま。もう、朝の尚さまのお言葉を聞いてらっしゃらなかったんですか」

老猫《ろうびょう》のように昼寝好きな尚書は、話し下手。毎朝の訓示も、長いばかりでとりとめがない。例によって聞き流していたが、はて今日ばかりは大事な話があったのか。

「先日入京なさった新羅使さまが、本日、京を発《た》たれるんです。妃さまや皇女さまたちに帰郷のご挨拶に来られるというので、皆そわそわしているんですわ」

そう言う小家主自身、異国の使を一目見たくてたまらぬのだろう。しきりに窓の外をうかがう眸《ひとみ》は、好奇心にきらきらと輝いていた。

日本と新羅の通交の歴史は長い。ことに新羅が高句麗《こうくり》・百済を滅ぼし、朝鮮半島の支配権をほぼ独占した後、両国の使節は多くの文物を携え、毎年のように海を渡っていた。

今回の新羅使は、首天皇の即位を嘉《よみ》したもの。このため彼らは三人の皇女はもちろん、その母である藤原安宿媛・県犬養広刀自にも貢物を奉っており、帰国前に拝謁《はいえつ》を請《こ》うのは当然であった。

だけど、と窓の外をうかがいながら、小家主はわずかに声をひそめた。

「別辞《べつじ》を述べるにしても、安宿媛さまと広刀自さま、どちらの元に先にうかがわれるのでしょう。まさかあのお二方ご一緒にするわけにもいかないでしょうし」

なるほど宮人たちが浮足立っているのは、そのためか。笠女はようやく納得した。

皇統に適当な男児がおらず、女性が皇位を継ぐのは珍しくない。もしこのままどの妃の腹にも皇子が生まれなかった場合、もっとも帝位に近いのは広刀自が産んだ井上皇女。だがもし血縁を尊ぶのであれば、皇太夫人《こうたいぶにん》・宮子《みやこ》の妹である安宿媛を母とする阿倍皇女の方が、帝位にふさわしい。ましてや彼女たちの年が、ほんの一歳しか違わぬとなれば、現段階ではどちらが次なる帝とも定め難かった。

新羅使もそんな事情は承知なのだろう。妃たちに初めて引き合わされた宴では、広刀自と安宿媛双方に、実に如才のない態度で接していたと聞く。

されどいざ帰国の挨拶をするとなれば、彼らはいったいどちらの殿舎を先に訪れるのだろう。それぞれ皇族たちと藤原氏の後押しを受け、陰湿な対立を続ける両者にとって、これは名誉をかけた争いでもあった。

「そりゃ、やっぱり安宿媛さまなんじゃないかしら」

笠女の斜め向かいの同僚が、声を殺して話に加わってきた。

「だって井上さまは確かに帝の長女でいらっしゃるけれど、すでに伊勢《いせ》の斎王《さいおう》に決まってらっしゃるじゃない。いわば皇女だけど皇女でないようなものですもの」

「そうだったんですか？」

小家主の驚きの声に、左右の采女たちがしっと指を唇の前に当てた。

「声が大きいわよ、小家主。尚さまが眼を覚ますじゃない」

「ですけど伊勢斎王と言ったら、伊勢神宮に仕える最上位の巫女《みこ》。そりゃ古くから代々の皇女が就かれてきた役職ですが、あんなお小さい身で遠い伊勢に行かれるなんて——」

故郷から出てきた時の不安が甦《よみがえ》ったのだろう。小家主はぶるっと身を震わせ、細い両肩を自分の腕で抱いた。

井上皇女が斎王と定められたのは五年前、彼女がまだ五歳の秋であった。

寵姫《ちょうき》のいずれにも懐妊の兆しが見えぬ以上、次帝が女帝となる可能性は高い。そうなったときに安宿媛腹の阿倍《あべ》皇女を擁立《ようりつ》せんがため、藤原氏は伊勢斎王の美名《びめい》の元、長姉《ちょうし》の井上を排除したのである。

なにしろ伊勢に下った斎皇女《いつきのひめみこ》が、帝位を踏んだ例はかつてない。母の広刀自が反対し、長屋王たち皇族がこぞって異を唱えたため、幼い斎王の出立《しゅったつ》は今日まで引き延ばされているが、井上がすでに帝位争いの埒外《らちがい》にあることは、新羅使の耳にも入っているはずだ。

「だとしたらやっぱり、先に赴かれるのは安宿媛さまのところかしら」

「それはそうよ。ほら、見なさいな。あそこにもう、使節方を案内するために、安宿媛さまの侍女《じじょ》たちが出てきているもの」

「あら、ほんと。先頭におられるのは、阿倍朝臣石井《あべのあそんいしい》さまね。いつもながらお化粧の濃いこと」

「あれで阿倍さまのお乳母っていうんだから、すごいわよねえ」

やっかみとも嫉みともつかないささやきが、采女たちの間から漏れた。

振り返ればなるほど、後宮の中庭を取り囲む回廊に、四、五人の侍女を従えた女性が、大きな胸を反らしぎみにたたずんでいる。

藤原氏の期待の星である阿倍には、三人の乳母がおり、二十八歳の石井はその中で最年長。安宿媛の厚い信頼を笠に着て、常に肩で風切って歩く驕慢《きょうまん》な女性であった。

「見なさいよ、あの自慢げなお顔。すでに阿倍さまが皇太子とでも言いたげに、つんと澄ましてらっしゃるわ」

人間誰しも、弱い立場の者を贔屓するものである。ましてや政と無縁な采女からすれば、権勢に一点の曇りもない安宿媛より、遠からず長女と引き離される広刀自を応援したくなるのが人情。石井への批評が辛辣《しんらつ》になるのも、仕方がなかった。

そうこうするうちに美々《びび》しく着飾った新羅使が三人、日本の役人に導かれて姿を現した。妃たちへの挨拶はあくまで内々のはずだが、冠を被り、唐風の衣に白袴を着した正装である。

彼らは女官たちが遠巻きにする庭を大股に横切り、左手の四脚門《よつあしもん》へと向かった。その傍らの回廊では、阿倍朝臣石井が当然とばかりに微笑んでいる。

あの門の先は、藤原安宿媛の宮だ。新羅使たちはやはりあの母子を尊んだかと、誰もが思ったその時である。
十二、三歳の少女が人垣の中から飛び出し、まっすぐ新羅正使に駆け寄った。つぶらな眸で使節を見上げてひざまずき、胸に抱えていた巻子を差し出した。
美々しい錦で装丁され、軸先《じくさき》には象牙《ぞうげ》をはめ込んだ美麗な巻子である。

正使は一瞬、戸惑ったように立ちすくみ、傍らの副使と顔を見合わせた。だがじっと己を見つめる少女に気圧《けお》されたのか、差し出された巻子を受け取り、紫の巻緒に手をかけた。

「あれは――」

思いがけぬ出来事に、人垣の間にざわめきが起きる。阿倍朝臣石井の顔から血の気が引き、濃い朱色に彩られた唇が強く引き結ばれた。

「あれは陽侯《やこ》女王じゃないの」

「誰?」

「どなたですって?」

後宮の人間関係に疎《うと》い笠女は、小家主と声を揃えて隣の同輩に尋ねた。

「新田部親王《にいたべしんのう》のご息女よ。確か去年から、広刀自さまにお仕えしているはず」

大海人《おおあま》大王（天武《てんむ》天皇）の七男である新田部親王は、長屋王・舎人親王と並ぶ皇族の重鎮。文事全般を司る知太政官事・舎人親王に対し、大将軍として軍事を掌握する人物である。

そんな彼を父に持つ陽侯は、頽勢《たいせい》に陥りつつある広刀自を助けるべく、後宮に送り込まれたのだろう。周囲のざわめきにはお構いなしに背筋を伸ばした姿は、まだ少女とは思えぬ不敵さに満ちていた。

「だけど、あの巻子は何かしらねえ」

そう呟いた途端、新羅使が目を落とす巻子の端が秋風に翻り、笠女は息を呑んだ。

一行十七文字で記された写経体、あの字には見覚えがある。間違いなく、自分が記した大般若経であった。

どういうことだ、と思わず立ち上がったのと、新羅使が背後を振り返ったのはほぼ同時。新羅語で何事か命じる正使に、随従《ずいじゅう》していた日本の役人がこれまた流暢《りゅうちょう》な異語《いご》で応じる。それがあの高丘連河内だと気づいたときには、新羅使は陽侯を先頭に立たせ、先ほどとは違う方角へ歩き出していた。

あちらには、県犬養広刀自が娘たちとつつましやかに暮らす殿舎があるはずだ。

居合わせた女官たちがこぞって、それまで詰めていた息を吐いた。全員の頃合いが、偶々《たまたま》重なったのだろう。それは思いがけぬ大きさで中庭を満たし、当人たちを狼狽させた。

——新羅使が出立に際し、井上皇女の書の巧みさを激賞したとの風聞は、その日のうちに後宮じゅうを駆け巡った。

　当初、正使は藤原安宿媛と阿倍皇女の元を、一番に訪れるはずだった。それが陽侯女王が差し出した経典の手蹟《て》に心を惹かれ、急遽、予定を変えてしまった、とも。

　文雅《ぶんが》の華開く大唐でも、書を得意とする女性は少ない。女官、もしくは貴族・皇族層の子女が筆を持ちはしても、それはあくまで必要最低限のもの。ましてや新羅のような周辺国で、男にもひけを取らぬ字を書く女など、数えるほどしかいなかったのである。

「ところが井上皇女の筆は、年にも性別にも似あわぬ巧みさ。さすがは辺東の小帝国、これぞ天皇の治が遍《あまね》く辺土にまで行き渡っていることの表れに違いない――とまあ、新羅使さまはこんなふうに感歎《かんたん》なさって、広刀自さまの宮を先に訪れられたのですって」

「そりゃ正使さまの訪問は、あくまで内々のものですもの。広刀自さまが先になったとしても、安宿媛さまも文句を言えないですわよね」

　出立の宴の余りであろう。宿舎では今夜も春世と若子が、伏兎をつまんでいる。後宮中の騒々しさに影響されてか、寝台で横になっている笠女の耳もお構いなしの声高さであった。

「だけどこちらを先にと言ったところで、金銀や錦といった財物で正使さまを釣るのは無礼。そこで皇女の書をご覧くださいと、あくまで風雅に寄せてご自分の殿舎に招かれたわけよ。広刀自さまもなかなか策士でいらっしゃるわねえ」

「ところで陽侯女王がご覧に入れた経巻って、本当に井上さまが書かれたものだったのでしょうか。あたくし、中庭にいたんですけど、遠かったものでよく見えなくって」

　春世が悔しそうに唇を尖らせた。

「あたしはそのとき折悪《おりあ》しく、席を外していたのよ。でも居合わせた典膳《かしわでのすけ》さまの話じゃ、およそ十歳の手蹟とは思えぬ、見事なものだったのですって」

「お言葉ですけど、井上さまが書に優れているなんて、これまで聞いたことありませんわ。おおかたどなたか、後宮内の能書に書かせたものじゃないんですの？」

「後宮の能書と言えば――」

　春世と若子はそろって、笠女を振り返った。ぎょっと身を起こした笠女を見るなり、そろってぷっと吹き出した。

「ないない、絶対にないわよ。そりゃ笠女は有能だけど、妃がたの対立に首を突っ込むわけがないじゃない」

「そうですわよねえ。どうせあたくしたちは一介の采女。上つ方がどう変わろうと、別になんの関係もないですもの」

　伏兎を弄《もてあそ》びながらふうと息をついた春世の顔を、若子が意外そうに覗き込んだ。

「あら、春世の御子は、藤原麻呂さまのご子息じゃない。だったら安宿媛さまが広刀自さまに先んじられたほうが、春世のためになるでしょうに」

「うーん……まあ、そういえばそうなんですけれど」

珍しく春世が言葉を濁した時である。房の扉が軽く叩かれ、ころころと太った舎監が満月のような顔を突き出した。

「笠女、お客さまじゃぞ」

思い当たる節は一つしかない。心のどこかでこうなる予感がしていたと思いながら表に出れば、案の定、門の脇にずんぐりとした影がたたずんでいる。深緑色の官服と冠が闇に半ば溶け込み、山の端《は》に上り始めた月の光に、白い顔だけが照らし出されていた。

「借りていたそなたの経典じゃ。長い間、すまなんだな」

豪華な錦で装丁され、軸先に象牙が埋め込まれた経巻は、およそ自分の書いたものとは思えぬきらびやかさである。しっとりと重い錦の手触りを感じながら、笠女は河内を見上げた。

「本当はもっと早く参るつもりだったのじゃ。されど新羅使どのをお送りしていったら、遅くなってしもうてな。これでも馬を飛ばして戻って来たのじゃ。許せ」

「それは構いませんが――」

聞きたいことは山のようにあるのに、言葉が出ない。夜気《やき》を吸って冷えた巻子を握りしめる彼女に、河内はふっと笑みを浮かべた。

「おぬしの字は面白いのう。文字は、書く者の心をそのまま表す。東院でおぬしの経典を見たとき、わしはこれは女が男になろうと足掻《あが》いている字じゃと思うた。されどどうしたところで、女子は決して男にはなれぬ。そもそもおぬしは、この宮城に何故女官がおるか、考えたことがあるか」

普段ならば反発するはずの言葉が、不思議に胸の奥深くに染み通った。首を横に振る笠女に、彼は静かに続けた。

「それはこの国の政が、天皇一人によって行われているからじゃ。天皇は日本の権力そのもの。いかに藤原氏が権力を握ろうとも、世に並びなき日の御子《みこ》にとって代われはせぬ。そんなお方を表から支えるのが男性官吏、裏から支えるのが女性宮人の務めじゃ」

つまり女官の仕事とは、天皇が正しい政務を行えるよう、天皇の日常を万事ぬかりなく補佐することだと河内は語った。

「末端の采女からすれば、後宮の仕事はつまらぬことだらけであろう。されど後宮があるからこそ、天皇は国を正しく統治できる。決して目立たねど、後宮十二官司は朝堂《ちょうどう》二官《にかん》八省《はっしょう》とも等しい重要な官衙。そしてそこで働く者はすべからく、この国の官吏たる認識を持つべきなのじゃ」

むろん、後宮六百人の女官が全員、かような自覚を有しているとは言えぬ。しかしだからといって、宮人たちに官吏の一員たる志《こころざし》を抱かせる努力は怠ってはならなかった。

おそらく、図書頭あたりから事情を聞いたのだろう。だとすれば彼の耳に入っている評判は、ろくでもない噂のはずだが、河内の声は驚くほど柔らかであった。

「男の如き官吏になりたいとの志、分からぬではない。されど女官には女官にしか出来ぬ務めがあるのじゃ。女子である身を引け目と思うではない」

「引け目になんか思ってません」

本当にそうだろうか。自分が女子でなければ、貧しい郡領の娘でさえなければと思った折は数えきれぬほどあったではないか。強がる声が、どこか空々しかった。

「そなたの字は男ぶってはいたが、所詮、女子の文字。だからこそ井上さまの手蹟と偽り、新羅使さまにお目にかけもできたのじゃ。正使どのはああ見えて、本国では文人として知られたお方でな。男が女子の字に似せて書いたならば、すぐに見破られてしもうたであろうよ。その点からすれば、今日一番の手柄は、間違いなくおぬしじゃ」

「高丘さまは広刀自さまに――いえ、長屋王にお味方しておられるのですか」

河内は太い眉を跳ね上げ、いいや、と笠女の言葉をあっさり否定した。

「別にあの方々にご助力するつもりはない。なにしろわしはただの玄蕃寮の役人。貴族がたの勢力争いとは無縁の身じゃでなあ」

ただ、と河内は言葉を続けた。

「この国は天皇のご意志の下、有能な官吏によって動かされねばならぬ。それを思うと藤原朝臣家の面々は、ちと権勢欲が強すぎる。政は一方に傾けば、いずれひどい揺り返しを起こす。それを防がんがために、広刀自さまにちょっと入れ知恵致したまでじゃ」

　この男はいったい、何者だろう。上つ方が権力争いを続ける一方で、官吏たちは己の職域を守ろうと汲々《きゅうきゅう》としている。そのどちらにも属さず、国の有りようだけを考える河内が、ひどく不思議でならなかった。

「おそらく今後、藤原家と皇族諸氏の争いは、更に激しさを増そう。されど上に立つ御仁が誰に変わろうとも、国は国として歩んでいかねばならぬ。その歩みを止めるのも官吏、早めるのも官吏じゃ。よいか、宮仕えを続けるのであれば、己の分と務めを決して忘れてはならぬぞ。天下国家を動かすのは、貴族がたではない。この宮城三千人の官吏なのじゃ」

　そこまで一息に語り、己の能弁に気付いたのだろう。河内は不自然に言葉を切り、決まり悪げにこめかみを掻いた。

　目の前の中年男の言葉すべてに、同意できるわけではない。女子女子と繰り返されるのも、正直、腹が立つ。だがいくら反発しても、自分の性は変えようがないのだ。笠女は腕の中の経巻を強く抱え込んだ。

　この写経が女の手蹟ゆえ役立ったように、采女である自分にこそ出来る何かが、京にはあるはずだ。そんな思いが胸をよぎった。

　そうだ。男と同じことをしよう、彼らと肩を並べようとはた迷惑な背伸びさえしなければ、自分は己の力を活かせるのではないか。

降り注ぐ月光が急に眩《まぶ》しく感じられ、笠女は眼を細めた。

女のままで、よいのだ。だからこそ果たせる務めが、この後宮にはあるに違いない。

「ところで実はおぬしの経文に、広刀自さまがひどく感心なさってのう。井上さまと不破さまの手習いを見てくれぬかと仰せなのじゃが、どうだ」

以前であれば、一も二もなくうなずいただろう。さりながら自分が生きるべき道は、皇女たちのお相手ではない。もっと地味な、一女官としての生き方がこの身を待っている。

元々己の夢は、女性官吏として登り詰めること。後宮が本当に河内の言葉通りの場所であるならば、いつか必ずや自分は、この国を動かす人材となってやる。

そのためには権勢者に寄り添ってはならない。せせこましい官吏にもなってはならない。他山の石とすべき人物は、宮城には山ほどいる。それを横目に、自分は自分の道を行けばよい。きらびやかな錦の経典は、いまの己にはまだ似合わない。

笠女はにっこり笑い、せっかくですが、と首を横に振った。

「そうか、残念じゃのう」

口先ではそう言いながらも、河内の眼は穏やかな笑みにあふれていた。

ひょっとしたら自分はいま初めて、尊敬すべき真実の官吏に出会ったのかもしれない。

自らが果たすべき務めが何なのか。それはまだ分からない。とにかくは出来ることから頑張ってみるか、と笠女は胸の中で呟いた。手の中の巻子がいつしかじんわりと温もり、笠女を励まそうとするかのように、爽やかな墨の薫りを放っていた。

第三話　栗鼠《りす》の棲《す》む庭《にわ》

官衙《かんが》の方角からけたたましい叫び声が響いてきたとき、若子《わかこ》は宿舎の自室で千字文《せんじもん》の手習いをしていた。

後宮《こうきゅう》の女官《にょかん》には、年百日の休暇取得権がある。とはいえ、官舎に暮らす宮人《くにん》の一挙一動はすべて舎監《しゃかん》の管理下にあり、よほどの事情でもなければこの権利は行使できない。病気と言えばすぐさま医師を呼ばれ、外出願いを出せば「どこに、誰と」出かけるのかをねちねち質《ただ》されるのが常だからである。

なにしろ氏女《うじめ》・采女《うねめ》は京ではただの後宮職員だが、郷里に戻れば豪族の姫君。妙な事件や騒動に巻き込まれては、天皇の名に傷がつく。舎監が彼女らの動向に目を光らせるのは当然であった。

ただ何事にも例外はあり、たとえば膳司《かしわでのつかさ》や酒司《みきのつかさ》、水司《もいとりのつかさ》など天皇の食事に関わる部署の女官は、月の障《さわ》りが来れば強制的に休みを取らされる。帝《みかど》の御物《おもの》に月の穢《けが》れを移してはならぬとの理屈だが、同じ宮人でも書司《ふみのつかさ》勤務の笠女《かさめ》や縫司《ぬいのつかさ》に勤める春世《はるよ》には、この恩恵はない。

「若子はいいわよねえ、月に四日も休めるんだもの。あたしなんか昨年から一回も、休みをいただいてないのに。これで同じ禄《ろく》なんて、本当にやってらんない」

「まあ、しかたありませんわ。その分、膳司みたいに早起きしなくていいんですもの。あたくしは朝が弱いですから、こっちの方が助かります」

そんな笠女たちを見送り、すでに二刻《ふたとき》近く。正午《ひる》前の宿舎はがらんと静まり、人の気配はほとんどない。それだけに秋風に乗って届いた喚声に、若子が妙な胸騒ぎを覚えた途端、

「大変です、若子さまッ。すぐ来てください」

宿舎の扉が力いっぱい開かれ、若い采女が飛び込んできた。まだあどけなさを残した丸顔には、見覚えがある。確か笠女と同じ書司にいる、壬生直《みぶのあたい》小家主《こやかぬし》だ。

「笠女さまが中庭で、取っ組み合いの喧嘩をなさってます。早く、早く止めてくださいッ」

「なんですって」

まさに予感的中である。若子は筆を投げ捨て、大急ぎで沓《くつ》を突っかけた。

ばたばたと走る娘たちを叱《しか》りつけるべく、舎監室から当番の女官が飛び出してくる。塩梅《あんばい》の悪いことに、五人いる舎監の中でも、一番若くて元気のある采女だ。

「これッ、その様はなんですかッ。行儀の悪いッ！」

甲高い叱責に、

「すみません！」

と背中で応じ、二人は宿舎の門を飛び出した。

「いったいどういうこと。喧嘩の相手は誰よ」

小路を駆けながらの問いかけに、小家主は細い目をしばたたき、それが、と口ごもった。

「喧嘩のお相手は、紀意美奈《きのいみな》さまなんですけど——」

同じ女官でも、若子たち地方出身の采女と、畿内《きない》豪族の子女である氏女は仲が悪い。若子と同じ膳司に勤める紀朝臣《きのあそん》意美奈は、名族・紀氏の出身。数人の取り巻きを従え、事あるごとに采女を見下す嫌味な娘である。

それに対して笠女は頭の回転も速ければ、気も短い。これまでぶつからなかったほうが不思議な組み合わせであるが、小家主の語る顚末《てんまつ》は若子の推測とは少々異なっていた。

「最初は中庭で、意美奈さまと春世さまが言い争われてたんです。そこにたまたま通りかかられた笠女さまが割って入られ、あっという間に取っ組み合いの騒動になって——」

官衙の庭では二十人ほどの女官が、好奇の表情も露わに人垣を築いていた。彼女たちを押しのけてその先頭に出れば、なるほど笠女と意美奈が凄まじい形相で睨《にら》み合っている。ただ意美奈の裳《も》の裾《すそ》が踏み破られ、上衣《じょうえ》も無残にはだけているのに対し、笠女の被害はわずかに袖が裂けている程度。どちらに分があるか、一目瞭然である。

意美奈の周囲には氏女仲間——笠女言うところの「お取り巻き」が集まり、

「もうやめましょうよ、意美奈」

「そうよ、そんな人たちに関わるだけ時間の無駄だわ」

と、必死に彼女を押し留めている。

そんな中で笠女の背に隠れた春世だけが、目の前の落花狼藉《らっかろうぜき》ぶりなどどこ吹く風と言わん顔。泥はね一つ蒙《こうむ》らぬまま、磨いた爪を気にしている様が恐ろしいほど場違いであった。

「だいたい、騒動の発端は何なの」

今更、自分が出る場はなさそうだ。若子は声をひそめた。

「それがですね」

小家主がはしっこい目で、辺りをうかがったときである。

「そこをどきなさいよ。笠女には関係ないでしょうッ」

意美奈が止める朋輩《ほうばい》の手を振り切って、笠女たちに詰め寄った。数日前の雨で、中庭はぬかるんでいる。水たまりからびしゃっと泥が飛び、それに驚いたように人垣が一歩広がった。

「あたしが用があるのは春世なのよ。この雌猫ッ、夫ある身のくせして、よくも宮内少《くないのしょう》録《さかん》さまをたぶらかしたわねッ」

「――つまり、そういうわけです」

「……よくわかったわ」

宮内少録（宮内省四等官）である大神朝臣但成《おおみわのあそんただなり》と紀意美奈が最近深い仲にあることは、後宮では知らぬ者のない話である。あまりに単純すぎる喧嘩の原因に、若子は頭を抱えたくなった。

「別にあたくしが、少録さまをたぶらかしたわけじゃないですわ」

子猫のように大きな眼をしばたたかせ、春世は上目づかいに意美奈を見上げた。男であれば間違いなく庇護欲をそそられるであろう、愛らしい仕草であった。

「先に声をかけて来られたのは、少録さまのほうですの。おうかがいしたところでは、意美奈さまったらいまだに、少録さまに手一つ握らせないんですって？　いくら礼儀正しいお方とはいえ、若い殿御《とのご》ですもの。そんな身持ちの堅さじゃ、うんざりなさるのも仕方ないですわ」

見る見るうちに意美奈の顔が青ざめ、次には怒りに赤く染まった。さすがの笠女が「ちょっと」と小声で留める。しかし春世はにっこり笑って小さく首を傾《かし》げ、歌うような口調で続けた。

「まあ、それも当然ですわよね。なにせ但成さまはまだ、正八位《しょうはちい》の低位。これから出世なさるかどうかも分からぬお方に、たやすく身を任せられはしませんものねえ」

采女を奉るのは地方郡司の義務だが、畿内豪族の氏女貢進は決して強制ではない。それにも拘わらず中央の豪族が争って娘を後宮に送り込むのは、女性官僚としての出世目的の他、婿《むこ》探しも兼ねていた。

大神朝臣家は、大倭国《やまとのくに》磯城《しき》地方を拠点とする名族。ただし近年は新興の藤原氏や橘《たちばな》氏に押され、朝堂での立場は少々ぱっとしない。正直なところ、紀家の令嬢である意美奈とは不釣り合いである。

この当時、女子の純潔を尊ぶ風習はない。とはいうものの男女の間で、身体の結びつきは最大の武器。今後の見通しの立たぬ相手に、おいそれと身を委ねるのは愚の骨頂である。

しかしながら、それはそれ、これはこれ。朋輩の男を寝盗っていい理由にはなるまい。

春世が京職大夫《きょうしきだいぶ》・藤原麻呂《ふじわらのまろ》との間に息子を生しているのは、周知の事実。正式に養われているわけではないため、「夫ある身」との指摘は正しくないが、傍目《はため》にはどう考えても春世が悪い。実際居合わせた野次馬たちの表情は、明らかに意美奈に肩入れしている風であった。

「だからむしろ、意美奈さまには感謝していただきたいんですの。どのみち少録さまと長続きするはずないと、分かってらしたんでしょう。まああちらだってそのことは、気付いておられるようですけど。なにしろ男君《おとこぎみ》に愉しみ一つ与えられないようじゃ、女子としては下《げ》も下――」

このとき意美奈が、思いがけぬ俊敏さで春世に走り寄った。笠女が阻《はば》む暇もない。泥まみれの手がひらめき、乾いた音が春世の頬で弾けた。

「ふざけないでよ、この色魔《しきま》ッ」

「ちょっと、春世になにするのよッ」

「痛ッ。放しなさい、放してったら――」

笠女が意美奈に飛びかかったのを皮切りに、わっと人垣が崩れ、何人もの女官が彼女たちを引き離しにかかる。春世がその人波の中にぼんやりと突っ立ち、

「……ちゃんとつなぎ止めておかないほうが悪いんですわ」

赤く染まった頬に手を当てもせず呟いたのが、若子の耳にかすかに届いた。

何しろ勤務時間のただ中に、派手な痴話《ちわ》喧嘩をやらかしたのである。後宮の綱紀監察《こうきかんさつ》に当たる内侍司《ないしのつかさ》が、放っておくわけがない。

春世と意美奈、それに笠女と意美奈の取り巻きたちは、中庭からそのまま内侍司に連れて行かれ、それぞれの上役から厳しい譴責《けんせき》を受けた。解放されたのは正午をはるかに過ぎ、短い秋の日が生駒山《いこまやま》に大きく傾き出した頃であった。

「ああもう、あの莫迦力《ばかぢから》。本気で摑むから、袖が裂けちゃったじゃない。春世、後で縫ってちょうだいよ」

「嫌です。それぐらいご自分でなさってください」

「何、その言い方は。元はといえば春世が蒔《ま》いた種でしょうが」

「あたくしは別に、助けて欲しいと言った覚えはありません。勝手に割って入って、騒動を大きくしたのは笠女さまですわ」

「なんですって」

「ちょ、ちょっと待ってってば。春世も笠女も、お願いだから落ち着いて」

険悪な気配で宿舎に戻ってきた二人の間に、若子は慌てて割って入った。まったく、心配していればこの様だ。

だが春世は白い顎をつんと上げると、若子を押しのけるようにして、鏡台の前に腰を下ろした。

「春世、いくらなんでも今の言い方はないんじゃないの。笠女はあなたを庇《かば》うために、意美奈と喧嘩してくれたのよ」

「庇って欲しいと思ったことなんか、ありません。男君絡みの騒動は、自分でちゃんと決着を付けます」

釵子《さいし》を髻《もとどり》からひきむしるように抜きながら、春世は吐き捨てた。

普段なよなよとして、言葉つきも可愛らしい彼女らしからぬ語調に、思わず若子は笠女を振り返った。笠女もさすがに、様子がおかしいと気づいたのだろう。はて、と首をひねって眉をひそめる。

「だいたい色恋沙汰は当事者同士のもの。それにあたくしは、自分から誰かを誘ったことなんか一度もありません。なのにどうしていつも、あたくしばっかり非難されるんですか」

見れば春世は、鏡の中の己を長年の宿敵の如く睨み付けている。若子たちにというより、この場にいない誰かにぶつけるような口調は、長年ため込んできたものを手当たり次第投げ捨てるかのように荒々しかった。

「あたくしが藤原麻呂さまの愛人だからですか？　麻呂さまとの間に子どもまでいるから、妬ましくてしかたないんですか？　そんなもの、いつだって代わって差し上げますのに、みんな傍から見ているだけで好き放題言って」

痛くないのかと心配になるほど荒々しい手つきで、髻を解く。黒い蛇のように背に流れた黒髪を乱暴に梳《す》く春世の横顔は、何故か今にも泣き出しそうにも見えた。

なるほど今を時めく藤原四兄弟の末弟《まってい》・麻呂との間に男児を生している春世は、采女の中では出世頭。それでいて悠々自適の邸宅暮らしを望まず、浜足《はまたり》と名付けられた我が子を家刀自《いえとじ》（本妻）に渡して宮仕《みやづか》えを続ける彼女は、後宮では変わり者と見なされていた。

とはいえ子どもの件を除けば、春世は何一つ、麻呂の世話を受けていない。

春世と父娘ほど年が離れているせいであろうか。藤原麻呂は鷹揚《おうよう》な男で、彼女がどれほど浮名を流そうとも怒らず、むしろ「遊び過ぎるなよ」とたしなめる寛容さを持っていた。

春世が誰かと真剣に恋に落ちれば、麻呂は息子だけを手許《てもと》に留め、喜んで愛人を嫁がせるであろう。

男児を産んだのはお手柄だが、腹は所詮《しょせん》借り物。後は適当によい夫を見つけて嫁いでくれれば後腐れなくてよい。地位ある男からすれば、采女との交情とはその程度の淡さであった。

それでもなお女官たちが春世の男遊びを指弾するのは、まさに出る杭は打たれるとの言葉通り。万事目立ち過ぎる春世への嫉妬が、「尻軽女」との非難にすり替わっているだけの話であった。

「でも春世だって悪いってば。いくらなんでも、妻や恋人がいる男をくわえ込まなくてもいいでしょうに」

いつにない春世の荒れっぷりに押されたのか、笠女がなだめる口調で言葉をはさむ。

その途端、春世はがん！　と音を立てて櫛《くし》を置き、大きな眼を険しくすがめて彼女を振り返った。

「そんなこと言いますけど笠女さま、それであたくしが男君の誘いを断ったら、今度はなんて吹聴《ふいちょう》されるかご存知ですの。やれ、麻呂さまの子を産んだ程度で大きな面をして、これだから田舎娘は身のほどを知らぬ。あのぐらいの容姿だったら宮城《きゅうじょう》にごまんとおろうに、麻呂さまも物好きなものだ——そんな悪口にさらされるぐらいだったら、いっそかけられた声に乗っかって、浮かれ女扱いされるほうがましってものです。少なくとも一時は、嫌な思いを忘れられますもの」

息を呑む朋友《ほうゆう》たちを等分に見比べ、口惜《くや》しげに唇を噛む。濃い化粧の下に、年相応の心細げな素顔がちらりとのぞいた。

「本当に、嫌になっちゃいますよ。あたくしだって好きでこんな身の上になったんじゃないのに」

昨年出仕《しゅっし》したばかりの若子は、春世が麻呂と関係を持った経緯を知らない。だが少なくとも彼女にとって、顕官《けんかん》の愛人という事実が幸せをもたらすものでないことは、同じ部屋に寝起きしていればすぐ気付く。若子自身、名門・阿倍《あべ》家に子を与える道具にされかかっただけに、それは尚更だった。

だからこそ春世は数々の男と浮名を流すことで、日々の憂さを晴らしているのだと思っていた。それがよもや、周囲の人々からの誹《そし》りを逃れんがためだったとは。

「浮かれ女と呼びたいなら、大声でそう誹ればいいんです。それを男君も女官たちも、裏に回っての悪口三昧。もう、本当に嫌でたまりませんわ」

手早く化粧を落とし、春世は長い髪をくるくると襟足に束ねて立ち上がった。そのまま自分の寝台にもぐり込み、上衣を頭の上までひっかぶって丸くなる。

「あたくし、先に寝ますね。灯火はそのままでかまいませんから。おやすみなさい」

男とは勝手なものだ。春世を蝶《ちょう》よ花よともてはやす一方で、聞こえぬところではその背を指して、あれが宮城一の浮かれ女かと嘲笑《あざわら》う。

春世とて、好きこのんで子どもを家刀自に渡して、宮仕えを続けているわけではあるまい。采女の腹は、畢竟《ひっきょう》借りもの。出自正しい本妻がいる以上、仮に同じ家に暮らしたとて、我が子を思うままに育てられるわけがない。一人の采女として仕事を続けているのは、彼女なりの意地だ。

言うなれば麻呂は麻呂、子どもは子どもと割り切って華やかな宮城暮らしを満喫する姿は、意のままにならぬ境遇に倦《う》み疲れた末路。そして同輩の女官たちは、そんな春世を見てますます悪口を募らせる。

笠女と二人、気まずげに顔を見合わせたものの、どう言葉をかければいいのか分からない。夜着にくるまって丸まった姿が、周囲から己を守ろうとする殻のようにも映った。

翌朝、若子が眼を覚ますと、春世の寝台は奇麗に整えられ、鏡台の前に置かれていた釵子の類も消えていた。まだ熟睡している笠女をまたぎ越して舎監室に行けば、驚いたことに春世は今朝早く、休暇を取って外出したという。

「本来ならばたやすく休みなど与えぬが、昨日、意美奈とひと騒動起こしたばかりじゃでのう。二、三日、藤原麻呂さまのお屋敷で羽を伸ばしたいと言われたゆえ、否《いな》とは申せぬわい」

違う。あの春世がそんなことで、麻呂を頼るはずがない。当直舎監の言葉を最後まで聞かず部屋を出ようとした若子の背に、

「おお、そうそう。忘れておった」

とくぐもった声が飛んできた。

今日の当直は、五人いる舎監の長でもある深津直山勢《ふかつのあたいやませ》という老采女。七十をとうに超した彼女は、大海人《おおあま》大王（天武《てんむ》天皇）の御代《みよ》から宮仕えを続けているのが自慢で、うっかり捕まろうものなら舎監室に連れ込まれ、

「あれは葛城《かつらぎ》大王（天智《てんじ》天皇）が崩御なさる直前の冬、わしは京を去られる大海人さま、讃良《さらら》さま（持統《じとう》天皇）にお供して、雪深い吉野《よしの》に参ったのじゃ」

という昔語りを延々と聞かされることで有名である。

しかしさすがに早朝からはそんな元気もないのか、山勢は大口を開けて一つ欠伸《あくび》すると、まだ眠そうな様子で言葉を続けた。

「つい先ほど、春世に会いに来たお方がおられてのう。春世を訪ねるのであれば、そのことも伝えてくれぬか」

「お客人？　どなたですか」

山勢は几《つくえ》に山積みになっている木簡をかき分け、小さな書き付けを取り出した。朝日の差し込む窓辺に向き直り、目脂《めやに》のこびりついた目を細めた。

「大神朝臣但成さまと言われる宮内少録どのじゃそうな。どんな時刻でも構わぬゆえ、宮内省に訪ねてもらいたいと仰られていたわい」

氏女の大半は妙齢のうちに官吏《かんり》と結婚するが、采女の中で夫を得るのは、ほんの一握り。ほとんどの者は務めに耐えられぬ高齢になると、官を辞して郷里に帰る。また戻る里や親族のない者は出家し、右京《うきょう》の光永寺《こうえいじ》という尼寺《あまでら》に入るのが慣例であった。

しかし中にはごく稀に、そのどちらの手立ても選ばぬ女子もいる。宿舎の舎監は、そういった老采女の最後の任務であった。

同じ舎監でもまだ五十を過ぎたばかりの若手は、内侍司や采女司とも関わりを持ち、宮城の動向にも詳しい。そんな彼女たちとは対照的に、一日の大半を狭い一間で過ごす山勢は、政《まつりごと》や宮城内の騒動とはほとんど縁がない。

春世たちが昨日、喧嘩をしたとは知っていても、その原因が男出入りとまでは聞かされていないのだろう。

「はて、そういえばこの御仁の名は、どこぞで聞いたことがあるような」

と不思議そうな山勢を置き去りに、若子は宮内省に向かった。

何しろ畿外出身の采女は、京にほとんど知己を持たない。春世がどこに姿を消したのか、藁にもすがる思いであった。

一般に後宮に比べ、男性官吏たちが働く二官八省の朝は早い。案の定、まだ第二開門鼓《かいもんこ》が鳴ったばかりというのに、あちらこちらの官衙では多くの役人が忙しげに走り回っていた。

天皇や皇室の財政・庶務を担当する宮内省は一職四寮十三司を管轄する大省。十数人の史生《ししょう》が几を並べる殿舎《でんしゃ》で案内を請《こ》うと、二十六、七歳と思しき男が周りをうかがいながらやってきた。八位を示す深縹《こきはなだ》の官服からして、あれが大神朝臣但成に違いない。

但成はしばらくの間、春世の姿を探すように辺りを見回していた。やがて物陰にたたずむ若子に気付き、いぶかしげな面持ちで頭を下げた。

すらっとした背丈に、官服の濃い色が似合っている。大振りながら、決して野卑《やひ》には落ちぬ目鼻立ち、男らしいきびきびとした挙措《きょそ》。なるほど、意美奈が怒り狂ったのも無理はない偉丈夫である。

あれほどの騒動があった翌日に春世を訪ねて来たのは、その身を案じてであろう。初対面ながら、そう信じさせる清冽《せいれつ》さが但成には備わっていた。

「突然、申し訳ありません。わたくしは阿波凡直《あわのおおしのあたい》若子と申し、八上連《やかみのむらじ》春世と宿舎で同室の者でございます」

春世が姿を消したこと、行き先に心当たりがなく困っていることを述べると、但成は驚いたように顔付きを改めた。しかし一通り話を聞き終えるや、なるほど、と呟いてほっと肩の力を抜いた。

なんだそんなことか、とでも言うような安堵が、秀麗な顔に浮かんでいた。

「いきなりのお話、驚きました。ですが、若子どの、でしたか。さほど心配なさる必要はありませんよ」

意外な言葉に、若子はわが耳を疑った。どういう意味かと聞き返す間もなく、「なにしろ」と彼は言った。

「春世はあちらこちらに男を持っていますからね。きっとそのうちの一人の家にでも、転がり込んだのでしょう。二、三日もすれば、遊び疲れた猫のような顔をして、悠々と戻って来るに違いありません」

ひやりと寒いものが、襟元を吹き過ぎた。但成の整った面には、別段なんの陰険さもにじんではいない。むしろ育ちのよさそうな笑みを頬に浮かべ、彼はわずかに腰をかがめた。

「若子どの、女官同士ではよく分からぬかもしれませんが、春世はそういった女子なのです。同輩の身を案じられるのは結構ですが、ああいった娘にはあまり関わり合いになられないほうがいいでしょうな」

まったくの好意から出たとしか思われぬ、優しげな口調であった。だがその優しさの中に、若子は但成に――いや、男に潜む忌まわしい本性を見た思いがした。

自分はいったい何を、この男に期待していたのだろう。それでもどこかにあるはずの善意にすがりつくように、若子は震える唇を励ました。

「但成さまは……あなたさまは今朝、春世の身を案じて、宿舎にお越しになったのではないのですか」

「なにを仰られます」

但成は太い眉を意外そうに跳ね上げ、若子の言葉をあっさり否定した。

「そんなわけがありますまい。それがしは春世に、釘を刺しに参ったのですよ」

「釘……」

「ええ、意美奈は気丈ですが、お嬢さま育ちですからね。あまり刺激して、父御どのにでも出て来られては、こちらの出世の妨げにもなります。ここは適当に別れたとでも言っておいてくれと、告げるつもりでございました」

喉の奥がひりつき、咄嗟《とっさ》に声が出ない。それをどう勘違いしたのか、但成は更に笑みを深くした。

「春世は共に楽しく過ごすにはいい女子です。それがしもあれを手離すのは、実に惜しい。だからこそ意美奈のこととは意美奈のこととして、春世ともうまくやっていきたいと思っています」

今度こそはっきりと、胸の中を寒風が音を立てて吹き過ぎた。

目の前の男は、本当の春世を知らない。あれほど華やかで美しく、人々から羨望の目を注がれている春世。そんな彼女が途方もない孤独の中にいるなど、いったい誰が想像しよう。

物事の表面しか見ぬその愚かさに、軽い吐き気すらこみ上げてくる。大急ぎで別辞《べつじ》を述べる若子を怪訝《けげん》そうに見送る曇りのなさが、なおのこと腹立たしくてならなかった。

結局翌日もその次の日も、春世は戻ってこなかった。宮人の休暇の取り方は自由で、定められている日数以上出勤すれば、後は何日続けて欠勤しようとも問題はない。

とはいえ、身の回りの品は置きっ放し。縫司にも無断欠勤に近い有様では、上司たちとていい気はすまい。

まったく発作的に出て行ったとしか思えぬ春世の身を、若子と笠女は案じ続けた。

「春世は因幡国《いなばのくに》八上郡の出だったよね。近くの郡から来た兵衛《ひょうえ》が、宮城に一人や二人、いるんじゃないかな」

地方豪族の子女が采女として出仕するように、弓馬の道に優れた豪族の子弟は、兵衛として上京するのが定めである。ごく常識的な笠女の提案に、若子は「それがね」と首を横に振った。

「確かに春世と顔見知りの兵衛はいるみたい。でも兵衛府から尋ねてもらったところ、最近は誰ひとり、あの子に会ってないのですって」

「そんなもの、当人から頼まれて、口をつぐんでいるだけかもしれないわよ。なんせ春世は男に取り入るのがうまいから――」

思わず口をすべらせた笠女を、若子はじろっと睨み付けた。他の時はさておき、こんな場合にまで春世が男に媚《こ》びているとは考えたくない。

「――こ、こうなると、八方ふさがりよね。後は藤原麻呂さまにおすがりするしかないんじゃないかな」

気まずげに咳払いして、笠女は話題を変えた。

「このまま欠勤が続けば、いずれ内侍司の耳にも春世の不在の話が入っちゃうもの。そうなると麻呂さまのところにも、問い合わせが行くだろうし。どうせ露見してしまうんだったら、今のうちに事情を打ち明けたほうがいいと思うけど」

藤原麻呂は、京の治安を司る京職の長官。春世の行方を捜すのにうってつけなのは、よく分かっている。だが当の本人の懊悩《おうのう》を思いやれば、おいそれと彼に相談するのも憚《はばか》られる。若子は髪に指を突っ込んで、うーんとうなった。

遠い郷里から上京し、そのまま宮城で働き始めた采女は、宮城外の様子をほとんど知らない。繁華この上ないと噂の市も、野犬と盗賊が闊歩《かっぽ》するという夜の闇も目にしたことがなかった。

いま、この宿舎を逐《お》われたら、自分はどうやってその夜を過ごすだろう。どこであれば、安心して身を寄せられるだろう。とはいえどれだけ考えたところで、宮城以外の京を知らぬ若子に、よい思案のあるはずがなかった。

月の障りが終わり、いつもの如く膳司に出仕しても、春世のことが気がかりでならない。自然と仕事がおろそかになり、高坏《たかつき》を落としたり、膳部から届けられたばかりの料理を板間に置き忘れるといった失態が続いた。

「あらあら、休んでいる間に仕事をすっかり忘れたのかしら。まったく春世といい若子といい、田舎出の采女はこれだから使い物にならないのよね」

今も蔬菜《そさい》の笊《ざる》をひっくり返した背後で、意美奈がねちねちと嫌味を言っている。春世たちに与えられた屈辱を晴らさんとばかりの、声高な嘲笑であった。

「だいたい出自の卑《いや》しい采女なんて、宮城に長く留まっていたって、誰の眼にも留まらないんだから。さっさと故郷に引き上げるなり、髪を下ろして光永寺に入るなりすればいいのよ」

近年の仏教の興隆はすさまじいほどで、京の内外では相次いで私寺《しじ》が建てられている。貴族はもちろん首《おびと》天皇や妃たちまでもが礼仏《らいぶつ》に熱を上げ、争うように寺々に施入《せにゅう》（寄付）を行っていた。

老女官の隠棲《いんせい》所である光永寺も例外ではなく、つい先月にも皇太夫人《こうたいぶにん》・藤原宮子《みやこ》を施主とする釈迦三尊像《しゃかさんぞんぞう》の開眼供養《かいげんくよう》が執行されたばかりである。

もっとも、光永寺を運営するのは、長年宮城で勤め上げたやり手女官たち。このためその経営は他の寺とは比べものにならぬ巧みさで、名だたる大寺の役僧がこっそり財産運用の手立てを尋ねに来るとの噂であった。

「誰かさんみたいなうすのろでも、光永寺だったら仏堂の掃除なり庭掃きなり、適当な仕事があるでしょうしねえ」

いつもであれば聞き流す意美奈のせせら笑いが、頭の中で違う形を取った。

抱えていた笊を足元に置き、すさまじい勢いで立ち上がった若子に、意美奈はびくっとたじろいだ。笠女との取っ組み合いを思い出したのだろう。怯えたように身を引く顔には、明らかな恐れがにじんでいた。

「な、なによ。あたくしは別に、若子のことを言っているんじゃないわよ」

「ありがとう、意美奈！　助かったわ！」

両の手をがしっと摑んで礼を言うなり、若子は膳司の官衙を飛び出した。背後で意美奈が何かわめいていることなど、耳に入っていなかった。

そう、采女に頼るところなどない。だが世を捨てる覚悟を固めさえすれば、自分たちを受け入れてくれる場所があるではないか。

宿舎に駆け戻れば、舎監室では山勢が一人、のんびりとうたたねをしている。それを叩

き起こし、何か文句を言いかけた鼻先を封じる勢いで、

「すみません、光永寺って京のどこにあるんですか？」

と問うた。

「光永寺じゃと？」

「はい、そうです」

寺に暮らす元女官の中には、故実に通じた者が多い。上司から何か訊いてくるよう命ぜられたと、勘違いしたのだろう。山勢はまだ眠そうな目をこすりながら、さして不審がる様子もなく寺の地図を書き、

「一人で出かけるのは危なかろう。必ずや夕刻までには戻るのじゃぞ」

と下部《しもべ》を二人、護衛に付けてくれた。

地図を頼りに赴いた光永寺は、右京四条大路沿い。新田部《にいたべ》親王の邸宅を正面に臨み、真新しい仏堂と細殿《ほそどの》が建つだけのひっそりした寺であった。

広大な敷地の大半は畑になっており、数人の尼公《あまぎみ》が鍬《くわ》や鋤《すき》を手に畝《うね》を立てている。門前で掃除をしていた老尼《ろうに》に案内されるまでもなく、その中から春世の姿を見つけ出すのは、さしたる苦労ではなかった。

布で頭を包んだ尼に混じると、豊かな黒髪を背にたらした彼女はひどく目立つ。そうでなくとも土埃の中、鍬を振るうごとに足をよろめかせる姿は、ひどく場違いであった。

「お尋ねの方とは、やはりあの娘御でございますかな」

駆け寄ろうとした若子を制し、案内の老尼がにんまりと笑った。色白の小さな顔は皺だらけだが、背筋はしゃっきりと伸び、看経《かんきん》で鍛えられた声にも奇妙な張りがある。若い頃の美貌を察するにあまりある、恐ろしく闊達《かったつ》な老婆であった。

「いきなり飛び込んできて尼にしてくだされと言われても、出家にはそれ相当の手続きが要りますでな。そうでなくとも経も誦《ず》せぬ、仏の御名《みな》も知らぬでは尼には出来ぬわい。見ればまだ若く、花も実もある娘御。まあ、しばらくはここで修行させておけば、そのうちに存知よりの方が迎えに来られようと思うたのが当たりましたわいな」

在家《ざいけ》の人間が出家するには煩雑な手続きが要るのだが、俄発心《にわかほっしん》の春世がそんなことを知るわけがない。後宮の生活に倦んだ采女の発作的な出奔《しゅっぽん》と睨んだ慧眼《けいがん》は、さすがであった。

鍬を振り下ろした先に、石でもあったのだろう。春世が鍬を取り落とし、畦《あぜ》の傍にぺたんと尻餅をついた。泥まみれの爪先に、赤いものがにじんでいる。

「あの娘御もこの数日で、尼寺暮らしの味けなさをよく理解なさったじゃろう。連れて帰りなされ。そなたたちのように水気のある女子には、ここはまだ早うござるよ」

このとき老尼の声が聞こえたかのように、春世がこちらを振り返った。若子の姿を見留め、はっと顔を強張《こわば》らせる。

「あと三、四十年も経って、浮世の華やかさにほとほと嫌気が差した頃においでなさるのじゃな。もっとも――」

尼の言葉を皆まで聞かず、若子は駆け出した。しわがれた声が秋の風に乗って、高く澄んだ空に舞い上がった。

「そなたの如き朋輩を持つ女子であれば、何十年経ったとて、この寺の厄介になることはなかろうがのう」

裙《くん》の裾をからげて走ってくる若子を、春世は身じろぎもせずに凝視していた。しかし不意に、取り落としていた鍬を細い肩に担い、くるりと踵を返す。

急いで駆け寄った若子をちらりと見上げ、

「帰りますよ、帰ればいいんでしょう」

とふてくされた声で吐き捨てた。

「帰れば……って、後宮に戻ってくれるの?」

「ええ。あたくしだって、もうこんなところは懲《こ》り懲《ご》りです。朝は早くから畑に出て、晩は遅くまで夜鍋仕事。ちょっと怠けたらがみがみ叱られるなんて、後宮とまったく変わっちゃいませんもの」

険のある声で言い立てながら、春世は大股に畝をまたぎ越した。

なにを考えているのか分からぬが、ともあれ戻ってきてくれるならそれに越したことはない。若子は大急ぎでうなずいた。

「そうね、少なくとも後宮にいれば化粧は出来るし、美しい官服だって与えられるわ。こんな冷えこみの中、畑に出る必要だってないし」

「そうですとも。それにもし出家したら――」

強気な声に潤みが滲み、泥に汚れた足がふと止まった。粗末な野良着をまとった肩が小さく震えている。

「……浜足《はまたり》にだって、会えなくなってしまいますもの。ですからあたくしやっぱり、後宮に戻ります。少なくともあそこにいれば、時折は息子に会えますもの」

「春世――」

その瞬間、若子は目の前の薄い肩を抱きしめたい衝動に駆られた。

いくら男ずれしていようが、子どもがおろうが、目の前にいるのは自分より年下の娘である。

それが世間の荒波に揉まれ、悪口に耐えて、後宮に戻ろうとしている。言葉にならぬ思いが、若子の背を駆け抜けた。

春世を助けてやろうなどという、御大層な正義感ではない。

ただ、女子だから采女だから、何事も諦めてばっかりなのは嫌だ。男たちに虐《しいた》げられ、踏み付けにされてそれでも黙っているなんてご免なだけだ。

若子は春世の肩から強引に鍬を奪った。柔らかな畝に歯を打ちつけ、そのまま泥に汚れた手を摑んで歩き出す。

その行動があまりに突然だったためだろう。春世は濡れた顔を隠しもせず、きょとんと若子を見上げた。

「行きましょう、春世」

「行くって……どこへですの」

「麻呂さまのお屋敷よ。お子を迎えに行くの」

そうだ。采女だからといって、子を取り上げられていい道理はない。その辛さを忘れるがために浮かれ女の汚名を着、男たちに踏み付けられてよいわけがない。

春世が腹を痛めて産んだ子は、堂々と春世が育てるべきだ。采女といえども、郷里に帰れば豪族の娘。冷静に考えれば、なんの文句もなかろう。

宿舎での育児が無理なら、麻呂に掛け合って屋敷の一軒でも建てさせればよい。仮にも京職大夫の職にある彼なら、それぐらい造作ないはずだ。

「そんな——絶対に無理です。お許しになるわけがないですわ」

「麻呂さまは確かにそうかもしれないわ。だけどあなたのお子はどうなの」

身分ある貴族にとって、世継ぎとなる男児はなにより大切な存在。身分の低い采女に養育させるわけがない。それを承知しているからこそ、春世は進んで家刀自に子を委ねたのだ。

　そんな浜足を取り戻すなど、常識外れなのは承知している。だからといって、春世にこのまま何もかも諦めさせてなるものか。

　女としての幸せを得られぬならば、せめて母として最低限の喜びぐらい、望んでもよいはずだ。

　え、と目をしばたたく春世に、若子は畳みかけた。

「母君と引き離されて、浜足さまは寂しいんじゃなくって？　春世だって家刀自さまがお子をいじめていないか、毎日健やかに過ごしているか不安でしかたがないんじゃないの？」

　俯《うつむ》く春世の両肩を抱いて、若子は諄々《じゅんじゅん》と説いた。

　体形を気にする春世は食が細く、二の腕など指が廻りそうなほど細い。あまりに華奢《きゃしゃ》なその身体に、麻呂の鷹揚な物腰が、大神但成のしなやかな体軀が重なった。

　すべてを諦め、浮かれ女として生きる道を選んだ彼女が、今更、麻呂に反抗できるわけがない。だからこそ自分が力になってやらねばとの思いが、若子を突き動かしていた。

「でも……でもそんなの、絶対に無理ですわ」

「無理かどうかは、ここで決めることじゃないわ。春世だって、このままでいいとは思っちゃいないんでしょう」

春世は長い間、足元に視線を落としていた。だがやがてこくり、と小さくうなずいて、つぶらな目を上げた。

「あたくしだって、本当は浜足と暮らしたいですわ。もしそうできれば、どれだけ幸せか」

一言一言嚙みしめるように言うその眸《ひとみ》は、目の前の若子を見てはいない。

確かに不可能かもしれない。しかしそれでも諦めてはならないと目まぐるしく頭を働かせているのだろう。やがて顔を上げた春世は、目尻に鋭い決意をたたえ、

「わかりました」

とうなずいた。

「あたくし、参ります。あの子を自分のもとに引き取れるよう頑張りますわ。若子さま、一緒に来てください」

春世はそのまま足早に、麻呂の邸宅に若子を案内した。

粗末な麻の衣に足半《あしなか》姿の彼女に、屋敷の門番は一瞬息を吞んだ。急いで飛んできた老齢の家令も、恐ろしいものでも見るような顔つきで春世をうかがい、

「今日は麻呂さまは、まだお戻りではございませんが――」

と慇懃《いんぎん》な物腰で告げた。

「麻呂さまにご用があるわけじゃないの。浜足さまはどこにおられるのかしら」

まだ三歳のわが子を敬《うやま》って呼ぶのが、如何《いか》にも春世らしい。さりながら家令はそれが当然と言った顔で、はて、と首を傾げた。

「資人《しじん》どもを相手に、邸内の森で遊んでおられましょう。よろしければそれがしが、お連れ致しますが」

「いいわ。自分で行くから」

貴族には位階に応じた宅地が与えられ、麻呂の如き顕官の場合、それはちょっとした森や池を含む広大さである。甍《いらか》を光らせる殿舎の横を通り抜け、春世は慣れた様子で屋敷の裏の森へと向かった。

森といっても下草は奇麗に刈られ、澄明《ちょうめい》な秋の日差しがそこここに差し込んでいる。枯れた下枝《したえだ》を踏みしめる音に、野栗鼠《のりす》が長い尾を揺らして梢《こずえ》を駆けた。

「あっ、母《はは》さまだ。どうしたの」

先に気付いたのは、子どもの方であった。二人の資人と毬《まり》を投げて遊んでいた浜足は、春世の姿に気付くなり、秋の林を転がるように駆けてきた。

柔らかな産毛《うぶげ》が、黄金色の陽にうっすらと光っている。春世とよく似た面差しの、目鼻立ちの整った聡明そうな童《わらべ》であった。

「今宵《こよい》は父上は宴《うたげ》で、遅いんだって。お戻りは夜半みたい」

嬉しそうに話しかけてくるわが子を、春世は膝をついて抱きしめた。

「どうしたの、母さま。痛いよ。それにその衣、硬くて汚れてて変なの」

粗い麻の衣の感触から逃れるように、浜足は身をよじった。その両腕を摑み、春世はわが子を強引に自分の方に向き直らせた。

「いいこと、浜足。あたくしの言葉をよく聞いてちょうだい」

ただならぬ気配を感じ取ったのだろう。子どもは大きな眼をしばたたき、うん、とおとなしくうなずいた。

「浜足はこの屋敷で寂しくないかしら？　父上や家刀自さまはよくしてくださっている？」

「うん、大丈夫。母さまもこうやって訪ねてくださるし、家刀自さまだってとっても優しいよ」

男児に恵まれぬ藤原麻呂にとって、彼は唯一の跡取り。確かに汚れ一つない衣を与えられ、はきはきとしゃべる姿からは、この家において浜足がどれほど大切にされているかが容易に想像できた。

「そうなの。それはよかったわ」

安堵と落胆が入り混じった顔で、春世は息子の頭に手を置いた。だが浜足はそんな母親を唇を尖《とが》らせて見上げ、だけど、と続けた。

「どうして僕は母さまと一緒に暮らせないの？　家刀自さまはこの家の母上だけど、僕の母さまじゃないんでしょう」

まだ頑是《がんぜ》ない子どもの問いに、春世ははっと身じろぎした。

「僕は家刀自さまより、母さまと一緒にいたいよ。毎日遊んで、一緒に眠りたい」

「浜足――」

春世の声に抑えきれぬ嬉しさがにじんだ。小さな両腕をもう一度摑み、自分とよく似た顔をじっとのぞきこんだ。

「だったら、あたくしのところに来る？」

浜足はきょとんと母を見上げた。そして小さく首を傾げ、背後にひかえる資人たちを困ったように振り返った。

「あたくしは宮城で暮らしているの。友達と三人部屋だけど、きっと二人ともあなたを可愛がってくれるわ。母さまは昼間のうちは仕事があるけど、その間はきっとおばあちゃまみたいな方々が、あなたの面倒を見てくれるはずよ」

後宮の女官の中には稀に、夫と死別し、子連れで宿舎で暮らす者もいる。宮城で育った子は将来、優れた役人になる例が多く、采女司も宿舎での子育てを歓迎する節すらあった。

「父さまがすぐにお許しくださるかは、分からないわ。だけど浜足が望むなら、あたくしはどんな手を使っても、あなたと一緒にいる。だから、ここを出て行きましょう」

「嬉しいけど……でもそうなったら、僕は父上のお子じゃなくなっちゃうんでしょ。それは嫌だよ。僕、この家の子どもでいたい」

その瞬間、春世の背が凍りついたように強張った。息子を抱く腕までが木像のように固まったが、幼い子が母親の変化に気付く道理がない。

大きな眼をしきりにしばたたきながら、だってね、と彼は続けた。

「父上が守ってくれるから、僕はこの屋敷の子でいられるんだって。ここを出たら、僕なんかどこにでもいるただの男の子なんだって、みんな言ってるよ」

「みんな——みんなって、誰かしら」

「たとえば家刀自さまとか、あそこにいる資人たちとか。誰も彼も」

そうなの、と呟いた春世の腕が、すとんと滑り落ちた。肩を落として、そのまま深くうなだれる。

「母さま、ねえ母さまどうしたの？」

浜足はしばらくの間、そんな母の腕を不思議そうに揺すっていた。しかし幾《いく》ら呼んでも応じぬ春世に、倦んだのだろう。爪先に落ちていた毬を抱え、幾度も振り返りながら、林の奥にひかえる資人たちのほうに戻って行った。

こちらに背を向けてしゃがんだ春世の表情は、よく見えない。全身の力が抜けたようにだらりと両手を垂らした彼女に、若子は走り寄った。

「春世、ねえ春世、しっかりして」

なるほど、浜足は正しい。藤原麻呂の嫡男《ちゃくなん》という立場を捨てれば、彼はただの采女の子ども。この家にいる限り保障される後々の栄達《えいたつ》は、一歩その門を出た途端、縁なきものとなる。息子の将来を突きつけられれば、春世が為《な》すべきことは一つしかなかった。

家刀自や資人は折につけて浜足に、彼が恵まれている理由を教え諭しているのであろう。別に春世が息子を奪いに来ると、考えていたわけではあるまい。そうすることでこの家への恩義を、まだ幼い彼に理解させようとしていたのだろう。

そして浜足はそれを理解できるほど、聡《さと》い子であった。とはいえその聡明さはある意味、狡猾《こうかつ》さと同義だ。

ひょっとしたらまだ幼い童自身、たまにしか訪ねて来ぬ母と現在の豪奢な生活とを、無意識のうちに秤《はかり》にかけているのかもしれない。

そう思って見れば、今も名残《なごり》惜しげに春世を振り返りながら資人の手を取る姿は、すでにいっぱしの打算に満ちているかに思われる。

いくら小さいとはいえ、彼はこの家を継ぐ男児。結局、女と男とはどこまでも相容《あいい》れぬものなのか。

「――決めましたわ、若子さま」

ひどく緩慢に顔を上げ、春世はきらりと目を光らせた。死んだ魚の目が青い空をぽっかり映したような、ひどく乾いた輝きであった。

「あたくし、これからもっともっといい女になります。そして麻呂さまにも負けぬ男君を捕まえ、必ずや浜足を取り戻してみせますわ」

「麻呂さまにも負けぬ男君って……」

今をときめく藤原四子の末弟の麻呂にも負けぬ男が、宮城に何人もいるはずがない。麻呂の三人の兄たちか、彼らの政敵たる左大臣・長屋王《ながやおう》か、それとも彼らの主《あるじ》たる……。

「見ていてください。あたくし、誰にも負けぬ女子になります」

ほんのわずかの間に、春世の背が逞《たくま》しさを増したように感じるのは気のせいだろうか。

昂然と顎を上げるその顔には、まだ見ぬ獲物を狙うような輝きすら宿っている。

櫟《くぬぎ》の下枝からこちらを見下ろしていた野栗鼠が、何かに驚いたように太い幹を駆け上がる。

雑木林の向こうから浜足の明るい笑い声が響き、樹間に余韻を残して消えていった。

第四話　綵一端《あやいったん》

内裏《だいり》の西、酒司《みきのつかさ》の正倉《しょうそう》に物の怪《もののけ》が出たと騒ぎになったのは、九月も半ばに差しかかったある日のことであった。

昨年から、穏やかな天候が続いたためだろう。今年の作物の実りはいつになく勝《すぐ》れ、天皇は田租《でんそ》の免除を布告。国中に喜びの声が湧き、京の人々も豊かな秋を喜んでいたその矢先であった。

目撃したのは、宮仕《みやづか》えに出てひと月足らずの若い氏女《うじめ》。だが官衙《かんが》に忘れ物を取りに行く途中、怪しい人影を見たというだけでは、それが本当に物の怪だったのか、はたまた軒先の鴉《からす》を見間違えたのか知れたものではない。

「本当ですってば。本当にぼろぼろの衣をまとった男が、正倉の上にいたんです」

悲鳴を上げて気を失った少女は、異変に気付いた衛士《えじ》によって宿舎に担ぎ込まれた。とはいえ冬も目前のこの時期に、よもや化け物騒動でもあるまい。

なるほど宮城《きゅうじょう》に怪異譚《かいいたん》は星の数ほどあるが、それは横死《おうし》した官吏《かんり》の幽霊がどこぞの軒に出るだの、東院の池に水死した女官《にょかん》の霊が現れるだのといった、ありがちな話ばかり。蓋を開けてみれば衣桁《いこう》の袍《ほう》、池端《いけばた》の柳を見誤った程度のお粗末さであった。

夜の闇がどれほど深く、世に説明のつかぬことが数多《あまた》あるとはいえ、いちいちそれに怯えていては宮仕えは出来ぬ。人に仇《あだ》を為《な》すのは、むしろ生きている人間たち。その上、日々の慌ただしさを思えば、妖怪変化などを怖がる暇などないというのが、現実であった。

「おおかた寝ぼけて、雲かなにかを見間違えたのであろう。若い女子にはよくある話じゃ」

駆け付けてきた酒司の女官や衛士は、呆《あき》れ顔で口をそろえた。だが端《はな》っから見間違い扱いされたのが、よほど悔しかったのだろう。石上朝臣志斐弖《いそのかみのあそんしひて》というその氏女は翌朝から、自分は間違いなく物の怪を見たのだと、会う人ごとに訴え始めた。

とはいえ年嵩《としかさ》の采女《うねめ》や氏女たちは、この手の騒ぎに慣れている。食堂でも、朝餉《あさげ》をかきこみながら、はいはいと適当に話を聞き流す者が大半であった。

「でも、志斐弖。気絶したあなたを助けた衛士は、怪しい者がいないかと、一応周りを確認したそうよ。だけどその場には猫の仔一匹いなかったそうじゃない」

「何しろここのところ、酒司は忙しかったものね。宮城に来て、まだ日が浅いのだもの。慣れぬ日々のせいで、幻を見たに決まっているわ」

そうでなくとも十代半ばの少女は、おおむね不安定なもの。氏女・采女を問わず、親元から引き離された不安で寝こんだり、いるはずのない亡霊がいると言って騒ぎ立てる例は枚挙に遑《いとま》がなかった。

典薬寮《てんやくりょう》の医師はその都度、鎮静に効のある半夏《はんげ》や厚朴《こうぼく》を調じるが、年頃の娘の生命力が、その程度で収まるはずがない。年に一度は必ず、何かに憑《つ》かれたように泣いたり喚《わめ》いたりする娘を、年配の女官が総出で取り押さえる騒動が起きた。

――それに比べれば、物の怪を見たなんて言い募るのは、まだ可愛いわよね。

采女・氏女たちの表情はいずれも、そう言わんばかりに醒《さ》めきっていた。だがえてしてどこにでも一人ぐらい、こういう話が好きな変わり者はいるものである。

「ねえねえ、聞いた？　物の怪だって。若子《わかこ》はどう思う？」

女官官舎の朝餉は決まって、菜の煮付けに魚の煮びたし、それに米四麦六の蒸《む》し飯《いい》。十年一日変わらぬ膳を前にした笠女《かさめ》は、二つ向こうの長卓《ちょうたく》でしゃべり続ける志斐弖の声に目を輝かせながら、若子に箸を向けた。まったく行儀が悪いことこの上ない。

「いるはずないでしょ、そんなもの。他の方々が言われる通り、志斐弖の見間違いじゃないの？」

「そうかなあ。あたしは案外、あの子のほうが正しいと思うんだけど」

同室の春世《はるよ》は、まだ床の中である。朝に弱く、どうせ起きて来ても白湯《さゆ》を二、三口すするだけのため、若子たちは毎朝、二人で食堂まで出かけることにしていた。

「内教坊《ないきょうぼう》にいた頃、一度、夜まで稽古場に残ったことがあるのよね。翌日の宴で踊る舞の手がなかなか覚えられなくて、居残りを命じられたの」

舞踏・音楽を司る内教坊の官衙は、宮城の西はずれ。音曲《おんぎょく》のやかましさを考慮したのだろう。西池と呼ばれる深い池の隣に建てられた楽堂《がくどう》は、夕刻には葦《あし》が風にそよぎ、狐狸《こり》が藪陰《やぶかげ》を走るうら寂しい所として知られていた。

「仲間の妓女《ぎじょ》たちはみんな引き上げて、広い楽堂にあたし一人。板間の四方に灯を点していたけど、油が悪かったのかもね。天井や壁際はひどく暗くって、なんだか嫌ぁな気持ちがしたのよ」

若子は箸を置き、ごくり、と唾を飲み込んだ。同じように朝餉を取る同輩たちのざわめきが、急に遠くなった気がした。

「どれぐらい稽古していたのかな。いい加減舞い疲れたそのとき、かたり、とどこかで音がしたの。多分、天井裏に狐《きつね》か鼬《いたち》が入ったのだろうと思って、何の気なしにふっと上を見たんだよね。そしたら――」

「そ、そしたら？」

若子の反応を楽しむかのように、笠女は口許に薄い笑みを浮かべた。にたっとしたその微笑が、ひどく不気味である。

「長ぁい髪が壁添《ぞ》いに、ぞろりと束になって流れていてさ。その上に、四つん這いで頭を下にした女が壁に貼り付いていたのよ」

ひっと息を呑んで、若子は腰を浮かした。しかし耳をふさごうとする彼女にはお構いなしに、笠女はむしろ嬉しげに言葉を続けた。

「夏に土塀《どべい》にくっ付いている蜥蜴《とかげ》みたいに、腕と足をつっぱってね。髪が垂れているせいで顔は見えなかったけど、あたしが気付いたと分かったみたい。くるりと方向を変えると、しゃかしゃかと手足を動かして、そのまま灯の届かない天井の方に消えて行ったわ」

「そ、それで……？」

「後で頭預《とうよ》（内教坊の次官）さまにうかがったんだけど、もう十何年も前、京が藤原からこの寧楽《なら》に移ってきたばかりの頃、重い病にかかった妓女が世をはかなんで、西池に入水《じゅすい》したんだって」

それだけなら、とりたてて珍奇な話でもない。だが笠女の話は、まだ終わっていなかった。

「西池って、夏は水面いっぱいに蓮《はす》の葉が茂るのよ。そのせいか妓女の亡骸《なきがら》は当初、どれだけ探しても見つからなかったんだって。だけど秋になって葉が枯れ始めたとき、園池《そのいけの》司《つかさ》の下官が池の一角にびっしりとイモリが群れているのを見つけたの。そう、あの腹の赤い小さいやつ」

「ま、まさか……」

「そう、そのまさか。うつ伏せに浮かんだ妓女の死体にイモリが無数にたかって、その背の肉を半ば食べ尽くしていたの。それでいて遺骸《いがい》を仰向けてみると、身体の前半分は不思議なほど奇麗で、入水から半年が経っているとは到底思えぬ、いま息を引き取ったばかりのような死に顔だったって――」

自分でも嫌になるほど鮮明に、そのさまが脳裏に浮かぶ。思わず若子は顔をしかめた。周囲の同輩たちはこちらのやり取りには気付かず、にぎやかな笑い声を立てている。その相違がかえって不気味であった。

「……明日からイモリや蜥蜴を見たら、悲鳴をあげて逃げちゃいそうだわ」

「でもあれだって、死んでから十数年経っていたわけだし、そもそもあたしとその妓女とは何の関係もなかったわけよ。それでもわざわざ姿を現した点からすると、物の怪って案外、深い考えがあって出て来るんじゃないのかもね。だとしたら志斐弖が見たものを、頭から否定するのは野暮《やぼ》じゃないかなあ」

三千人もの役人が働く宮城では、毎年決まって、二、三人の死者が出る。その内訳は勤務中突然倒れた官吏、工事の最中事故に遭《あ》った役夫《えきふ》などまちまちだが、なるほどそのうちの誰かがこの世に未練を残して現れたとて別段不思議ではない。もっとも、係累《けいるい》でもないのに化けて出られた側は、迷惑千万《めいわくせんばん》であるが。

「ただ酒司の蔵っていうのが解《げ》せないんだよね。酒造りは造酒司《みきのつかさ》の管轄。酒司はそれを管理するだけで、別にあそこで醸造《じょうぞう》をしてるわけでもないのに」

志斐弖が目撃したのは、醸造中、樽に落ちて死んだ酒部《さかべ》ではと考えているのだろう。笠女はううん、とうなって腕を組んだ。

とはいえ、志斐弖の話にまともに耳を傾けたのは笠女のみ。残る宮人《くにん》たちはみな、物の怪騒動は少女の戯言《ざれごと》と決め付けていた。

氏女・采女は普段、それぞれの出自ごとに寄り集まり、お互いを誇《そし》りあっていたが、誰も信じぬ怪異譚を語り続ける志斐弖を疎《うと》ましく思ったのだろう。ふと気付けば、意美奈をはじめとする氏女たちは志斐弖を遠巻きにし、食事の折も仕事の時も、あまり彼女には関わらぬようになっていた。

ちょうど同時期に聞こえてきた志斐弖の噂——早くに父親を亡くし親類の元で育った末に氏女になったとの境遇も、自らの立場を誇る氏女たちにとっては、忌むべき者と思われた様子であった。

しかしその数日後、事態は思わぬ展開を見せた。巡回中の衛士が同じ場所で怪しい人物に遭遇し、夜の大捕り物となったのである。

夜の宮城では左兵衛《さひょうえ》・右兵衛《うひょうえ》の兵が、一刻毎《いっときごと》に巡回を行う。蔵の間を走り抜ける不審な人影に、矛《ほこ》をかい込んだ衛士はすぐ、数日前の騒ぎを思い出した。

生粋《きっすい》の兵士である彼らは、元より物の怪の存在など信じていない。この界隈《かいわい》には幾棟もの蔵が建ち並び、中には天皇の御物《ぎょぶつ》が収められた正倉も含まれている。あれはそんな宝物を狙った曲者《くせもの》ではと思い至った彼は、すぐさま衛府《えふ》の詰所にとって返し、十二の門の警固《けいご》を固めるべく、鼓楼《ころう》の太鼓を打たせた。

時ならぬ鼓《つづみ》の響きに、宿直の官吏はもちろん、後宮《こうきゅう》の女官たちもがこぞって飛び起きた。そこここに篝火《かがりび》が焚《た》かれ、松明《たいまつ》を手にした衛士が内裏にまで入り込む騒ぎとなったが、彼らの懸命の捜索にも拘わらず、結局この夜も不審者は発見されなかった。

「何しろ宮城は広いのです。ともすれば胡乱《うろん》な者はまだ、大倉《おおくら》や空《あ》いた殿舎《でんしゃ》に身を潜めているやもしれません。明るいからといって油断せず、何事かあればすぐに兵衛や衛士を呼ぶように」

翌朝、典侍《ないしのすけ》・大宅朝臣諸姉《おおやけのあそんもろあね》は宮人全員を召して訓示《くんじ》を述べた。

こんな時であっても相変わらず、彼女の説教は長い。誰もがうんざり顔でそれを聞く中、志斐弖だけはずっと、不満げに唇を尖《とが》らせていた。怪しい人影は自分が見た物の怪に違いないと言いたいのを、我慢している様子であった。

もっとも他の女官たちからすれば、物の怪と盗賊どちらが恐ろしいかと問われれば、圧倒的に後者に軍配が上がる。夜間の警備の人員は倍に増やされ、宮城のそこここには巨大な篝火が絶えず焚かれるようになった。

そんな折も折、更に厄介な事が勃発した。内裏の中庭に植えられていた棗《なつめ》が実をつけ、これを寿《ことほ》いだ詩筵《しえん》が催されることが決定したのである。

詩筵――とは漢詩の名手百人が、特定の題材に基づいた詩を賦《ふ》し、帝《みかど》に奉る儀式。それぞれの詩には講評が加えられ、一等を得た者には、綵一端《あやいったん》に絁《あしぎぬ》二十疋《ぴき》、綿《わた》三十屯《とん》及び布三十端。二等には絁十疋に綿二十屯、布二十端。選外の者にもそれ相当の褒美が与えられるため、宮城の宝物を管理する大蔵省《おおくらしょう》と蔵司《くらのつかさ》は急遽《きゅうきょ》、それらの用意に奔走することとなった。

「おかげで縫司《ぬいのつかさ》からも五人ほど、応援を出す羽目になりましたわ。まあ、ちょうど暇な時期だからいいんですけど」

春世は他人事《ひとごと》のように言うが、百人分の褒美といえば相当な量になる。また一等の者にのみ与えられる綵は薄繒《うすはた》とも呼ばれ、大倭国《やまとのくに》桜井《さくらい》界隈の里からごくわずかに上納される、非常に高価な染め絹である。

詩筵当日は漢才に長《た》けた貴族はもちろん、高僧、学者など様々な者が宮内に召される。その混雑に紛れて賊が入らぬとも限らない。

「ひょっとしたら志斐弖や兵衛が見た者は、詩筵の開催を察知し、下見に来た盗賊やもしれません。いいですか。無事に当日を迎えるまで、気を抜いてはなりませんよ」

諸姉の叱咤《しった》に女官たちは緊張しながらその日を迎えたが、どうやら彼女の懸念は杞憂《きゆう》だったらしい。

当日は麗《うら》らかな秋陽の中、計百十一人の文人が大極殿庭《だいごくでんてい》に整然と居並び、まさに文藻《ぶんそう》匂うが如しと称すべき秀作が覇《は》を競った。

撰者《せんじゃ》を命ぜられたのは、宮城一の漢才を誇る長屋王《ながやおう》。長考《ちょうこう》の末、彼が一等と定めたのは、大官大寺《だいかんだいじ》の僧・光延《こうえん》が作した「秋日天棗《しゅうじつてんそう》」なる律詩《りっし》であった。

しかしその直後から、

「光延さまが一等となったのは長屋王の嫌がらせ。本当は藤原式部卿《ふじわらのしきぶきょう》さまの『棗賦《そうふ》』のほうが、格段にいい出来だったそうよ」

との囁《ささや》きが、まことしやかに取沙汰された。

藤原式部卿こと藤原宇合《うまかい》は、藤原四兄弟の三弟。武勇に優れ、東北平定にも力を発揮した彼は、一方で漢文にも長けた多才な人物としても有名であった。

多くの文人を招き、季節ごとに盛大な詩歌《しいか》の宴《うたげ》を開く長屋王とは、まさに好敵手。それだけに長屋王があえて彼の作を二等にしたとの風聞《ふうぶん》は、あっという間に後宮中に広まった。

「そうかなあ。ちょっと注意して読んでみると、宇合さまのお作はあまりにおべっかが過ぎると思うけど。優麗《ゆうれい》たる秋の光景を讃えるのはいいけれど『斯《そ》レ誠《まこと》ニ皇恩草木《こうおんくさき》ニ広《こう》ゼラレ、聖化実《せいかじつ》ニ豚魚《とんぎょ》ニ及《およ》ブ』の一句なんて、阿諛追従《あゆついしょう》にもほどがあるじゃない。生真面目な長屋王さまが眉をひそめられたのも当然だってば」

笠女はどこからか詩賦を入手してきて息巻くが、漢詩をよく理解できぬ若子は、そんなものかとうなずくしかない。ただ、上《うえ》つ方《かた》にとっては、優雅な詩作すら争いの種なのかと驚いた翌日、またしても思いがけぬ騒動が起きた。

詩筵で一等を得た光延が宮城に押しかけ、褒美の綵が偽物だったと言い立てたのである。

「桜井の玉綵《ぎょくさい》といえば、嫋々《じょうじょう》たること世に比類なき名布《めいふ》。かように蕪雑《ぶざつ》な品《しな》である道理がございますまい」

七色に輝くかとも見えた美しい絹は、詩筵の席では他の下賜品《かしひん》とともに折敷《おしき》に載せられていた。それらは一度大蔵省の下官が引き取り、光延の帰寺《きじ》に合わせて大官大寺に届けられたのだが、翌日、包みを解いてみると、中から出てきたのは綵とは似ても似つかぬ粗絹《そけん》。絁の方がよっぽど上等と映るような品だったという。

「これはきっと、どこかですり替えられたに相違ありませぬ。大棗《たいそう》は五果《ごか》の一《いち》にして、神仙《しんせん》の愛《め》づるところ。その生育を寿いでの詩筵にかような偽りが起きるとは、まったく不埒《ふらち》千万《せんばん》。即刻、盗っ人を詮議《せんぎ》なされませ」

光延は四十半ば。詩の名手とは思えぬ四角い顔で怒鳴りたてる彼をどうにかなだめ、帝はすぐさま大蔵省と蔵司に追及を命じた。

とはいえ当日は朝野《ちょうや》の道俗《どうぞく》が詰めかけ、朝庭《ちょうてい》は混雑の極みにあった。今更、「褒美の品を預かりましょう」と寄って来た下官が怪しいと言われても、それがどこの官人であったかなど調べようがない。

「年の頃は二十歳そこそこ。色の浅黒い、頑丈な体軀の男じゃったわい」

そう喚き立てられても、かような官吏など宮城には星の数ほどいる。

真新しい帛《はく》二端でなんとか光延を納得させたものの、その日から宮内では大がかりな犯人捜しが始まった。

なにしろ褒美の綵は、桜井でも屈指の染物の名手の手になる品。それがくすねられたとあっては、まさに天皇の名折れである。

「蔵司の手伝いに駆り出されていた女孺《にょじゅ》たちなんて、昼過ぎに諸姉さまに呼びつけられたまま、まだ戻って来ていないみたいですわ。とんだとばっちりですわよねえ」

普段であれば、勤めを終えた女官でにぎわう食堂は、日没を過ぎてもひどくがらんとしている。夕餉《ゆうげ》の菜をつつき散らかしながら、春世は軽く肩をすくめた。

若子の膳 司《かしわでのつかさ》や笠女の書司《ふみのつかさ》の業務は普段通りだったが、蔵司や掃司《かにもりのつかさ》の女官はまだ職場にいるらしい。おおかた埃まみれになって、綵を捜索しているのだろう。

「食事を済ませたら、手伝いに行きましょうよ。もう暗くなっているのに、みんな可哀相だわ」

若子の言葉に、「そんなの嫌ですわ」と春世が真っ先に口を尖らせた。

「だってだいたい光延さまから褒美を預かったのは、官服姿の官吏だったのでしょう？　それなら責めは、胡乱な者を紛れ込ませた大蔵省が負うべき。あたくしたちが手を貸す筋合いなんて、どこにもないですわ」

「確かにそれは道理だけど、みんなこんな時刻まで探しているのよ。ちょっと気の毒と思わない？」

「だって、あたくし忙しいんですもの」

箸を置き、つんとそっぽを向く春世の膳には、まだ半分以上食事が残っている。

当世は豊満な女性こそ美しいと考えられており、大宅諸姉や紀小鹿《きのおじか》などの上官たちはみな、肉づきのいい身体を誇っている。だが美醜に関して独自の基準を持つ春世は、意地でもああはなるまいと食事を減らし、朝晩の運動に余念がなかった。

「あ、笠女さま。あたくし、この皿には手をつけてませんから、よかったら召し上がって下さい。雉子《きじ》の焼肉、お好きでしょ」

「いくらあたしだって、二皿も食べられないって。若子、半分、手伝って。でも忙しいってこんな時間から一体……ああ、なるほど。また海上《うなかみ》女王さまのところに伺候《しこう》するわけね」

自分の皿に肉を取り分ける笠女に、春世はあっさりとうなずいて見せた。

「だってお子のおられる安宿媛《あすかべひめ》さまや広刀自《ひろとじ》さまと違い、海上女王さまの殿舎はいつもしんと静まり返ってお寂しそうなんですもの。たまにはあたくしが、お話し相手になって差し上げなきゃ」

「なにがお話し相手だ。おおかた春世の狙いは、帝のお渡り。あわよくば首《おびと》さまのお目に留まろうって腹でしょう」

笠女の指摘に、春世は悪びれるふうもなく、ふふっと含み笑った。

藤原麻呂《まろ》に養われている息子を取り戻すため、麻呂以上に高貴な男――すなわち唯一絶対の君主たる天皇の寵愛《ちょうあい》を受けてみせる。そう宣言してからというもの、春世はこれまで以上に自分磨きに余念がない。

一介の采女が帝のお目に留まるなど、まさに桁《けた》外れの野望。だがそれを実現せんとあらゆる手段を弄する彼女に、若子たちは最近、感歎《かんたん》の念すら抱き始めていた。

海上女王は、首天皇の妃の一人。ただすでに皇女を産んでいる藤原安宿媛・県犬養《あがたいぬかいの》広刀自に比べ、子を持たぬ彼女の立場は低い。そうでなくても彼女の父親は政《まつりごと》とは無縁な老皇子・志貴皇子《しきのみこ》。葛城《かつらぎ》大王（天智《てんじ》天皇）の孫という血筋は貴いが、実家の支援も薄く、有力貴族たちからの後押しもない海上は、どちらかと言えば後宮の中で粗略に扱われている女性であった。

女好きな首は、三人以外にも酒人《さかひと》女王、矢代《やしろ》女王など幾人もの愛人を後宮に住まわせている。どこまで本当かは分からぬものの、やれ美貌の女官を閨《ねや》に召しただの、遠駆けの折に鄙《ひな》の娘に目を留めただのとの噂もひっきりなし。そう考えれば春世の策謀も、さして奇抜でないのかもしれなかった。

「あたしはあんまり感心しないけどねえ。お手がつくだけならいいけど、下手にお子でも孕《はら》んでごらん。血なまぐさい政争の真っただ中に巻き込まれるんだよ」

「望むところですわ。そうなったら藤原麻呂さまもあたくしを取り込むため、喜んで浜足《はまたり》を手放してくださるでしょうし」

不敵な笑みを浮かべて出て行く春世を見送り、若子と笠女はどちらからともなく顔を見合わせた。

春世と入れ替わるように、ようやく探索から解放された女官たちが、「疲れたあ」「ああ、おなか空いた」とぼやきながら食堂になだれ込んでくる。彼女たちに席を譲って宿舎に戻ると、既に春世の姿はない。

自分の几《つくえ》の前に坐った笠女が、「だけど、春世も頑張るねえ」とゆっくり墨を磨りながら、呟いた。

「だいたい話し相手になるにしたって、帝がそうしばしば、海上さまの元に通われてるわけでもないでしょう」

「でもほら、海上さまのところには安貴王《あきのおう》が出入りしてらっしゃるじゃない？　あのお二人は年の近い叔母と甥でらっしゃるから」

　墨の爽やかな香りに、ざわついていた心が静まっていく。若子は自分の寝台に腰掛け、書き物を始めた友人の手許《てもと》を後ろから覗き込んだ。

　写しているのはどうやら、先日の詩筵に提出された棗賦らしい。相変わらず笠女の勉強熱心には頭が下がる。

「ああ、そうか。安貴王の父君は海上さまの兄上なんだっけ。だけど以前はずいぶん、春世にご執心だったのに、最近、お名前を聞かないね」

　笠女は筆を執《と》る手をふと止めて、眼を宙に据えた。

「ええ、前は春世に釵子《さいし》やら領巾《ひれ》やら、しきりに贈り物をなさっていたけど。さすがに春世が全然なびかないから、近頃、ようやく諦められたみたい。ただ春世の側は今になって、そんな安貴さまを利用する気になったようよ」

　穏やかな安貴王は、無官ながら天皇の信頼厚い青年貴族。女としての己に絶対の自信を持っている春世は、安貴王が自分を首に推挙してくれるはずと信じ、彼の叔母である海上に接近し始めたのである。

「男は惚れた女に弱いって言うけど、そんなに都合よく行くかねえ」

「でも安貴王って元々、気立ての優しさで有名じゃない。そこにもってきて春世から頼まれたら、嫌と言えないいんじゃないかしら」

「うーん、確かにいっつもにこにこして、穏やかなお人だけどさ。若子も知ってるでしょう？　あの方の正妻って、紀小鹿さまなんだよ。気立てがいいっていうより、ひょっとしたら単に人を見る眼がないだけなのかも——あ、しまった」

不意に笠女が舌打ちした。その視線の先を追えば、籐《とう》で編まれた文箱《ふばこ》が空になっている。普段彼女が、日常の書き物に用いる紙を入れている箱であった。

「今日、書司で裏が白い紙をたくさんいただいたのに、持ち帰るのを忘れてた。困ったなあ。今夜中にこの詩賦を写すつもりだったのに」

笠女は筆を投げ捨て、脱いでいた裙《くん》を手早く履いた。

「ひとッ走り行って、取ってくるね。何なら先に寝ていてくれていいから」

「ちょ、ちょっと待って。取りに行くってこれから？」

若子は思わず窓の外を見た。時刻はいつの間にか、亥《い》ノ一剋《いっとき》（午後九時）を回っている。夜遅い妃がたはともかく、まともな宮人はとうに床に就いている時刻。実際、宿舎の窓も半分以上、灯りが消えている。

風が出てきたのか、先ほどからひっきりなしに窓が鳴っている。寂しげなその音が突然、笠女が楽堂で見たという女の物の怪の姿を思い起こさせた。

ここから書司までは、どう急いだって往復四半剋はかかる。この間、自分はこの部屋にたった一人。もし床で横になっているとき、長い髪の女が壁を降りてきたらどうしよう。

冷たいものが、若子の背中を撫で上げた。

「わ、わたしも行くわ。お願い、ちょっと待って」

「なに、ひょっとして一人になるのが怖いの？」

笠女の呆れ声が聞こえなかったふりをして、襖《あお》を羽織って帯を締める。秋風は寒いだろうが、いくらなんでも領巾までは要るまい。

「ち、違うわよ。だってひょっとしたら綵を盗んだ輩《やから》が、まだどこかに潜んでいるかもしれないじゃない。そうでなくても夜の官衙は無人なのに、そんなところに笠女だけで行かせられるものですか」

若子の言葉をまるで信じていないのだろう。笠女は唇の端《はし》に少しだけ苦笑を浮かべたが、何も言わずに戸口にかけられていた手燭に火を移した。

念のため舎監《しゃかん》に行く先を告げようかと思ったが、あいにく詰所には誰もいない。続きになっている隣部屋から、ひどく規則正しいいびきが漏れていた。

「まったく、そんなことであたしたちの監視が務まるのかしらね」

ぶつぶつ呟く笠女は、漆黒の闇を恐れる気配もなく、ずんずん歩いてゆく。途中、衛士の詰所で行き先を聞かれたほかは、人の姿はまったく見当たらない。

枯れ葉交じりの寒風が足元を過ぎ、夜露の降りた堂舎の屋根がわずかな星明かりに光っている。どこか遠くで梟《ふくろう》が鳴いたが、二人の足音に怯えてか、それもすぐに止んだ。

「か、笠女……」

書司はこんなに遠かっただろうか。風に吹き散らされそうな手燭の灯に擦り寄るように、若子は笠女の背中に身を寄せた。

「ちょっと、あんまりくっつかないでよ。歩きにくいじゃない」

昼間、あれほど人の賑わいに満ちている宮城が、夜にはまったく違った姿に一変している。獣しかいない夜の野山とは異なる不気味さが、そこここに満ちていた。

ひょっとしたら今通り過ぎた門の屋根の下には、首だけの男が隠れていたのではないか。あの庭木の陰には、自分たちをじっと見詰める異形《いぎょう》がひそんでいるのではなかろうか。手許の灯りのせいでかえって深く見える闇に慄《おのの》きながら、若子はただ足を急がせた。

志斐弖を笑ったのは、間違いだった。ここには、何かがいる。それも数え切れぬほど無数に。

どれだけ息を詰めようとしても、自然と呼吸が荒くなる。それでも前を行く笠女の姿だけを心の支えに歩みを進めていた若子は、不意に彼女が足を止めたのに、びくっと立ちすくんだ。

「ど、どうしたの」

「しっ、黙って」

言うなり、笠女は手燭を吹き消した。次の瞬間、漆黒の暗がりが待ち構えていたように全身を押し包む。小さな悲鳴を漏らしかけ、若子は自分の口を両手で押さえた。

「今、あの藪《やぶ》の向こうを、誰かが駆け抜けたんだ。あたしたちに気付いたかどうかは分からないけど」

落ち着き払った笠女の声が、かえって恐ろしかった。

「た、狸《たぬき》か狐かもしれないわよ」

「いいや、絶対に人だった。獣だとしたら、あんなに大きいのは熊《くま》か猪《いのしし》ぐらいだって」

いくら北方に山が迫っているとはいえ、さすがにそんな獣が宮城にいるわけがない。

「様子を見てくる。若子はここにいて」

「えっ、ちょっと待って」

笠女の袖を、若子はひしっと摑んだ。

灯りを失ったことで、五感が冴えてきたのだろう。彼女が懐に入れている香袋《こうぶくろ》の匂いが、はっきりと鼻についた。

「駄目よ、危ないわ。衛士を呼びましょう」

「その間に逃げられたらどうするの。大丈夫、逃げ足には自信があるから。若子はそこの土塀の陰にでも隠れていて。もしあたしが悲鳴を上げたら、一目散に逃げなさいよ」

逃げろと言われても、星影しかないこの暗がりで果たして衛士たちの詰所まで駆け戻れるだろうか。不安を募らせる若子にはお構いなしに、笠女はすがる腕を至極《しごく》あっさり振り払った。

足音を忍ばせながら、そろりそろりと歩み出す。笠女、と呼び止める暇もなく、その姿はすぐさま真っ暗な闇に飲み込まれて消えた。

その途端、爪先からじわじわと這い上がってきた震えは、晩秋の寒さのせいだけではあるまい。若子は肩をすくめながら、言われた通り土塀の際にしゃがみこんだ。

見回せば四方は完全な暗闇。いつしか風の音すら絶え、悲鳴はおろか物音一つ聞こえてこない。

もし、笠女が戻ってこなかったらどうしよう。強い不安が全身を鷲掴みにした。

——ある夜、采女が二人、夜の官衙を歩いていました。一人が怪しい影を見たといって、朋輩《ほうばい》を待たせて藪に入っていきました。ですが待てど暮らせど、彼女は帰ってきません。怪しんだ采女が藪に入ってみると——。

（入ってみると——）

「あなた、どうしたの。そんなところで」

背後で突然、澄んだ声が響いた。ひっと飛び上がって振り返れば、若子より四、五歳年上と思しき女官が立っている。

若子の驚愕ぶりに驚いたのだろう。肩を覆う紅《くれない》色の領巾を握りしめ、女は半歩後ずさった。

「そんなにびっくりしないで。こんな夜中に坐り込んでいるから、何か事情でもあるのかと思ったのよ。余計なお世話だったかもしれないけど、この辺は建物が入り組んでいるせいで、巡回もあまり回ってこないし」

後宮の女官の数は六百人を超える。顔に見覚えはないが、長い髪を後ろに垂らした、眸《ひとみ》の大きな女であった。

「すみません、ご心配かけて」

どこか間延びした声音に、悪意は感じられない。若子は大急ぎで頭を下げた。

「同室の友人と二人で、忘れ物を取りに来たんです。だけど連れが、あちらの藪に怪しい人影があると言って、様子を見に行ってしまって」

女はまあ、と小さな声を上げた。若子の指差す方角を見据えて目を細め、途端に妹を諭すような口調になった。

「駄目じゃない。そんな危ない真似をしちゃ。そういうときのためにこそ、宮城に衛府が詰めているのよ」

「わたしもそう言ったんです。でも、笠女ったら聞かなくて――」

そのとき、闇の奥でうわっという声が上がった。枝を踏みしだく音と、ばたばたと駆け出す足音がそれに続く。

甲高い叫びが、夜の静寂を破って界隈に響き渡った。

「若子ッ！」

　笠女の声だ。そう気付くと同時に、黒い影がこちらに疾走してきた。笠女ではない。それよりももっと背の高い、がっしりした影である。

　それを追うかのように、別の人影が藪の中から走り出してきた。闇の中でも白く見える裙をたくし上げ、笠女は絶叫した。

「若子！　捕まえて！」

（なんですって――？）

　思わずわが耳を疑う。先ほど、何かあったら逃げろと言ったのはどこの誰だ。

　だが大柄な影は、そんなことにはお構いなしに、立ちすくむ若子たちの方に走ってくる。

「早く、逃げられちゃう！」

　このままではいけないと思いはするが、足がすくんで動かない。と、いきなり背後にいた女が走り出し、影に飛びかかった。華奢《きゃしゃ》な体つきには似合わぬ、恐ろしく素速い動きだった。

「早く、早く、そっちを押さえてちょうだい」

　女の叫びに、若子はばたばたともがく足に組み付いた。

　影は両手を振り回し、女を振り払おうと暴れている。しかしどこをどう押さえているのか、女はさしたる苦労もなくその上半身を取り押さえ、あっという間に影を組み伏せてしまった。

遅い月が昇ったのだろう。このとき、土塀の向こうから差し込んできた細い月光が、ようやく観念した人影を照らした。

ぼうぼうの髪に、泥まみれの顔。粗末な膝切りをまとった、若子と似た年頃の男であった。

ようやく追いついてきた笠女が、肩で息をしながら男を見下ろした。小脇になにか抱えている。

「これ——今、逃げる途中で落としたよ」

男は弾かれたように顔を上げた。笠女が持つ品を見留めるや、猫のような敏捷《びんしょう》さでそれをひったくり、二度と放さぬと言いたげに胸元に抱え込む。か細い月の光をそのまま織り成したような、美しい綵であった。

野太いうめきが男の口から漏れた。いや、うめきではない。激しい嗚咽《おえつ》に肩を震わせ、男は綵を抱きしめて慟哭《どうこく》していた。

「いったいどういうことよ……」

女が呆れたようにつぶやき、大きな双眸《そうぼう》をしばたたかせた。

もはや逃げられぬと諦めたのだろう。男は海石榴市《つばいち》の市人《いちびと》（商人）で、菅虫《すがむし》と名乗った。

海石榴市は旧京・藤原京の東。泊瀬道《はつせみち》、磐余道《いわれみち》などの街道が交差する交通の要衝であり、畿内《きない》屈指の大市が立つ繁華《はんか》な地である。

「けどそんな市の商人が、なんで宮城に盗みに入ったわけ？」

「盗みではないッ」

菅虫はきっと笠女をにらみつけた。鰓《えら》の張った顎は無骨だが、よく見れば目鼻立ちの整った偉丈夫である。

「俺はこの綵を取り戻しに来ただけだ」

「取り戻しにって、それは調《ちょう》として上納された品でしょうが」

「違う。順序で言えば、本当はこれは俺のものになるはずだった品だ。郷長《さとおさ》が郡領《こおりのかみ》におもねるために、強引に序列を乱して徴発し、そのまま調として献上されてしまったんだ」

「どういうことよ？」

菅虫によると、この綵は海石榴市にほど近い織田郷《おだのさと》の産。この地は渡来系の人々が多く、その地名通り、美しい布が作られることで知られているという。

その織田でも名手と呼ばれていたのが、満伎女《まきめ》という織手《おりて》。染物にも優れていた彼女の手になる綵は、京の貴族が名指しで買いに来るほどの素晴らしさであった。

「ところがそれに目をつけた郷長が、郡領の歓心を得ようと、強引に満伎女に綵を織るよう命じたんだ。綵は織りも染めも、ただの絁とは比べものにならぬほど手の込んだ品。とはいえ郷の者が郷長に逆らったりすれば、なにをされるか知れたものじゃない」

郡司の配下として、税の取立てや役夫の徴発に当たる郷長は、村人の生殺与奪《せいさつよだつ》を握る恐ろしい存在である。それだけに「夏の間に完成させよ」との命令に、満伎女はすべての注文を後回しにして、必死に機《はた》に向かった。厳しい暑さの中、山に分け入って染料を探し、夜は遅くまで糸を染め続けた。

「そんな無理が祟《たた》ったんだろう。なんとか期日までに綵を納めた直後、新たな糸をつむぐ間もなく満伎女は寝つき、わずか数日で死んでしまった」

菅虫の声が、無残にひび割れた。彼と満伎女は、ただの市人と織女《おりめ》の関係ではなかったのだろう。光るものが菅虫の頬を伝った。

「郷長が割り込んでこなかったら、次に満伎女が織るのは俺の注文の品だったんだ。五色の糸を織り込んだ、目も覚めるような帯を作ってくれと頼んでいたからな」

「帯――」

それまで無言で話を聞いていた女が、囁くような声でつぶやいた。

笠女が「そういえばこいつは誰なんだ」と目だけで問うてくる。若子はさあ、と首を小さく横に振った。

「その帯を満伎女に贈るつもりだったのね」

菅虫は小さくおとがいを引いた。

「あいつ、自分で作ったものを、一度ぐらい身につけたらよかったのにな。織り上げるそばからすべて売っちまって、美しい衣とはとんと無縁な暮らしぶりだったんだ」

だからこそ菅虫は満伎女から求めた絁の帯を彼女に贈り、自分の妻になってくれと頼むつもりだった。さりながらそれが果たされぬままに満伎女はこの世を去り、形見と呼ぶべき絁は郷長から郡司の手を経て、京に献上された。

後に残されたのは、粗末な手機《てばた》とわずかばかりの身の回りの品だけ。棺《ひつぎ》に納めてやる櫛《くし》一本ない弔《とむら》いを終えた半月後、菅虫は小さな包みを抱え、単身、市を去った。宮城に薪《まき》を運び込む雇夫《こふ》に加わり、作業の途中でこっそり行方を晦《くら》ますのは、さして難しくなかった。

調として納められた品々が、宮城のどこにしまわれているのかは分からない。だが何としても満伎女が最後に織った絁を取り戻し、その墓に手向けてやりたい。ただそれだけだった。

「じゃあ十日ほど前、酒司の蔵の屋根に上っていたのは、あんただったのかい」

笠女の素《す》っ頓狂《とんきょう》な声に、菅虫は太い眉根を寄せた。

「あんたの言ってる蔵がどれだか、俺には分からないんだが……。ただ若い女官や衛士に見つかって、ひと騒動起こしたのは確かに俺だ。何しろ忍び込んだはいいが、宮城はなんでこんなに大倉があるんだ。おかげで絁が収められている宝物蔵《ほうもつのくら》が、なかなか分からなかったじゃないか」

菅虫は宮城に入り込む際、初位《そい》の官人が着る官服を携えていた。畿内屈指の市である海石榴市で、売られていない品はない。昼はどこぞの低位の官人が売り飛ばした官服を着、夜は深い闇にひそんで、彼は綵の在処《ありか》を探し続けた。

そんな最中に降って湧いた、詩筵開催。一位の褒美として綵が出されると知った彼は、そしらぬ顔で朝堂《ちょうどう》の庭に紛れ込み、見事光延の手から念願の形見をだまし取ったのである。二官八省《にかんはっしょう》の下官はあまりに多く、すべての役人の顔を覚えている者など誰もいない。ごった返した儀式の場。官服さえ着《ちゃく》せば怪しまれまいとの策が、見事功を奏した結果であった。

「なんとまあ、大胆な」

女が呆れたように言い、長い髪を払った。

「とはいえすり替えがあまりに早く露見したのは、見当違いだったたな。おかげで宮門《きゅうもん》の警固が急に厳しくなり、逃げ出すに逃げ出せなくなっちまった。しかたなく城内に身をひそめ、夜の闇を縫って逃げ出す算段をしていたんだが――」

菅虫はこの半月、宮城の北西にある松林を塒《ねぐら》にしていた。宮城内には川が流れ、池もある。持参の干《ほ》し飯《いい》であと半月は食べていけるが、一日も早く満伎女のもとに綵を届けてやりたい。今夜もどこか抜け出す場所はないかとうろつき回っている最中、夜目《よめ》の利く笠女に見つかってしまったわけである。

「まあ、最初っから覚悟は出来ている。天皇の御物を盗んだ者は、斬首《ざんしゅ》が決まりだろう。これを墓に届けてやれねえのだけが心残りだが、満伎女のところに行けるなら、まあいいさ」

さあ突き出してくれ、と言われ、若子たちは顔を見合わせた。

「――さて、どうしたものかしらねえ」

女の口調にはどこか面白がる気配がある。若子と笠女は横目で菅虫を盗み見た。なるほど宮城に盗みに入るのは、大逆《たいぎゃく》の一《いち》。されど恋人の形見を求めてと考えれば、同情できぬ話でもない。

「確か光延さまには、すでに代わりの品が下賜されたんだよね?」

笠女が低い声で言った。

「ええ上等の帛が、それも二端も。正直、お坊さまがあんなに鮮やかな綵をいただいても、使い道なんてないと思うんだけど」

「それはあたしも同感。だったらここは、さあ」

不自然に言葉を切り、笠女は若子と女の表情をうかがった。

「いいんじゃないの、見逃してあげれば」

先に口を開いたのは、女の方だった。

「あたしたちには別に関わりのない話だし。そりゃ大蔵頭《おおくらのかみ》と尚蔵《くらのかみ》はちょっとばかり怒られるでしょうけど、経歴に傷まではつかないでしょうしね」

日毎夜毎、なにかが起きるこの宮城。今は総出で行方不明の綵を探していても、それも数日で沙汰やみとなり、十日もすれば全員そんなことは忘れ果てるはずだ。

「人ひとり助かるんだったら、ここは知らんぷりしてあげましょうよ。あなたたちが嫌と言っても、あたくしはそうするわ」

「そ、そうですね。笠女、わたしもそう思う」

若子が同調すると、笠女はよし、と両腕を組んだ。

「話はまとまった、と。問題はどうやって、この菅虫を逃がしてやるかだけど」

「ああ、それだったら問題はないわ」

大きな眸をきらりと光らせ、女は東北を指した。菅虫にも聞こえるように、わずかに声を張り上げる。

「宮城の十二の門は、それぞれ門部が厳しく固めているから、容易に出入りはできないわ。でも、東北にある丹比門《たじひもん》は知っているかしら。その門から数町東に行くと、小さな水路があって、外から水を引き込むための水門が築かれてるの。あなた、泳ぎは得意？　少し水が冷たいかもしれないけど、あそこを遡《さかのぼ》って逃げれば、誰にも見つからないはずよ」

水門の周囲は葦《あし》に覆われた深い沼になっている。昼間でも薄暗く、滅多に近づく者のいない場所だ。この時刻であれば、まず間違いなく何事もなく脱出できようとの言葉に、菅

っとも――」
「嘘をついたってしかたがないでしょう。夜が明ける前に、さっさとお逃げなさいな。も
虫はぱっと顔を明るませた。
「それは本当か」

女は少しばかり気の毒そうに、彼の腕の中の綵を見下ろした。

「水をくぐって逃げると、せっかくの綵が濡れてしまうわね。染《そ》めがにじんでしまわなければいいけど」

「ふん、大丈夫さ。満伎女の織った絹が、そんなことで色落ちするものか」

萱虫は腕の中の綵を、まるで恋人当人であるかのように強く抱え込んだ。三人を見渡すと、わずかに頭を下げ、素速く東北の方角へと駆け出した。

猫の爪のように細い月影は、闇を隈《くま》なく逐《お》うにはあまりに淡い。あっという間に、その姿が深い闇に溶け込んで見えなくなる。ひたひたと走る足音が遠ざかり、梟の声が思い出したかのように藪の奥から戻ってきた。

宮仕えの身として、自分はしてはならぬ真似をしたのかもしれない。だが萱虫は光延よりも天皇よりも、あの綵を必要としていた。美しいものはしかるべき人の手に渡ってこそ、存在する価値を得るものだ。そしてそのしかるべき人が身分ある人物であるとは、必ずしも決まってはいまい。

元の静けさを取り戻した闇の彼方を、若子はいつまでも無言で見つめていた。笠女も思いは同じなのだろう。唇を真一文字に結んで、菅虫の去った方角を眺めている。

「――じゃあ、あたくしはそろそろ行くわね」

どちらに聞かせるともなく、女がつぶやいた。雲が出てきたのだろう。月の光が先ほどより少し薄くなった。

「でも、あなたたちも気を付けなさいよ。宮城の闇に隠れているのは、善良な者たちばかりじゃないんだから」

にっこり笑って言うや、女は傍《かたわ》らの土塀にぱっと飛びついた。風が袖を揺らし、妙に逞しい四肢《しし》が剝きだしになった。

その瞬間若子は、女が最初に自分に声をかけてきたときの様を思い出した。あのときまだ、月は天になかった。それなのになぜ、彼女の姿はああも鮮明に闇の中に見えたのだ。

長い髪、紅の領巾。ほっそりした体軀に不釣り合いなほど大きな眸。そしてその襟元に挿《さ》された小さな黄色い花。あれは――あれは、池の面に咲く藻の花だ。

冷たいものが、凄まじい速さで背筋を貫いた。悲鳴の代わりに、壊れた笛のように喉がひゅっと鳴った。

女は四肢をせわしなく動かし、音も立てず、垂直に土塀を這い上がった。塀瓦《へいがわら》の上に腹這い、呆然と立ちすくむ若子と笠女を振り返る。ばっさりと乱れた髪に隠れて、表情はよく見えない。ただ大きな眸がぐるりとこちらに巡らされたことだけが、はっきり知れた。

きょろり、と蜥蜴が虫を狙うような動きで、女は塀の向こうに首をひねった。そのまま恐ろしい速さで塀を乗り越え、二人の視界から去る。

つん、と生臭《なまぐさ》い臭いが鼻をつき、吹く風に散らされてすぐに消えた。

今度こそ、衛士を呼ぶべきなのではないか。されどこの世のものならぬ異形に、果たして横刀《たち》や弓は歯が立つのだろうか。

そう、宮城の闇は深い。自分たちの如き平凡な女官には、およそ見当がつかぬほどに。

「わ、若子……」

女が消えた塀を見つめたまま、笠女がうめいた。若子が振り返るのを待たず、次の瞬間、まさに脱兎《だっと》の勢いで走り出す。先ほど萱虫を追ったときとは、比べものにならぬ速さである。

「ま、待って。待ってったら、笠女！」

置いて行かれてなるものか。ここで取り残されたら、自分はあの女の仲間にされてしまうかもしれない。

そうだ。あの萱虫とて、本当に生きた人間であった保証などどこにもない。ひょっとしたらあの綵は、今から何十年も前に上納されたものかもしれないではないか。人気《ひとけ》もなく荒れ果てた墓地、傾きかけた墓標《ぼひょう》に美しい綵がたなびいている光景が脳裏をよぎった。

ここから逃げねば。いつもの場所、日常の宮城に戻らねば。あの窮屈な官舎、かしましい同輩たちのおしゃべりがひどく慕《した》わしく、遠いもののように思われる。

悲鳴にならぬ声をなおも漏らしながら、若子はただただ必死に笠女を追った。

塀瓦に落ちた月光が、そんな彼女たちを見守るかのように、まろやかな光を四囲《しい》に降りこぼし続けていた。

第五話　藤影《ふじかげ》の猫《ねこ》

水で戻した干魚《ひうお》を細かくちぎって、火にかける。柔らかく煮て人肌まで冷ましたそれを、若子《わかこ》は小さな平鉢《ひらばち》に移した。

平鉢といっても、もったりとした釉《うわぐすり》が美しい白磁《はくじ》の鉢である。猫の餌入れなどその辺の須恵器《すえき》でよかろうに、さすがは藤原《ふじわら》氏の期待を一身に背負う阿倍《あべ》皇女の飼い猫。食器一つにしても、人間以上の扱いである。

「あの、出来ましたけど」

誰にともなく言った途端、膳 司《かしわでのつかさ》の女官《にょかん》全員が一斉に視線を逸らした。普段なら若子の手柄をすべて横取りする紀意美奈《きのいみな》までが、そっぽを向いて鍋を磨いている。

関わり合いになりたくない――そんな本心が歴然と知れる、露骨な態度であった。

「若子」

振り返れば典膳《かしわでのすけ》が、渋い顔で外を指している。しかたなくそれにうなずき、若子は猫の餌を手に内侍司《ないしのつかさ》に向かった。

(まあ、しかたないわよね)

厄介な騒動に巻き込まれたくないのは、誰も同じ。そして貧乏くじを引かされるのは新参者と、相場は決まっている。

とはいえ、別に自分がなにをしたわけでもないのだ。首をすくめ、頭を低くして、嵐が過ぎ去るのを待てばよい。何しろこれから待っている騒ぎなど、自分にはまったく無関係なのだから。

内侍司では典侍《ないしのすけ》の大宅朝臣諸姉《おおやけのあそんもろあね》をはさんで、二人の女官が険悪《けんあく》な顔で睨《にら》み合っていた。

化粧の濃い狐《きつね》顔が、阿倍皇女の乳母である阿倍朝臣石井《あべのあそんいしい》。それとは正反対に、餅の如くぽちゃぽちゃとした色白が、県犬養広刀自《あがたいぬかいのひろとじ》を母とする井上《いがみ》皇女の乳母・田上朝臣興《たがみのあそんおこ》志《し》。どちらも眉を吊り上げ、一歩も引かぬといった面構えである。

「あの、猫の御膳をお持ちいたしました」

張りつめた気配におののきながら来意を述べた途端、興志がきっと眉を吊り上げた。

「井上さまの鶯《うぐいす》を食った猫など、そのまま日干《ひぼ》しにして死なせればいいのですッ。餌などさっさと捨ててしまいなさいッ」

「お言葉ですが、興志どの。鶯を襲ったのが阿倍さまの御猫との証拠は、どこにあるのですか」

石井が険しい声で、興志を遮った。

そのこめかみは痙攣《けいれん》し、語尾は怒気も露わに震えている。諸姉がいなければ、今にも興志に摑みかかりそうな気配であった。

「しょ、証拠ですって。この後宮《こうきゅう》で、猫以外にどんな獣が鳥を襲うのです。しかも宮城《きゅうじょう》内で飼われている猫は、この一匹のみ。井上さまの鶯を食い殺したのではないと思うほうが、奇妙というものです」

部屋の隅の竹籠《たけかご》に、興志は射るような眼差しを向けた。その中では雪のように白い雌猫が、悠々と毛づくろいをしている。自分のことが話題にされていると悟ったのか、金色の丸い目を細めて、みゃお、と甘え声を立てた。

後宮の勢力を二分する藤原四兄弟の妹である安宿媛《あすかべひめ》と、長屋王《ながやおう》を筆頭とする皇族勢力の後見を受けた広刀自。それぞれ今年十歳になる阿倍、十一歳と九歳になる井上・不破《ふわ》姉妹の母である二人の対立は、この数か月、激化の一途をたどっていた。

昨年の新羅《しらぎ》使謁見の際、井上が才媛《さいえん》扱いされたのがよほど悔しかったのだろう。最近、安宿媛は阿倍皇女に幾人もの教師をつけ、女官たちが気の毒がるほどの厳しい教育を施しているという。

そうでなくとも皇女たちは以前から互いを敵視し、愚にも付かぬ意地の張り合いを続けていた。

井上が琵琶《びわ》を習い始めれば、阿倍は笙《しょう》の稽古に取り組む。阿倍が乗馬を好めば、不破も馬場に通う……三人の年が近いせいもあって、双方の宮は常に競い合い、侍女《じじょ》たちまでが「わが皇女こそが一番」といがみ合う始末。おかげで天皇すら、彼女たちの顔色をうかがっていると、もっぱらの評判である。

さりながらそれはあくまで、妃たちの間の話。日々多忙な後宮の女官にとっては、彼女らの御機嫌をうかがうより、つつがなく業務を遂行する方が重要である。

しかし年明けから半月あまり経った昨日、そうも言っておられぬ事態が勃発した。井上皇女が可愛がっている鶯が、行方知れずとなったのである。

無論、小鳥が勝手に籠を抜け出すわけがない。その場には幾本もの羽が落ち、鳥が暴れたような跡が残っていたことから、自然と鶯は猫に獲られたのでは、と取沙汰されるようになった。

具合の悪いことに、後宮で飼われている猫は、阿倍の愛猫《あいびょう》一匹。しかもその猫が同日、妃たちの宮から離れた殿司《とのもりのつかさ》の軒下で見つかったことから、井上に仕える侍女たちはこぞって、この猫が鶯を襲ったのだろうと決め付けた。

さりながら阿倍の側も、これに黙ってはいなかった。

「猫には日頃、十分餌を与えていますッ。どうしてわざわざ飼われている鳥を獲りましょう。これは、阿倍さまに汚名を着せようと企《たくら》む者の仕業《しわざ》に違いありませんわ」

「そうですとも。だいたい籠がひっくり返り、鶯の姿がなくなっていただけで、猫が食ったとの証拠は何もないのです。ひょっとしたらわざと小鳥を逃がし、あることないこと吹《ふい》聴《ちょう》しているだけやもしれません」

井上の乳母である興志は、阿倍側のこの言い分に激怒した。

勝気な阿倍に比べ、井上は心優しい無口な少女。しかも六年前、たった五歳で伊勢《いせ》斎宮《さいぐう》に定められた彼女は、今年こそいよいよ京を発《た》つと噂されている。

天皇の祖先神・天照大神《あまてらすおおみかみ》に仕える斎宮は、肉親の死に遭わねば任が解かれぬため、彼女の帰京がいつになるかは、全く分からない。残り少ない京の日々を楽しいものにしてやろうと、侍女たちが心を砕いていた矢先の鶯の死。それだけに興志はまさに怒髪天《どはってん》を衝《つ》くの勢いで、安宿媛の宮に怒鳴り込んだ。そして後宮きっての辣腕《らつわん》である諸姉を引っ張り出し、正々堂々と裁きを行うべきと主張したのである。

とはいえ女たちの争いに巻き込まれる諸姉こそ、いい迷惑。大振りな唇を強く引き結んだ彼女の横顔にははっきり、「迷惑千万《めいわくせんばん》」と書かれていた。

「ふうん、他に証拠はないのですか。なんと愚かしい。思い込みにも程がありますわ。かような言い争いは時間の無駄。猫をいただいて、とっとと帰らせていただきます」

「お、思い込みですって。井上さまは心優しいお方。正直に詫《わ》びればお許しくださるでしように、言うに事欠いてその口の利きようはなんですッ」

「思い込みでなければ、ただの言いがかりでしょう。おおかた粗忽《そこつ》な女嬬《にょじゅ》が鶯を逃がしたのを、御猫の仕業と言いつくろったに違いありません」

「な、なんということを――」

「ああもう、いい加減になさってくださいッ」

諸姉がいきなり、目の前の卓を平手で叩いた。

「猫が鳥を取ろうが、犬が猫を襲おうが、大した話ではありますまい。乳母どのたちのお気持ちは分からぬでもありません。ですがかような言い争いで手を煩《わずら》わされるのは、正直、迷惑でございます」

「か、かような言い争いですってえ」

申し合わせたように、石井と興志の眉が逆立った。だが諸姉はじろりと二人を見据え、

「はい、迷惑です」と怯《ひる》みもせず繰り返した。

「だいたいご両人は、わたくしどもをなんと心得ておられます。畏《おそ》れ多くも後宮は、天皇のお暮らしを支え、玉体《ぎょくたい》を護持《ごじ》致す重要な場所。十二司の女官たちはそれぞれ、天皇がつつがなくご政務を執《と》られるよう、陰ながら尽力するのが務めでございます」

諸姉はまだ三十すぎながら、後宮十二司のほぼすべてを掌握する叩き上げの女官。それ

だけに二人をびしばしと決めつける口調には、これっぽっちの遠慮もなかった。

「ですが諸姉どの」

まん丸な顔を真っ赤に紅潮させた興志が、椅子を蹴立てて立ち上がった。

「後宮の女官であれば、皇女の御心《みこころ》を慰めるのもお役目のうちでしょう。井上さまは間もなく、遠い伊勢に旅立たれる御身《おんみ》。今回の騒ぎに心を痛められ、病の床に就かれでもしたらどうしてくれるのです」

このままなら伊勢行きを拒んでやる、とでも取れる脅しである。

さすがの諸姉も、突然の興志の開き直りには困惑したらしく、濃い紅を塗った唇をぶすっと引き結んだ。

されどここで猫を処分しろと言えば、今度は石井が激怒するに決まっている。感情的な彼女のことだ。そうなればすぐさま宮に飛んで帰り、安宿媛に泣きながらあることないことぶちまけるに違いない。

ただでさえ仲の悪い妃二人。そこに何かしらの火種が放たれれば、事はあっという間に後宮外に飛び火する。無論、彼女たちの後ろ盾である長屋王や藤原四兄弟も黙ってはおるまい。

「わかりました」

重い溜息をつき、諸姉は二人を等分に見比べた。

「ですが猫を殺しても、鶯は戻って参りませぬ。井上さまとてかような血なまぐさい処罰は、望んでおられないでしょう。そこで」

餌鉢《えさばち》を抱えたまま立ちすくんでいた若子は、諸姉がこちらに鋭い一瞥《いちべつ》を投げたのに気づき、慌てて視線を俯《うつむ》けた。ひどく嫌な予感がした。

「井上さまの元に、新たな鶯をお届け致しましょう。幸い、季節は春。鳥たちが野山で囀《さえず》り啼《な》く季節でございます。かようなことでお心は癒えますまいが、わたくしに免じてなにとぞご寛恕《かんじょ》くださいませ。――いいですね、若子」

思わず、え、と間抜けな声が漏れた。上目使いにうかがえば、諸姉がにこりともせずこちらを見つめている。

「どのような手立てを使っても構いません。期限は三日。よろしいですか。何としても鶯を手に入れるのですよ」

「あ、あの、なぜわたしが――」

諸姉には、大勢の部下がいる。それを差し置いてなぜ、猫の餌を持ってきただけの自分が、用を言い付けられるのだ。いや、それ以前に、そもそも自分は膳司の采女《うねめ》。いくら諸姉とはいえ、典侍の彼女が仕事を命ずるのは越権ではないか。

「内侍司は多忙ゆえ、かような雑事に手を割《さ》く暇はありません。そなたの上司、つまり尚膳《かしわでのかみ》の牟《む》妻《ろ》女王には、わたくしから事情をご説明申し上げます。そなたは心おきなく、鷲を見つけに行きなさい」

石井と興志はそろって、こちらを凝視している。普段仲が悪いくせに、こういうときだけはまるで双子のように瓜二つの動きであった。

これほど迫力のある女官たちに取り囲まれ、否《いな》と言えるわけがない。

「か、かしこまりました……」

「よろしい。餌を置いて、おさがりなさい」

まだ暦《こよみ》は春になったばかりなのに、背中にはびっしり汗が浮かんでいる。ほうほうの体《てい》でその場を逃れたが、いきなりの命令に頭はひどく混乱していた。

書司《ふみのつかさ》にすっ飛んで行って笠女を呼び出すと、彼女は「なるほどねえ」とひどく感心した様子で顎を撫でた。壮年の官吏《かんり》あたりがしそうな、老成した仕草であった。

「さすがは諸姉さまだわね。大丈夫、おそらくあの方は最初っから、若子が鷲を獲ってくるなんて思ってらっしゃらないわよ。必要なのは『努力したけど捕まえられなかった』という事実なんだわ」

「じゃあわたしはたまたま居合わせたばっかりに、その口実にされたってこと？」

「ええ、そうよ。まあいいじゃない。何の迷惑を蒙《こうむ》るわけじゃないんだからさ」

若子の悲鳴を、笠女はあっさりといなした。

「妃がたの対立はそのまま、藤原氏と皇族がたの対立。いわば政争と似たようなものだもの。確たる証拠がない以上、阿倍さまの猫を処罰するわけにはいかない。だからといって井上さまに対して何の措置も取らないのも、愚かな対応。この騒ぎを丸く収めるには、とにかく形式だけでも尽力したという事実が必要なの。若子への命令は、いわばその既成事実作りなんだわ」

「既成事実、ねえ……」

自分に結果は求められていないと聞いて、少し気が楽になった。だが単純なもので、そうなると俄然、愛する鳥を殺された井上皇女の心中が案じられてくる。

これまで遠くから目にする折こそあれ、彼女と直に言葉を交わしたことなど勿論ない。だが自分とて、遠い阿波《あわ》から単身、出仕《しゅっし》した身。両親と引き離され、遠い伊勢の巫女《みこ》にさせられる不安ぐらい、漠然と察せられる。

ましてや斎王《さいおう》は、神に仕える高貴な巫女。年相応の華やぎも、恋も結婚も許されぬ厳しい務めである。顔もおぼろげな少女への同情がこみあげ、若子はうららかな春の空を見上げた。

（ちょっとは真面目に、鶯を探してみようかしら）

新しい小鳥が井上の心を少しでも慰めてくれれば、と考え、若子ははたと途方に暮れた。

鶯は春告鳥《はるつげどり》とも呼ばれ、水が温み始める季節に、そこここで美しい囀りを聞かせる野鳥。しかしその姿は地味で目立たぬ上、身のこなしは恐ろしくすばしっこい。

貴人が愛玩する鳥は、いずれも猟師が雛《ひな》の頃に巣から盗み、人に懐くよう育てたもの。すでにそこここの枝に鶯が飛び交う季節、今から得られる雛などいるわけがなかった。

(うち靡《なび》く　春立ちぬらし　我が門の　柳の末に　鶯鳴きつ、とは言うけど……)

鳥黐《とりもち》で無理に捕獲するという手も、ないではない。だが人間が近づけば、すぐ飛び立ってしまう臆病な鳥。素人《しろうと》が下手に捕らえて弱らせ、わずか数日で死ぬような目に遭っては、かえって井上の嘆きを深めるだけだ。

「ねえ、笠女。鶯ってどうやったら死なせずに捕まるかしら」

それだけで若子が何を考えているのか理解したのだろう。笠女はだめだめ、と顔の前で手を振った。

「やめときなさいって。あたしたちが首を突っ込むような話じゃないわよ」

「だけど井上さまがお気の毒じゃない。出来る限りはなにかして差し上げたいわ」

「出来る限り、ねえ。うーん、あたしも猟なんてしたことないし……あ、そうだ。ちょっと待ってて、高丘《たかおか》さまなら、何かご存知かもしれない」

笠女が玄蕃允《げんばのじょう》・高丘連河内《むらじかわち》といったいどういう関係なのか、若子はよく知らない。何しろ相手は妻も子もいる中年男。しかも身分だって正六位下《しょうろくいのげ》の中堅官僚だ。だが笠女がしばしば書籍を借りたり、分からぬ文言を尋ねに行っているところから見るに、男女の仲というより師弟の関係というのが適切なのだろう。

若子を置き去りに玄蕃寮《げんばりょう》に走って行った笠女は、すぐに息を切らして戻ってくると、

「主鷹司《たかのつかさ》に行け、ですって」

と言った。

まったく聞きなれぬ官司《かんし》名に、若子は目をしばたたいた。なんだ、それは。

「主鷹司って？」

「あたしも知らなかったのだけど、兵部省《ひょうぶしょう》の管轄下にある小さい部署みたい。鷹狩りに使う鷹や猟犬の調教が仕事なんですって」

京の暮らしに随分慣れたつもりでいたが、そんな役所が存在したとは全く知らなかった。つくづく宮城は広いと思いながら、笠女に礼を述べて、教えられた役所に向かう。

二官八省《にかんはっしょう》が軒を連ねる一角のもっとも北の端《はし》。日もまともに当たらなそうな、ひどく古ぼけた建物の前では、若い下官がなぜか人待ち顔で佇《たたず》んでいた。

「あの……阿波凡直《おおしのあたい》若子と申します。鳥獣《ちょうじゅう》に詳しいお方にお目にかかりたいのですが」

「はい、どうぞこちらへ」

通された官衙《かんが》はがらんとして、人の気配がない。奥の間で書き物をしていた中年の主鷹正《たかのかみ》が、興味深そうに若子を振り返った。

「おお、待っておったぞよ。話は玄蕃允さまよりうかがっておる。なんでも小鳥を捕獲す

る術《すべ》を知りたいのだとか」

　さすがは元東宮学傅《とうぐうがくふ》。手の打ち様一つ取っても、笠女が慕うだけのことはある。素早い措置に驚きながら事情を打ち明けた若子に、主鷹正は気難しげに首を横に振った。

「なんと、鶯を生け捕りにしたいのか。鷹狩りの獲物はみな、鷹が息の根を止めてしまうからのう。鷹戸《たかかいべ》（鷹を養育する品部《しなべ》）では小鳥を餌として飼っておるが、あれはいずれも雀《すずめ》や鶸《ひわ》といった駄鳥《だちょう》ばかり。鶯の如く体の弱い鳥は、訓練の足しにならぬでのう」

「鶯はそんなに弱いのですか」

「ああ、弱いとも。そうでなくとも囀る鳥は皆おおむね、寿命が短い。ましてや鶯はあれで存外、寒さに弱くてのう。秋から春にかけては、巣筥《すばこ》を綿でくるんでやらねば、あっという間に死んでしまうそうじゃ――そうじゃな、吉事《よごと》」

「はい、さようでございます」

　いつの間にか、先ほどの下官が背後に控えていた。年は若子とさして変わらぬだろう。頭の鉢の広い、年の割に依怙地《いこじ》そうな青年であった。

「そうなると、生きたまま捕まえるには、餌でおびき寄せたところに籠を落とすか、枝に止まっているところを網で獲るしかあるまい。ううむ、これはなかなか厄介じゃぞ」

　おそらく出世街道を外れ、長い間、ここに留め置かれているのだろう。手入れの行き届かぬぼさぼさの顎鬚《あごひげ》に手を当てながら、主鷹正はううむと考え込んだ。

「だいたいあのような俊敏な鳥が、そう容易に捕らえられるとは思えぬ。とはいえ鷹を使えぬとなれば、我らも手伝いはしてやれぬのう」

「いいえ、お話をうかがえただけで充分です」

「これはこの吉事が記した、鶯に関する書き付けの写しじゃ。何かの参考にはなろう。持って行くがよい」

他に手立てはない以上、やってみるしかない。若子は二人に礼を述べて立ち上がった。膳司にとって返し、上司に事情を説明して、粟《あわ》を分けてもらう。ついでに借りた笊《ざる》と籠を、袋に詰める。

細かい字でびっしり記された書き付けによれば、鶯の餌は小さな虫や蜘蛛《くも》。人里近くの森に、好んで住むという。

宮城内には東院庭園を始め、いくつもの庭や林、池がある。とりあえずそのうちの一つ、後宮の大倉からさほど離れていない栗林のそばに粟を蒔《ま》き、物陰に身をひそめた。

まずやってきたのは、数羽の雀。それを追い散らすように鵯《ひよどり》が舞い降り、せわしい仕草で粟を啄《ついば》む。藪《やぶ》の奥では、二、三羽の鶯がぎこちない囀りを響かせているが、腹がくちくなった鵯が去っても、なかなか姿を現さない。

ようやく一羽の鶯がやってきたのは、四半剋《しはんとき》も経ってから。だがこちらの気配に気付いたのか、粟には目もくれず、丸い身体を弾ませるようにしてすぐに梢《こずえ》に隠れてしまう。なるほどこれでは、籠や網での捕獲は至難の業だ。

春の日は短い。まだ冷たい夕風に首をすくめながら宿舎に戻ると、笠女と春世《はるよ》が綿入れを羽織って火桶に当たっていた。

籠と笊を抱え、寒さに鼻の頭を赤くした姿だけで、今日の不首尾を悟ったのだろう。

「本当に獲りに行くことはないでしょうに」

と呆《あき》れたように言いながら、笠女は手焙《てあぶ》りの上で温めていた小鍋の中身を、木椀《もくわん》に注いだ。一口すすった途端、かすかな甘味が舌の上にふんわりと広がる。煮詰めた甘葛《あまづら》を溶いた、飴湯《あめゆ》であった。

「本当に井上さまに鶯を差し上げるおつもりなら、市司《いちのつかさ》に命じ、官市《かんし》で売りものを探させるはずでしょ。でもそうまですると、話が大袈裟になる。うまく騒動を収めるため、またま居合わせた若子にそう命じただけなんだから。そんなに必死になるだけ、無駄よ」

「笠女さまのお言葉通りです。井上さまは遊びたい盛りのお年頃。加えて妃がたの宮には音曲《おんぎょく》の名手も、話し上手の女官も大勢詰めていますもの。二、三日もすれば、すぐに鶯のことなど忘れられます。気になさる必要はありませんわ」

春世の口添えに「そうね」とうなずいたものの、胸の中にはどこか釈然としない思いがわだかまっている。とはいえ自分の身を心配してくれる二人にそれをぶつけるのも憚《はばか》られ、若子は無言で火桶の上に手をかざした。

ごく一部の例外をのぞき、女官たちはなるべく妃たちの争いから目を背けるようにしている。無事に務めを終えて故郷に帰りたいのなら、権力争いに首を突っ込むべきではない。知らんぷりさえしていれば、一介の女官に危険が及ぶことはないからだ。

しかしそれは、ただの采女や氏女《うじめ》だからこそ可能な話。皇統に生まれついた者は、命を受けたその日から、醜い権勢争いに巻き込まれずにはおられない。

しかし、井上はまだ十一歳の少女である。愛する鳥の死すら、政争の具とされる日常。大切なものを亡くした悲しみを、そんなふうに無下《むげ》に扱ってよいのだろうか。

翌朝も若子は粟と笊を手に、林へと出かけた。とはいえ並みの手段で捕らえられぬのは、承知済み。さてどうしたものか、とあれこれ考えを巡らせながら、茂みに踏み入ったときである。

「そっち、そっちに逃げたわッ。追いかけて、陽侯《やこ》ッ」

甲高《かんだか》い声が弾け、一人の少女が絹の網を無茶苦茶に振り回しながら、木々の間からまろび出てきた。顔立ちにまだあどけなさを残した、十三、四歳の女孺である。

いきなり広い場所に出て、獲物を見失ったのだろう。きょろきょろと梢を見上げる背後から小柄な少女が現れ、ああ、もう、と溜息をついた。

女孺よりも三つ、四つ年下であろう。鏨《たがね》で刻んだようにきりっとした目元が、ひどく印象的な子どもであった。

「また逃げられちゃったのね。陽侯ったら、どうしてそんなに足が遅いの」

「申し訳ありません。でもこんな方法で、野の鳥が捕まるわけがありません。やっぱり、策を改めましょう。お乳母さまにでも相談すれば、いい知恵を授けてくださるでしょうから」

「駄目よ」

少女はきっぱりと、女嬬の言葉をさえぎった。あでやかな唐織《からおり》の袍《ほう》、胸高に絛帯《じょうたい》を締めた身形《みなり》はどう見てもただ者ではないが、それ以前に、本来、宮城内に子どもがいるわけがない。いるとすればたった数人、それもごく限られた貴人である。

「鶯はあたくしが誰の力も借りず、姉さまにお贈りするの。乳母なんかに相談したら、承知しないわよ」

今年九つになる不破皇女は、きかん気そうな顔で命じた。

彼女は井上皇女の同母妹《どうぼまい》。末娘《すえむすめ》の性《さが》か、万事気が強く、法会《ほうえ》などで異母姉《いぼし》の阿倍と同席しても、年下とは思えぬ気の強さで喧嘩を始めると評判の少女であった。

不破はしばらくの間、左手の爪を噛みながら、いらいらとその場を行ったり来たりしていた。どうしたものかと立ちすくむ若子に気付き、形のよい目を大きく見開いた。

「そなたは誰？　ひょっとして姉さまの鶯を捕まえに来たの？」

真ん丸な目は、脇に抱え込んだ笊に向けられている。

幼いとはいえ、本来ならば口を利くのも憚られる相手である。隠すわけにもいかず、

「わたくしは膳司の采女でございます。実は典侍さまに命ぜられまして……」

と打ち明けた途端、小さな顔が灯でも点したようにぱっと明るくなった。

いくら勝気でも、まだ幼い少女。お気に入りの女嬬とともにこっそり宮を出てきたが、内心、どうすればいいか困り果てていたのだろう。袋の中の粟にも、不破は嬉しげに両目を輝かせた。

「そうよ、餌！　餌さえあれば鶯はあっちから近寄ってくるはずだわ。もう、どうして気付かなかったのかしら」

「いいえ、それが不破さま。餌だけでは駄目なのです。人が近くにいては、彼らは警戒して寄ってきません」

「そうなの？」

昨日の首尾を分かりやすく聞かせるや、不破の表情は目に見えて暗くなった。元々喜怒哀楽がはっきりした質《たち》らしく、傍らの陽侯が慌てふためくほど、極端な落ち込みようだった。

「い、井上さまはそれほどに、その鶯を可愛がっておられたのですか」

いつの間にか、不破の大きな眼には涙まで浮かんでいる。気を紛らわせようと懸命に話しかける若子に、彼女はこればかりは年相応の幼い仕草で、うん、とうなずいた。

「昨夏に産まれたばかりという、まだ若い鶯だったの。今年の囀りが初音《はつね》になるのねと、それは楽しみにしておられたのに……」

くすん、と鼻をすすり上げる音がした。振り返れば、陽侯と呼ばれた女孺が下を向き、悔しげに唇を噛んでいる。

「あたくしがちゃんと見ていればよかったんです。お天気が良かったから、日向《ひなた》に籠を出して、ついそのままに。うっかり目を放したのが悪かったんですわ」

鳥が襲われた瞬間を見た者はいない。ただ半刻《はんとき》も経って、いけない、と焦った陽侯が戻ると、縁先には蓋の外れた鳥籠が転がり、鶯の姿は影も形もなかったという。

「もともと献上品だった鶯なんですけど、井上さまは毎日、本当に熱心にお世話をなさっていたんです。それをあんな目に遭わせてしまって、どうお詫びすればいいやら――」

(献上品……)

このとき、若子の脳裏にある案が浮かんだ。そうだ。なにも自分や不破が、網を持って走り回る必要などない。鶯を求めているのは、天皇の娘なのだ。最初に井上に小鳥を献上した人物であれば、他に鶯を飼っている者にも心当たりがあるのではないか。

皇女、しかも間もなく伊勢斎王となる井上のためと言えば、誰も否やを言わず譲ってくれるに違いない。

「献上なさった方に相談をかける、ですか……」

だが若子の提案に、陽侯はなぜか不自然に声を曇らせた。代わりに不破がきっと眦《まなじり》を決して、二人の間に割り込んだ。

「相談に乗ってくれるはずがないわ。尋ねたって無駄よ」

「そんなこと、やってみないと分かりませんわ。ご存知でしたら姓名だけでもお教えください」

「授刀頭《じゅとうのかみ》よ」

え、と聞き返す暇もなく、不破は口早に続けた。

「姉さまに鶯を献上したのは、授刀頭の藤原房前《ふささき》よ。『やがて来る春の魁《さきがけ》になればよろしゅうございますが』との口上を付けてね」

広刀自の宮での藤原四子の評判が十分に察せられるほど、その声音は硬く強張《こわば》っている。

一度だけ、阿倍朝臣家の宴《うたげ》で目にした房前の姿が、若子の脳裏にありありと浮かんだ。

鷹のように鋭い眼光と、物静かだが内なる激しさを感じさせる身のこなし。藤原四兄弟きっての切れ者と名高い彼は、一説に井上皇女を斎王に推挙した黒幕と称されている。

なるほどそんな男に借りを作りたくないのは、不破からすれば当然であった。

「母君はもともと、姉さまに籠の鳥なんか奉《たてまつ》って、と怒ってらしたのよ。でも姉さまは突き返そうとする母君を留め、献上された鶯をそれは大切にしてらしたの」

広刀自からすれば、間もなく伊勢に送られる娘は、まさに籠の鳥同然の身。房前の真意は不明だが、献上の品を悪意と取るのはしかたがなかった。その上更にまた彼に鶯を献上させようとすれば、広刀自はさぞ気色ばむだろう。

聡明な井上は、自らの境涯を理解していたのに相違ない。それにも拘わらず鶯を可愛がったのは、同じ境遇にある小鳥に己自身を重ねていた故か。見知らぬ少女への同情が、若子の中でますます膨らんだ。

確かに不破の嫌悪《けんお》は分からぬでもないが、他に良い手段があるとも考え難い。承知しました、と若子は不破に対して小腰《こごし》を屈めた。

「ではわたくしが代わりに、房前さまにお尋ねしてまいりましょう。教えてくだされば、それでよし。拒まれましたら、また別の手立てを考えればいいのです」

意外にも不破は、若子の言葉に案外おとなしくこっくりとうなずいた。頭の片隅では、鶯を独力で捕まえるのは困難と理解しているのだろう。どこか諦めを含んだ顔つきであった。

「それでしたら、急がれたほうがいいです。授刀頭さまはこの時刻、安宿媛さまの宮においでのはず。今からうかがえばちょうどお会いできますから」

陽侯が網を小脇にたばさんで急《せ》かしたが、参議を兼ねる彼に、采女如きが容易に目通り出来るものだろうか。阿倍家で一度顔を合わせているが、おそらく房前の側はこちらのことなど覚えておるまい。

どうしたものかと悩んでいる若子に、陽侯が心得顔で案内を買って出た。

「といっても、あたくしが出来るのは、宮の門で取り次ぎを頼むぐらいですけど。でもあの方でしたら、すぐにお会いくださるはずです」

女孺の言葉の意味は、すぐに知れた。

安宿媛の宮の一室で、房前は山のように積み上げられた書類に、すさまじい勢いで取り組んでいた。差し出された文書に敏捷《びんしょう》に目を通し、ある物には認可の署名を書き入れ、ある物には処分を示す一文を書き入れる。まさに獅子奮迅《ししふんじん》とも言うべき、目を見張るばかりの働きぶりであった。

「あ、あの――」

ここはどうやら、房前に特に与えられた一室らしい。帳面を手にした六人ほどの役人が、房前に陳情を行うべく、順を待っている。その様子は後宮の一室というより、ほとんど多忙な官衙のそれであった。

なにしろ房前は天皇の叔父。しかも前帝から特に、当今《とうぎん》の後見を命ぜられた重臣である。日々の朝議《ちょうぎ》だけでは片付けられぬ難題、まだ若い帝の手に余る事項は、こうやって彼の裁量で処理されているのだろう。安宿媛の宮に伺候《しこう》しているのは、どうやら他の議政官たちの目につかぬ場所を求めてらしかった。

順番待ちの官吏の中には、見覚えのある高官も交じっている。言わばこの場は国家を動かすもう一つの宮城、宮城内のもう一つの朝議の席。場違いなところに来た思いに襲われ、若子は身をすくめた。

房前は猛然と筆を振るいながら、役人たちの陳情を聞いている。裁決の言葉はいずれも短く、まったくと言っていいほど無駄がない。

すでに四十を過ぎているはずだが、その髪は黒々として肌もきりりと引き締まっている。底光りする目に隙のない所作、いかにも覇気充溢《はきじゅういつ》した能吏と評すべき男であった。

しばらく順番を待ち、若子が進み出ると、房前は一瞬筆を止め、怪訝《けげん》そうな顔になった。若い宮人《くにん》が単身、訪れるのは珍しいのだろう。太い眉の下の目が、誰だ？　と言いたげに隣の部下に向けられた。

「わたくしは阿波凡直若子と申します。典侍の大宅朝臣諸姉さまに命ぜられ、井上皇女に差し上げる鶯を探しております」

「鶯だと——」

房前は訝《いぶか》しそうに呟いた。そうしながらも、両の手は再び書類の処理を始めている。

「はい、阿倍皇女の猫に獲られた鶯の代わりにするためです」

その瞬間ぴたりと、房前の手が止まった。

「猫に獲られた、とな」

「は、はい」

ひょっとして房前は、例の騒ぎを知らぬのか。己の迂闊《うかつ》を悔いたが、すでに遅い。

案の定、房前の眉間に、見る見る深い皺が寄った。

「どういうことだ。私は何も聞いておらぬぞ。――おぬし、すでに知っておったか」

部下は「いいえ」と首を横に振り、一礼してすぐに別室に消えた。待つまでもなく戻って来ると、房前に小声で何事か耳打ちする。房前の顔つきがさっと改まり、投げ出すように筆が置かれた。

「まったく、これだから女子は度《ど》し難い。いらぬ争い事は避けよと、あれほど申し付けておるに」

苛立った声に、若子は身をすくめた。だが房前はそんな彼女にはお構いなしに、ずらりと並んだ役人たちにせわしく片手を振った。

「おぬしたち、下がっておれ。頼みは後ほど聞いてつかわすほどに」

彼らが不平も言わずに引き上げると、房前は大きな手を組んで若子に向き直った。

「若子とやら、よく話を聞かせてくれた。そなたは十二官司《かんし》の女官か」

「はい、膳司で働いております」

「やはりそうか。妃がたに仕える侍女《じじょ》どもは己の主をかばうばかりで、まったく世の大義を知らぬ。それに比べれば、諸姉がうまく教育しておるのだろう。十二官司の宮人は実に出来がよいわい」

房前は部下に、口早に何事か命じた。はっとうなずいて出ていくのを見送り、聞かせるともなくつぶやいた。

「妃がたの悶着は、私には本意ではない。無論、皇女がたの揉め事もじゃ。されど女子とはまこと、意のままにならぬものでのう。ちょっと目を離せばかような騒動を起こしてくれる。ここで井上さまが拗《す》ね、伊勢になど行きたくないと仰られては困るのはこちらと申すに」

両の瞼《まぶた》を揉みほぐしながら、房前は溜息混じりに続けた。

「人は我ら藤原氏を鬼じゃ、権勢欲の化け物じゃと呼ぶ。なるほど、それは確かに間違いではない。我らが望むのは、一族の興隆ただ一つだからな。さればこそ、私は広刀自さまには気を遣っておる。妹や阿倍さまにも、なるべく井上さまや不破さまと仲良くなさいませと説いているのじゃが――」

「だからこそ、でございますか」

ひどく不思議な言葉を聞かされた気がして、若子は思わず反問した。

一族のためであれば、手段を選ばぬ鬼畜《きちく》の如き人物。井上を伊勢に追いやらんとしている張本人であるはずの房前が、なぜか妙に身近に感じられた。

「うむ、そうだ。我らが朝堂を思うがままにすれば、それを憎む者は自然と増えよう。勝者の陰には必ず、敗者がひそんでおる。かような者を少しでも慰撫《いぶ》するのが、勝つ者の責務なのだ」

藤原氏は本姓を中臣《なかとみ》といい、乙巳《いっし》の変（大化の改新）の功臣《こうしん》・中臣鎌足《かまたり》を祖とする。しかし葛城《かつらぎ》皇子（天智《てんじ》天皇）を支え、蘇我《そが》一族を葬った鎌足がそうであったように、この一族の栄光には常に血なまぐさい影が従っていた。

鎌足の息子である不比等《ふひと》は、晩年の讃良《さらら》女王（持統《じとう》天皇）に重用《ちょうよう》された。だが讃良自身、なさぬ仲の息子たちを殺して、自らの地位を盤石《ばんじゃく》にした女傑《じょけつ》。彼女の孫である軽《かる》（文武《もんむ》天皇）の即位にしたところで、不比等の力を借りて、大勢の叔父たちを蹴落とした成果である。

そして昨今、巷《ちまた》でささやかれる「松樹《しょうじゅ》を枯らす藤影《ふじかげ》」との噂……天皇家の血脈に入り込み、その血を濃く享《う》けた天皇を傀儡《くぐつ》の如く操る藤原四子に対する謗《そし》り声は、市井《しせい》の童の耳に届くほど高かった。

「だからこそ我らは、決して傲慢に振る舞ってはならぬ。寺を建て、飢えた者たちを救い、権力の座より追わるる者には救いの手を差し伸べる。それが我らに課された務めだ」

されどなあ、と房前は大きな息を吐いた。

「女子には残念ながら、かような道理が理解できぬ。いや、頭では分かっておるのかもしれぬが、思いが付いてゆかぬのだろう。飢えた犬を石もて追わば、かえって嚙みつかれる。かような獣にこそ餌を与え、なだめてやらねばならぬと申しているのに、それがどうしても出来ぬのだ」

安宿媛と阿倍皇女の驕慢《きょうまん》を嘆く口調は、苦々しげですらあった。

広刀自母娘を犬呼ばわりしたことは、ある意味で不遜《ふそん》である。だがそうでありながら若子はこのとき、目の前の男に言い知れぬ魅力を覚えた。

政《まつりごと》を掌握する者に課せられた責務を理解し、一族の栄光をいかにして持続させるか模索する姿。それはこれまで世間の噂で耳にしていた権勢欲の権化《ごんげ》、一族のためであればいとけない皇女をも追い落として憚らぬ冷血漢とは、まったく異なる人物像であった。

政とは血縁をも滅ぼし、流血のただなかに叩きこんで憚らぬ醜い争い。だからこそ勝者には様々の重責があるとの房前の言は、極めて理にかなっているが、それを実行できる者は少ない。なぜなら人は——ことに身分ある者は他人を見下さずにはおられぬからだ。

そう思って考えれば、なるほど藤原四兄弟は政敵の長屋王にも、常に一定の敬意を払っている。末妹の長娥子《ながこ》を彼の侍妾《そばめ》として奉っている他、長屋王が首天皇の執政を批判した際には、両者の間に立って仲介役を果たしてもいる。

鎌足以来、この国を陰に日向に支えてきた藤原氏。他の氏族が次々没落していく中、かの一族だけが長きに亘って栄光を誇り続けているのは、彼らが勝者として為《な》すべきことをしっかり理解しているために違いない。

憧れとも尊敬ともつかぬものが、若子の胸にぽっと点った。無論、権勢欲を口にして憚らぬ男に対する畏怖は、消えてはいない。さりながらかような道理を悟れぬ妹の愚痴をこぼす彼の稚気《ちき》に、若子は親しみすら抱いていた。

「鶯捕獲を命じた諸姉の計らいは、ある意味、道理に叶うておる。一介の女官では、それ以上の措置は取れまいでな」

されど、と言いながら房前は立ち上がった。

「この件を知ってしまった以上、私は阿倍さまの伯父として、見て見ぬふりは出来ぬ。諸姉が猫を処分できぬとあれば、代わりに私が手を下さねばなるまい。さすれば井上さまや広刀自さまも、少しは御心を慰められようでな」

「どこへ行かれるのですか」

足早に部屋を出て行く房前を、若子は慌てて追いかけた。

「今、部下に調べさせた。どうやら阿倍さまの猫は最近しばしば、宮を抜け出しているそうな」

「はい。確か昨日も、殿司の軒下で寝ていたそうです」

「どうもその界隈《かいわい》が、気に入っているらしい。どこかで待ち構えて、私が処罰致そう。さすれば安宿媛さまや阿倍さまも、文句は仰られまい」

広刀自母娘の遺恨を少しでも解くためであれば、自ら猫を捕まえに行くと言うのか。正三位《しょうさんみ》の高位にあるとは思えぬ身軽さに、若子は少なからず驚いた。

殿司は、後宮内の灯油や薪炭《しんたん》の管理を担当する役所。まだ寒さが続く最中だけに、女官たちはいずれも袍の袖をたくし上げて、忙しげに走り回っていた。

「こ、これは授刀頭さま。自らお運びとは、何事でございますか」

房前はころころと肥えた掌殿《とのもりのじょう》の困惑を無視して、殿司の官衙を回り込んだ。後宮の官衙はどこも礎石《そせき》造の長室。ただしいずれも西側に小さな縁を構えている。

その下を覗き込み、房前は用意の干魚を投げた。小さな甘え声が響き、縁下の闇の奥で金色の眸《め》が光る。網を脇に抱えた部下が、そちらに向かってゆっくり這い込もうとしたときである。

にゃあにゃあ、という声が、縁の下で相次いで起こった。のっそり這い出してきた白猫のそれではない。見れば幾《いく》つもの小さな眸が、暗がりの中できらめいているではないか。

「まあ」

掌殿が房前の部下を押しのけ、でっぷりした巨体をものともせずに縁下にもぐり込んだ。

「これは、どういうことでしょう。いつの間にこんなところで産を」

間もなく出てきたその腕の中には、六匹ほどの仔猫が抱えられていた。

白猫に黒猫、斑《まだら》猫と毛並みは様々。まだ生後間がないのだろう。いずれも掌に載るほどの大きさながら、口を大きく開き、元気な啼き声を上げている。

ううむ、と呻《うめ》いて房前は腕を組んだ。

「こやつ、仔を産んでおったのか――」

母猫は喉を鳴らしながら、干魚を食べている。それを見下ろす彼の横顔には、隠しようのない当惑がにじんでいた。

「あ、あの、授刀頭さまは、ひょっとして猫を捕らえるためにお越しになったのですか」

すでに鶩を巡る騒動を聞き及んでいるのだろう。掌殿が仔猫たちをひしっと抱いたまま、一歩後ずさった。白く肥えた体軀が、当の母猫にどことなく似ている。

「そのつもりであったが、こうなると簡単に処分するわけにもいくまいな」

房前ほどの男が、猫に仔がいるだけで躊躇《ためら》うのか。首を傾《かし》げる若子を、彼は苦笑して振り返った。

「ここで母猫を殺せば、あの仔どもは乳をもらえず飢え死にしよう。さすれば今度は阿倍さまが、井上さまに更なる恨みを抱かれる。物事には釣り合いが必要なのだ」

阿倍は普段よほど、彼の言う事を聞かぬのだろう。これは困った、と房前は額に片手を当てた。

「まったく、どうしたものやら。鳥一羽に猫一匹であれば、双方疵《きず》は一つだけで済むと思うたに」

白猫は干魚をたいらげ、満足げに顔を洗っている。女官の腕の中の仔猫たちはそんな母猫を見下ろし、みゃうみゃうとか細い声を上げ続けていた。

「あの……この仔猫のうちいずれかを、鶯の代わりに井上さまに差し上げるというのはいかがでしょうか」

ふと思いついたままを口にすると、房前の眼がわずかに見開かれた。

「井上さまはお心の優しい方とうかがっています。猫を殺すべきと仰られるのは分かります。ですがまだ十歳そこその姫君が、それを喜ばれるとは思えません」

若子は全身が漆《うるし》のように黒い仔猫を抱き上げた。他の猫よりもおとなしい性格なのか、一匹だけさして啼きもせず、丸い目をきょとんと見張っているばかりの仔猫であった。

「だからといって房前さまが再び鶯を差し上げたなら、広刀自さまはまたしても籠の鳥をとお怒りになるでしょう。ですからここは代わりに仔猫をお渡しし、二人の皇女の融和を図られてはいかがでしょうか」

井上のような聡明な少女であればきっと、怒る母親を宥《なだ》め、仔猫を嘉納《かのう》するに違いない。仔猫たちの乳離れまでは、まだひと月あまりかかるだろう。その間にどの仔にするかを決めたり、飼い方を相談したりと往き来すれば、自然と少女たちの仲も睦《むつ》まじくなるのではないか。

母は異なれど、父を同じうする異母姉妹。対立だけを胸に、遠い伊勢と京に生き別れるのは、あまりに哀れにすぎる。

房前がなるほど、とつぶやいて頬をゆるめた。

「確かにそれは一理ある。阿倍さまを怒らせず、広刀自さまにもお詫びが出来るわけか。若子とやら、おぬし、なかなかの策士だな」

いや違う。房前は一族が栄えるため、安宿媛母娘が少しでも恨まれずに済むよう、物事を図っている。だが自分はそんな彼らの犠牲になった井上の心を、少しでも安らがせたいだけだ。

「善は急げだ。これからすぐに井上さまの元に参ろう。そなた、その仔猫たちを籠に入れて、付いて参れ」

しかしそんな房前を、県犬養広刀自はひどく無表情に出迎えた。何をしに来たと言いたげな、取りつく島もない態度であった。

「こたびの鶯の件、お詫びのしようもございません。つきましてはせめてものお慰めに、ここにおります仔猫のいずれかを、皇女に献上いたしたく存じまする」

「鶯を獲った猫の仔など、井上は見たくありますまい。早々に連れてお帰りください」

「ならばせめて、井上さまにお目通りをお許しください。一言直《じか》にお詫びを申さねば、この房前、心の曇りが取れませせぬ」

さすがに彼の機嫌を損なう愚《ぐ》は分かっているのだろう。広刀自は硬い声で、房前たちを井上の部屋に案内するよう侍女に命じた。

瀟洒《しょうしゃ》な私室の窓際には、空になった鳥籠が提《さ》げられ、目鼻立ちの涼しげな少女がぽんやりとそれを眺めていた。胡床《こしょう》からはっと身を起こすのを押し留め、房前は磚《せん》を敷き詰めた床に跪拝《きはい》した。

「このたびの一件、遅まきながら聞き及びました。いくら畜生《ちくしょう》の業《わざ》とはいえ、まことに申し訳ない限りでございます」

房前は手早く、本来ならば阿倍の猫を処分するのが妥当であること。さりながらその猫は仔を産んだばかりで、処罰するにはあまりに哀れであることを述べた。

「猫は鶯の代わりにはなりますまい。されどもしよろしければ、代わりにどうぞこの猫のうちのいずれかを慈《いつく》しみいただければと存じます」

「猫、ですか――」

井上はちらりと辺りを見回し、片手を振って控えている侍女たちを下がらせた。

彼女たちが音も立てずに出て行くのを待って、若子が抱える籠を覗き込む。母猫と引き離されて心細いのだろう。みいみいと啼きしきる仔猫たちの中で、先ほどの黒猫だけがじっと井上の顔を見上げている。

その小さな頭を指先で撫で、井上は、

「わかりました」

とうなずいた。年に似合わぬ物静かな物腰であった。

「授刀頭の志、ありがたく存じます。わたくしは阿倍さまを恨んではおりませぬ。ではお言葉に従い、この黒猫をいただきましょう。阿倍さまにも、どうぞよしなにお伝えください」

「ありがとうございます。では仔が乳離れした頃、改めてお届けに参ります」

「よろしくお願いいします」

ところで、と井上はゆっくりと目をしばたたいた。

「わたくし、授刀頭に申さねばならぬことがあります」

「はい、なんなりと」

「鶯は猫に獲られたのではありません。わたくしがこの手で、籠から逃がしました」

若子は思わず、えっと声を上げた。しかし房前は何もかも承知していたかのように、小さく、だがしっかりと一つうなずいた。

「籠の中で生涯を終えるしかない小鳥……わたくしはそれが労《いたわ》しくなったのです。ですがそのせいで、乳母を始め大勢の者たちに迷惑をかけてしまったのですね」

か細い声で語り、井上は膝の上で白い手を握り合わせた。

庶民の子であれば、嫌なことは嫌だと泣き喚《わめ》き、抵抗することが出来る。さりながら高貴な身分に生まれついた井上に、その自由はない。籠の鶯はすなわち、己《おの》が身。だからこそせめて、彼女は同じ境遇にある鳥だけでも逃がしてやろうとしたのだろう。そのあまりの無垢《むく》さと諦念《ていねん》に、若子は胸を衝かれた。

叶うのであれば、自分が井上を逃がしてやりたいとの思いが胸を突き上げる。しかし、そんな真似が出来ようはずがない。

拳を握り締めた若子を、籠の中の黒い仔猫が真ん丸な目で不思議そうに見つめていた。

「授刀頭、そなたに一つだけ頼みがあります。わたくしは父君の命ぜられるまま、伊勢に参ります。ですが妹には、このような哀しい思いはさせないでください。京に残る母君や不破を、どうぞよろしくお願いします」

井上はひたむきな眼差しで房前を見つめた。

房前は政敵であれど、決して無道《むどう》を働く人物ではない。哀れな皇女の頼みを粗略に扱いはしないだろう。それをしっかり見抜くとは、なるほど彼女は聡明だ。怒ることしかできぬ広刀自より、驕慢に振る舞う安宿媛や阿倍よりも。

床に額をこすりつけるほど、房前は深々と頭を下げた。天皇に対するかのような、恭《うやうや》しい態度であった。

「――井上さまのお頼み、この臣《しん》房前、確かに承りました。伊勢へのご出立《しゅったつ》は、おそらくこの秋頃となりましょう。京のことはご心配なく、伊勢におかれましてはどうぞお心安くお過ごしください」

広刀自の宮を後にすれば、門の脇のほころび始めた梅の梢で、二羽の鶯が戯《たわむ》れていた。まだうまく囀れないのか、しきりに胸をふくらませるものの、喉から漏れる声はひどくしやがれている。

数度中途半端に啼き、結局諦めたように飛び立った鶯を、房前は長い間、目で追っていた。うららかな春の日差しがその横顔をうらうらと照らしていた。

「そなたには迷惑をかけたな。諸姉には私から説明を述べておこう。先ほど確か、膳司の采女と聞いた気がするが」

「はい、さようでございます」

「そなたの上司、つまり尚膳の牟婁女王は、私の妻だ。今後、そなたには特に目をかけるよう申し伝えておこう」

軽い痛みが胸を刺した。目の前の男は参議兼授刀頭にして、首天皇の叔父。自分とはまったく身分の違う雲上人《うんじょうびと》なのだとの事実が、今更ながらこみあげてきた。

「は——はい。ありがとうございます」

平板《へいばん》な声で礼を述べた若子を不思議そうに見やり、房前はゆっくりと踵《きびす》を返した。

そう、自分はただ、井上の心を少しでも和《やわ》らげたかっただけだ。宿敵であるがゆえに、自らの一族のためだけに、広刀自母娘を重んじる房前とは違う。

それなのに何故、こんなに胸がざわめくのだろう。

どこか遠くで、鶯が一声、冴《さ》えた囀りを響かせた。その声が井上に届けばいい。いや、今あの角を曲がって行った房前に届けばいい。

見上げれば、春の空はどこまでも澄んでいる。まるで鶯の初音のように円《まろ》やかな陽が、若子の思いすべてを包み込むかのように、静かに地上に降り注いでいた。

第六話　越《こ》ゆる馬柵《うませ》の

遅い蛍が一つ、開け放した窓の外をふわりと横切った。その微かな光の尾に眠気を誘われ、春世《はるよ》は小さなあくびをこっそり押し殺した。

傍《かたわ》らの石上朝臣志斐弖《いそのかみのあそんしひて》は、海上《うなかみ》女王とのおしゃべりに余念がない。話し相手としてこの宮にうかがってからすでに一刻《いっとき》あまり。いつ尽きるとも知れない長話に、春世はすでに倦《う》みきっていた。

出仕《しゅっし》から日の浅い志斐弖が周囲に気配りできぬのは、分からぬでもない。とはいえ時刻は最早《もはや》、子《ね》ノ一剋《いっこく》（午後十一時）。いい加減、引き上げ時だ。

「海上さま、すっかり夜も更けてしまいました。あたくしたち、そろそろお暇《いとま》いたします」

「あら、まだいいではないですか。そうそう、つい今朝方、河内国《かわちのくに》から桃酒《ももざけ》が届いたのです。せっかくですからあれを三人で飲みましょう」

春世の辞意を無視して、海上女王は上機嫌で卓上の鈴を打ち振った。侍女《じじょ》に酒肴《しゅこう》の用意を命じる横顔は丸々として、今にもはちきれんばかりである。

「まあ、桃酒なんて、あたし、頂戴するの初めてです」

勧められるまま香菓泡《かくなわ》をつまんでいた志斐弖が、大きな目をうれしそうに輝かせた。香菓泡とは練った小麦粉を縄状に結い、油で揚げた唐菓子。少々大きすぎる志斐弖の唇が、榧《かや》の油でてらてらと光っていた。

「宿舎では、滅多に酒など飲めぬでしょう。女子向けに、口当たりよく作られている酒です。今夜は三人で壺を空けてしまいましょうね」

悪戯《いたずら》っぽく笑う女王に、志斐弖が「はいッ」と元気いっぱいに応じた。

志斐弖は二か月前、酒司《みきのつかさ》から縫司《ぬいのつかさ》に転属してきた新参氏女《うじめ》である。通常、采女《うねめ》と氏女はお互いを嫌いあい、なるべく関わりを持たぬようにする。しかしひょんなことから、氏女仲間から弾き出されてしまった志斐弖は、いつの間にか采女たちと親しく交わり、おっちょこちょいながらも快活な気性から年長の采女たちからも可愛がられていた。

それだけに春世にとっても、海上女王のご機嫌伺いに同道させるには、何かと便利な存在だったのである。

食いしん坊の海上のことだ。酒となれば、菓子《くだもの》や酥《そ》といった酒の肴《さかな》までたっぷり準備させるだろう。ああ、明日はまた食事を減らさねば。いくら少々肥《こ》えているほうが愛らしいと言われても、彼女のような肉づきになるぐらいなら、いっそ死んだほうがましだ。うんざりした気分を押し殺し、春世は口許に追従《ついしょう》の笑みを浮かべた。

海上女王は首《おび》帝《と》の妃の一人。ただしすでに二人の女児を生《な》している県犬養広刀自《あがたいぬかいのひろとじ》や現在身重である藤原安宿媛《ふじわらのあすかべひめ》に比べれば、その存在ははるかに目立たない。それでも彼女がいまだ妃の地位を保持しているのは、葛城《かつらぎ》大王（天智天皇《てんじ》）の孫であるとともに、天皇の無二《むに》の親友・安貴王《あきのおう》の叔母という血統に負うところが大きかった。

「そういえば最近、安貴さまはこちらにお越しではないのですか。一度ご挨拶をと思いながら、あたくし、ずっとお目にかかっておりませんわ」

海上女王になど、用はない。以前、自分を追いかけていた安貴王であれば、必ずや首に目通りしたいという望みを叶えてくれるはず。海上のおしゃべりにつき合っているのも、食べたくもない菓子を褒めそやすのも、すべては安貴に近づかんがための打算である。

なみなみと注がれた甘ったるい酒をすすりながらの問いに、女王は「それがねえ」と溜息をついた。さほど酒には強くないのか、早くもうっすら目尻が赤い。

「安貴どのは最近、あちこちの大社《おおやしろ》への奉幣使《ほうへいし》を命じられ、大忙しでおられるの。ほら、もうすぐ安宿媛さまの産じゃない。此度《こたび》は何が何でも男児を授けたまえと、天皇もひどくやきもきしておられるご様子で、最近、しきりにほうぼうへ勅使を遣わしておられるのよ」

海上の口調には、どこかよそ事の気配があった。それから察するに、もはや半年、いや一年も帝《みかど》と臥所《ふしど》を共にしていないとの評判も、あながち間違いではなさそうだ。

藤原安宿媛の妊娠が明らかになったのは、今年の晩春であった。数年ぶりの妃の懐胎は、まぎれもない慶事。さりながらそれが明らかになってからというもの、後宮には不思議な緊張感がみなぎり続けている。

なにしろ藤原宮子《みやこ》を母とする首に続き、藤原家の胎《はら》を介した人物を帝にせんというのは、藤原四兄弟の宿願。もし生まれた子が男児であったなら、その子はすぐに皇太子に擁立《ようりつ》されるに違いない。

それだけに彼らはもちろん、藤原氏と対立する左大臣《さだいじん》・長屋王《ながやおう》らまでもが、安宿媛の腹に冷然たる視線を注いでいた。

「藤原の四子も今回ばかりは必死なのでしょうね。腹の子を男児に変ずる唐渡りの秘薬を安宿媛さまに奉り、なんとしても皇子をと躍起になっているそうよ」

「そんな薬が、この世にあるのですか?」

勧められるままに盃《さかずき》を重ねていた志斐𢈘が、声を筒抜かせた。まだ酒を飲みなれていないのか、こちらはすでに少々呂律《ろれつ》が怪しい。酒癖が悪いなんてことがなければいいけど、と春世は案じた。

「藤原氏の権勢をもってすれば、霊薬《れいやく》の入手などたやすいでしょうよ。一族の氏寺《うじでら》である興福寺《こうふくじ》では、安産と男児出生を祈願する法会《ほうえ》が毎日行われているというし、産婆や侍医《じい》もすでに選りすぐりの者たちを控えさせているんですって」

医師の診立てでは、出産は今年の閏《うるう》九月。しかも同月には、かねて斎王《さいおう》に任ぜられていた首帝の第一皇女・井上内親王《いがみないしんのう》の伊勢出立《しゅったつ》が予定されている。

「この秋はひょっとしたら、安宿媛さまと広刀自さまの運命の分かれ道になるかもしれないわけよね。まあ、わたくしには関係ない話だけど」

そう言いながら盃をあおる海上女王の表情はゆったりとして、嫉妬も焦りも含まれていない。天皇の寵愛《ちょうあい》を失った我が身を、もはやしかたがないと諦めきった顔付きであった。

吐き出したいほど甘い酒を我慢して舐《な》めながら、春世は再び窓の外に目を転じた。

春世の目的は安貴王の推挙を得て、帝の御目に留まること。しかしこの調子では、彼は安宿媛の産が終わるまで、この宮に現れぬかもしれない。

いっそ彼に文でも送るか。いやいや、安貴の正妻はあの紀小鹿《きのおじか》だ。下手な勘繰《かんぐ》りを受けて騒がれては、元も子もない。ここはしばらく我慢するしかないかしら、と唇をかんだときである。

ぱたぱたと軽い足音が響き、一人の侍女が回廊に膝をついた。

「申し上げます。ただいま主上《おかみ》がお越しでございます」

「なんですって、主上が？」

海上は信じられぬといった顔で叫び、早くその辺を片付けて、とあたふたと春世たちに命じた。忘れ去られた身と諦めても、やはりそこは女子。突然の首の来訪に、心浮き立たずにはおられないのだろう。

しかし狼狽《ろうばい》したのは、春世とて同様であった。よもやここで天皇に目通りが叶うとは思ってもいなかったため、背子《はいし》や裙《くん》はごく普通のお仕着せ姿。一日働いた後だけに、化粧だってはげかけている。ああ、そうと分かっていたのなら、髪だってもっとしっかり結って来たのに！

そんな女たちの内奥《ないおう》を知る由もない首は、ひどく軽い足取りで室内に踏み込んできた。戸口近くでふと足を止め、怪訝《けげん》そうに鼻をうごめかせた。

「桃酒でございます」

赤い顔を困ったようにうつむけ、海上女王が説明した。

「毎年、河内より届けられる酒なのですが、わたくし一人ではどうしても飲み余してしまいます。そこで今宵、話し相手に召した女官たちとともに口切りをしたのでございます」

「つまり酒宴の最中だったわけか。それは邪魔をして悪かったな」

首は小さな眼をしばたたき、房の片隅に退《しりぞ》いた春世と志斐弖を見やった。

藤原四子と長屋王の間で右往左往する天皇は、今年二十七歳。年の割に覇気が薄く、言葉遣いも身のこなしも全てどこか遠慮がちな人物であった。

彼が海上女王の元を訪れるのは、極めて稀有なこと。だが昨今の朝堂《ちょうどう》では、四兄弟と長屋王が日々激しい対立を繰り広げている。後宮に帰れば帰ったで、安宿媛は懐妊中。広刀自は愛娘《まなむすめ》を遠国《おんごく》に送り出す直前で哀しみにくれているとなれば、それ以外の宮に逃げ込みたくなるのも理解できぬではない。

「いいえ、滅相もございません。よろしければ主上も一献、いかがでございます」

「うむ、一口もらおうか。実はこの宮で、安貴王と落ち合う約束をしておるのじゃ。あやつめ、奉幣使として住吉大社《すみよしたいしゃ》に詣《もう》でた帰り、美豆《みず》の御牧《みまき》に寄り道し、それは見事な赤駒《あかこま》を見出したのだそうな」

御牧とは畿内《きない》に数か所設置される、官営の牧場。馬部《めぶ》と呼ばれる専門の飼育員が、甲斐《かい》・武蔵《むさし》など駿馬《しゅんめ》の産地から貢納された馬を飼育していた。

美豆の御牧は山背国《やましろのくに》久世郡《くぜのこおり》。河内国や大倭国《やまとのくに》にもほど近く、多くの名馬を育む御牧である。

「かような駿馬を御牧に置き去りにしておるとは、馬寮《うまのつかさ》の者どもも目がない。早速、連れて帰ったゆえ、是非叡覧《えいらん》に供したいと言われてのう。こうやってここで待ち合わせた次第じゃ」

「まあ、安貴どのったら、なんて出すぎた真似を。申し訳ございません。きっと、悪気はないのです」

「いやいや、それはよう分かっておる。ここのところ、馬寮をのぞく暇もなかったからな。あやつがどのような馬を見出してきたのか、朕《ちん》も楽しみじゃ」

もともと首は馬好きで、自ら宮城《きゅうじょう》内の厩《うまや》に足を運ぶことも多い。

おそらく安貴は、このところの後宮の緊張から彼を解き放ってやるべく、多忙を縫って美豆の御牧に赴《おもむ》いたのであろう。そしてその思い付きには、天皇の足を海上女王の元に向けてやろうとの思慮も、含まれているに違いない。

「しかし当の安貴は、まだ来ておらぬのか。子ノ刻までには参ると申していたのじゃが」

海上女王に酒を注がせる首の顔を、春世はこっそり仰ぎ見た。

目は離れすぎているし、唇も薄い。ひょろりと生えた口髭が、余計に顔立ちの貧相さを強調しているようにも思う。

とはいえこのさい、容姿は二の次だ。目の前におわすのは、一天万乗《いってんばんじょう》の日《ひ》の御子《みこ》。女子であれば一度は添《そ》い臥《ね》を夢見る、至高《しこう》の君《きみ》である。

春世の男性遍歴を書き連ねれば、下は下寮《げりょう》の録《さかん》から上は朝堂の高官まで幅広いが、当然ながら天皇ほどの上《うえ》つ君《きみ》と臥所を共にしたことはない。

通常、位の低い男ほど従順な女子を、地位ある男ほど奔放な女子を好む傾向があるが、さて目の前の彼はどうだろう。勝気でつんと澄ました安宿媛、淑《しと》やかで常に伏し目がちな広刀自、ころころとよく笑う陽気な海上――ううむ、三者三様すぎて、まったく好みが読み取れない。

気弱な首には意外にも、内勤めの女官《にょかん》にこっそり手をつけているとの噂が常に絶えない。つまり言い換えればそれは、うまく己を印象付けられれば、春世とて情けを受けられるやも知れぬということだ。ただ寝所《しんじょ》に召されても、それを一夜の戯《たわむ》れにされては元も子もない。どうにか彼を引き留め、愛人と呼ばれるぐらいの地位を得ねば。

あまりに真剣に考え込んでいたためだろう。突如、響き渡った馬の嘶《いなな》きに、春世はびくっと身を震わせた。見れば大きく開かれた窓の外で、鰻《うなぎ》か泥鰌《どじょう》の如く縦に長い三十男が、激しく足掻《あが》く若駒《わかこま》の轡《くつわ》を取っている。安貴王であった。

「おお、それが噂の赤駒か。うむ、なるほど。毛並みといい、歯並びといい、確かに申し分ないわい」

盃を投げ出して立ち上がった首に従い、春世は海上女王や志斐弖とともに庭に出た。安貴王が気を利かせたのであろう。庭にはそこここに篝火《かがりび》が焚かれ、昼間のように明るい。美しく梳《す》かれた馬の鬣《たてがみ》が、金粉を振りかけられたかのようにきらきらと輝いた。

「ああ、あまり近づかれないほうがよろしゅうございますぞ。何せこやつときたら、ひどく気が荒うございましてなあ。美豆から連れて戻る途中でも、わが家の資人《しじん》の肩を咬《か》むやら蹴飛ばすやら。首さまに声をおかけしたのはよいが、果たして叡覧に供せられるものやらと案じておったほどでございます」

前に出ようとした海上女王を、安貴がほがらかな声で留めた。

彼は葛城《かつらぎ》大王（天智《てんじ》天皇）の曽孫《ひまご》。定まった官職は得ていないものの、その穏和な人柄から宮城の官吏《かんり》たちに親しまれている人物であった。

なるほど彼の言うとおり、馬は荒々しく首を振るい、後ろ脚をしきりに跳ね上げている。下手に近づけば、怪我をすることは確実であった。

「これでも少しばかりおとなしくなりましたので、こうして連れてまいることが出来ました。いやはや、最初のうちは苦労いたしましたぞ」

よく見れば轡を取る安貴王の左右では、二人の使部《つかいべ》が引き綱を握って控えている。それにも負けず激しい足掻きを続けているのだから、確かにすさまじい体力である。

「いったいいずこより貢納された馬なのじゃ」

「甲斐国は巨麻《こまの》郡《こおり》栗原《くりはら》の産と聞いております。甲斐の黒駒《くろこま》は上宮皇子《じょうぐうおうじ》（聖徳太子）が愛でられた神馬《しんめ》でございますが、この若駒とて別段、それに劣るものではございますまい」

赤駒は一般に、若い駿馬の総称。だがこの馬は白に近いほど明るい栗毛で、いかにも赤駒と呼ばれるにふさわしい、燃え立つような精気を放っている。下人たちを引きずりかね

ぬ勢い一つ取っても、なるほど空を駆けたとの伝承を持つ黒駒にも負けまい。乗馬にすぐれた
「されどこれに鞍《くら》を置くまでには、まだ相当の時間がかかりましょうてな。乗馬にすぐれた帝とて、慣らすには苦労なさいましょう」

「戯れを申すな。かような荒馬を従わせるところに、乗馬の楽しみがあるのじゃ。何なら今ここで、そやつに鞍を置いてやるわい」

　この時不意に志斐弖が、首の前に進み出た。ぺたんと坐り込むように跪拝《きはい》し、頭をふらつかせながら首を仰ぎ見た。

「よろしければ主上、あたくしがあの馬に乗って御覧にいれます。あの程度のじゃじゃ馬、決して怖くはありません」

「ちょ、ちょっと」

　慌てて志斐弖の腕を摑み、春世は息を吞んだ。熱い。覗き込んだ顔は真っ赤に染まり、両の目が潤んだように輝いている。酒に酔っているのは、明らかであった。

「申し訳ございません。この娘、先ほどの桃酒に酩酊《めいてい》しているようでございます。酔っ払いのたわごととお聞き流しください」

「酔っ払いとはなんですか、春世さま」

　酒臭い息を吹きかけ、志斐弖は甲高い声でわめいた。

「あたくしの父は馬が好きで、あたくしはまだろくに言葉も話せぬ前から、裸馬と遊んで

いたそうです。伯父の元に引き取られても、ことあるごとに厩に行っていたあたくしですもの。あれぐらいの若馬、指一本で言うことをきかせてみせますわ」

「ま、待ちなさいってば。志斐弖、お願いだから落ち着いて」

帝の御前《ごぜん》であることなど忘れ果てているのであろう。ぶんぶんと腕を振り回して抗弁する若い氏女を、首と安貴は面白げに眺めている。長く伸ばされた爪に頬をひっかかれそうになり、春世は身をすくめた。

少女の思いがけぬ豹変ぶりに、ぽかんと口を開けている海上女王の間抜けっ面が視界の端《はし》に入った。ええい、そもそもこの方が酒なんぞ出してこなければ、こんな騒ぎにはならなかったはず。首に接近するまたとない好機なのに、まったく何てざまだ。

「志斐弖、落ち着きなさい。天皇の御前なのよ」

「天皇ですかあ。そんなお方が荒馬《あらうま》一頭、乗りこなせないなんて、そんな莫迦《ばか》な話があるわけないですよ。よろしい、あたしが代わりに乗ってお目にかけます」

駄目だ。こちらの言葉なぞ、てんで耳に入っていない。こうなれば強引に連れ出してしまおうと決めたとき、

「面白い、やってみよ」

と首が口を開いた。

「そなた今、馬に親しんで大きくなったと申したな。その腕前、とくと見てやるといたそう」

突然の首の言葉に、春世をはじめ居合わせた者たちはわが耳を疑った。しかし当の志斐弖は「そうこなくっちゃ」とつぶやくと、よろよろと馬に向かって歩き出した。

海上女王が顔を青ざめさせて、首の袖にすがりついた。

「危のうございます。やめさせてください、主上」

「心配することはあるまい。あの足取りであれば、馬に乗る前によろけて転んでしまうわい」

だが志斐弖は身体を左右に揺らしながら馬に近づくと、下人から渡された手綱を摑み、裙の裾をたくし上げた。まだ幼さを残した細い脛《すね》が、意外な白さで春世の眼に残る。大急ぎで運び込まれた踏み継《つぎ》（踏み台）には目もくれず、彼女は後ろ脚を跳ね上げる馬の隙を見澄まして、そのままひらりと馬上に飛び上がった。

居合わせた全員の間から、おう、と驚きの声が漏れた。

馬は首を震わせたり、後ろ脚を跳ね上げて志斐弖を振り落とそうとする。しかし彼女はそれにはおかまいなしに、両足でしっかり馬体を挟み、身体を前かがみにして手綱を強く引いた。暴れ馬を恐れる気配などこれっぽっちもない、無邪気とも言える所作であった。

馬はしばらくの間、執拗に志斐弖を振り落とそうとしていたが、やがてぶるっとひときわ大きく身を震わせるや、それまでの暴れぶりが嘘のようにおとなしくなった。

「ほうら、出来たじゃないですか」

真っ赤な顔をこちらに振り向け、志斐弖はにっこり笑った。

「確かに仰るとおり気性は荒いですけど、これぐらいならすぐに慣らして見せますわ。——そうれッ」

志斐弖が何をしようとしているのか気付いた下人たちが一斉に後ずさるのと、彼女が再度馬腹を蹴ったのは同時だった。どっと舞い上がった土煙に顔を背けた次の瞬間、志斐弖の姿は目の前から消えていた。見回せば篝火の届かぬ庭の果てを、ほの白い馬体が疾駆している。

爽快な蹄《ひづめ》の音が、紺青《こんじょう》の空に高く舞い上がった。

「——これはまた、えらくじゃじゃ馬な宮人《くにん》でございますな」

安貴王の啞然としたつぶやきに、春世は身をすくめた。

「普段はああではないのです。ただ今宵はどうも、酒を過ごしたようでございます」

「それはかまいませぬが、落馬などされると後が厄介。早いうちになんとかいたさねばなりませぬな」

采女・氏女は天皇の後宮を支える官人。それだけに王族・貴族はみなおおむね彼女たちに一目おいた言葉遣いをするものだが、安貴の声音には志斐弖の身を心底案じる気配があった。

完全に毒気を抜かれていた春世の生来の勘が、ぴんと甦《よみがえ》った。

そうだ。いっそこの騒ぎをきっかけに、志斐弖と安貴王を結びつけてしまうのはどうだろう。

春世はかねてより己の計画に、一つだけ不安を抱いていた。それは安貴がまだ自分に未練を残しており、帝への仲立ちを断るのではないかという可能性。それを回避するために、志斐弖を彼にあてがっておけば、いらぬ嫉妬から邪魔されもすまい。

そうでなくとも癇性《かんしょう》な紀小鹿に、日々振り回されている彼だ。そもそも自分に言い寄ってきたのも、正妻との暮らしに倦み疲れた末の話。だとすればうまく取り持ちさえすれば、彼は必ずや無邪気な志斐弖に惹かれよう。

さすれば彼に恩を売った上に、こちらの心配もなくなる。まさに一石二鳥ではないか。

よし、この策で行こうと腹の中でにんまりしたとき、

「春世さまぁ」

思いがけぬ大声が響いた。見れば庭のはるか彼方で、志斐弖が馬上からぶんぶんと片手を振っている。

「今から、そこの垣を飛び越えます。しっかり見ていてくださいね」

彼女が言っているのは、庭を横切るように設けられた、高さ五尺ほどの竹垣のことだろう。これにはさすがの首や安貴までが、さっと顔を強張《こわば》らせた。

だが、首がやめよ、と叫ぶ暇もなく、志斐弖は疾風のような勢いでこちらに向かって駆

け出した。地鳴りが後からついてくるかと思うほどの、凄まじい速さであった。

　再び土ぼこりが舞い、夜目《よめ》にも白い馬と乗り手が一体となって押し寄せる。最悪の事態が、全員の脳裏をよぎる。しかし馬は春世の胸の高さまでの垣をためらう風もなくひらりと飛び越え、次の瞬間、さしたる音も立てずに着地した。

　今や赤駒は少女の手綱さばきに、諾々《だくだく》と従っている。それを御《ぎょ》する志斐弖の腕前も見事だが、あれほど高い垣根を容易に越える馬の脚力も素晴らしい。

　誰もが一斉に大きな息をつく中、首が呆れ顔で額の汗を拭った。

「赤駒の　越ゆる馬柵《うませ》の　標結《しめゆ》ひし——と言った風情じゃな。はてさて、わが宮城内には、とんだ暴れ馬がいたものじゃ」

　その隣の海上女王も、まだ顔を青ざめさせつつも、ようやく頬にぎこちない笑みを浮かべた。

「あら、その後はなんとお続けになるのでしょう。ひょっとして、あの娘を褒めてやるおつもりですか」

「まさか、さようなわけがあるまい。そうじゃな。赤駒の　越ゆる馬柵の　標結ひし　妹《いも》が心は　疑ひもなし……これでどうじゃ」

　逞しい若駒が越える柵をしっかり結わえておくように、わたしのものと定まったあなたの心は疑いないものですよ——長らくの夜離《よが》れを詫びるどころか、それでもあなたの心は変わりますまいという、いけしゃあしゃあとした一首である。これには海上女王ばかりか、安貴王までが苦笑を浮かべた。

「どうでしたか、あたくしの腕前は」

志斐弖は元の場所まで戻って来ると、得意げに馬から下りて春世たちを見回した。しかしすぐに左右によろめき、腰が抜けたかのようにその場にへたり込んだ。

「し、志斐弖、どうしたの」

「き、気分が悪いです……」

助け起こしたその顔は、蒼白に変じている。今にも吐き戻しそうな表情に、春世は慌てて使部を手招いた。いくら首が寛容とはいえ、帝の御前で嘔吐《おうと》などされては目も当てられない。

そうでなくとも今の志斐弖の振る舞いは、内侍司《ないしのつかさ》に知られれば譴責《けんせき》ものだ。この上無礼を重ねては、即、宮城を叩き出されてしまうだろう。

「早く、早くどこかで休ませて」

担ぎ上げて運び出すその最中も、志斐弖はしきりにえづいている。彼らが転びそうな勢いで回廊を走り去ったその直後、「うわっ」「大変だ、急いで片付けろっ」という抑えた叫びが聞こえたのは、決して空耳ではなかろう。

やれやれ、と冷や汗を拭えば、首はすでに海上女王とともに室内に戻っている。馬の手綱を取る下人に何やら注意を与えていた安貴王が、ちらりと春世を振り返った。

「あの宮人どのは、大丈夫でしょうか」

「お気遣いありがとうございます。少し休ませれば落ち着くでしょう。それよりあの子ったら、帝の御前でとんでもない真似をしてくれましたわ」

頰を膨らませたのは、決して偽りではない。

ああもう、帝に取り入る絶好の機会だったというのに、なんという邪魔をしてくれたのだ。志斐弖に対する怒りを押し殺し、春世は大きな眼をしばたたいて安貴を見上げた。

小柄な春世に比べ、安貴王は一尺あまりも背が高い。己の愛らしい眼差しが、男にとって魅力的であることを充分計算し尽くした上の仕草であった。

「首さまはきっと、ご機嫌を損ねられたに違いありませんわ。安貴さま、何卒《なにとぞ》主上にお取り成しをお願いいたします。志斐弖は気の優しい子、珍しく過ごした酒が悪かっただけなんです」

「志斐弖……志斐弖どのと言われるのですか、先ほどの宮人どのは」

上出来だ。胸の中でにんまりしながら、春世は、はい、としおらしげにうなずいた。

「あたくしからも志斐弖に、よくよく反省するよう申します。どうぞあの子の力になってやってください。志斐弖は宮仕《みやづか》えを始めて、まだ日が浅く、後宮での暮らしにようやく慣れたばかりなんです」

わかりました、と頬を引き締めて彼はうなずいた。

か弱い女子に頼られ、嫌な思いをする男はいない。ましてや気の強い妻に毎日振り回されている身なら、尚更だ。

この後の戦略は、すでに頭の中で組み立てられている。明日にでも暇を見澄まして、志斐弖を安貴王邸に遣わそう。帝は多忙の身ゆえ、いちいち今日のような出来事に関わりあってはいられまい。だからこそ志斐弖は安貴に詫びを入れ、帝によろしく申し上げてくれと頼まざるをえない。

幸い、志斐弖は春世の後輩。自分が命じれば、嫌とは言わぬはずである。これから折につけて安貴王を訪ねさせれば、自然と両者の間に情も生まれよう。もしうまく行かなければ、また別の方向から焚きつければよい話だ。

翌日の午後、春世は計画通り、志斐弖を安貴王の屋敷に行かせた。

何もかも吐き戻した志斐弖は、一刻ほど眠った後に目を覚ましたが、酔っぱらった自分が何をしたのか、皆目覚えていなかった。暴れ馬を乗りこなしたのはもちろん、海上女王の宮に帝がお出ましになったことすら記憶にないという。

「自分がどれほどの非礼を働いたのか、ちゃんとお教えいただいた上で、お詫びしてきなさい」

そう叱り付けて追いやった志斐弖は、日が沈む頃合いになって、ようやく縫司に戻ってきた。安貴王との間にいったいどんなやり取りがあったのか、大きな眼はぼうっと潤み、春世の問いにもどこか上の空である。

自分の計略が意のままに進んでいると確信した春世は、翌日もそのまた翌日も、あれこれ口実をつけては、志斐弖を安貴王に会いに行かせた。

わずか数日も経たぬうちに、海上女王の宮へのご機嫌うかがいは自然と中止になった。それまで三日にあげず参上していただけに、女王からはすぐに身体の具合でも悪いのかと問う使いが来たが、春世は適当な口実を作ってそれを追い返した。

あんな太っちょのお妃に付き合っていたのでは、あっという間にこちらまで醜く肥えてしまう。志斐弖と安貴王が深間《ふかま》になってくれれば、これ以上彼女にへつらう必要はないのだ。

だいたい、睡眠不足は肌の大敵。これまで宵《よい》っ張《ぱ》りの海上女王に渋々付き合っていたが、あんな真似を続けていては、自慢の美貌もあっという間に衰えてしまう。

ある晩、今夜もさっさと寝ようと髪を梳いていると、同室の若子《わかこ》が不思議そうに首を傾《かし》げた。

「春世ったら、ここのところずっと機嫌がいいわね。海上さまのところには、うかがわなくていいの?」

「ああ、もういいんです、いいんです。それよりあたくし、もう休みますから。笠女《かさめ》さまはまだお仕事ですの？　戻られたら、よろしく言っておいてくださいね」

「ああ、笠女なら仕事を言いつけられて、まだ書司《ふみのつかさ》に残ってるみたい。ここだけの話、最近、小鹿さまのご機嫌がすっごく悪いんですって。ああいう上司を持つと、苦労よね」

眉をしかめて呟き、そういえば、と若子は続けた。

「さっき水を飲もうと厨《くりや》に行ったら、志斐弖が奇麗に着飾って出かけていくのを見かけたわよ。てっきり今夜は春世と一緒に、海上さまの宮に行くものだとばかり思ったんだけど、あれは違ったのかしら」

一瞬その言葉の意味が理解できず、春世は若子を正面から見つめた。

素顔はけっこうな美人なのに、相変わらず化粧が下手だ。加えて、生真面目さと人の良さが、生まれ持っての愛らしさを殺してしまっている。せめてもう少し紅《べに》を濃くして黛《まゆずみ》をぽってりと置けば、見違えるほど華やぎが増すだろうに。

「迎えが来ているみたいだったから、声をかけなかったんだけど。じゃあ、あれは別の用だったのね」

ようやく、ぴんと来た。

やっと宮城に慣れたばかりの志斐弖が、一人で夜遊びに出るわけがない。迎えとはおそらく、安貴王の家従であろう。

小鹿の機嫌が悪いのも道理。彼女は女の勘で、夫の心が別の女に向いていると感じ取っているのに違いない。八つ当たりされる笠女には気の毒だが、こちらからすればまさに筋書き通りの運びである。

我知らず、口許に笑いがこみ上げてくる。まだ若子に気取られるわけにはゆかぬと、春世はそれを懸命に押し殺した。

翌朝、仕事の最中にそれとなく様子をうかがえば、志斐弖の目尻はぽうっと赤らみ、手足の先までが水に浸したかのようにしなやかに潤っている。おくれ毛をかき上げる仕草、針を持つ手一つ取ってしても、昨日までの元気いっぱいな少女の仕草とは異なる。

いかに普段と同じに装っても、数々の男を渡り歩いてきた春世の目を誤魔化《ごまか》せるものではない。

間違いない。昨夜、志斐弖は安貴王と結ばれたのだ。

とはいえそれを黙っていられるほど、彼女は大人ではない。遠からず信頼できる先輩――つまり春世に、秘密を打ち明けてくるはずだ。

決まりが悪いのか、志斐弖は朝のうちは、どことなく春世の視線を避けるふうであった。だが正午を過ぎ、腹持たせの油飯《あぶらいい》が用意される時刻になると、他の宮人の目を憚《はばか》りながら、春世の側に寄ってきた。

この当時、食事は日に二度が原則だが、縫い物は結構な力仕事で、朝晩の飯だけでは到底もたない。このため縫司では昼前後に軽い食物を整え、希望する者に自由に食わせる慣例があった。

油飯とは胡麻油《ごまあぶら》と塩を炊きこんだ飯。腹もちのよさから、宿直の衛士《えじ》にもよく振る舞われ、若い女官たちの好物でもあった。

「あの、春世さま。休憩に行かれるんなら、あたくしもご一緒していいですか」

天皇の衣料を始め、官吏・女官の官服を扱う縫殿《ぬいどの》は飲食厳禁。しかも殿舎《でんしゃ》から出る際には毎回、持って入った針の数を確認せねばならない。

針筥《はりばこ》の中身を改める春世をじっと見つめ、志斐弖は怯えたような早口で続けた。

「実はご相談があるんです。縫殿じゃ、ちょっと話しにくくて」

「いいですわ。じゃあ飯をつまみながら話しましょう」

隣の房では折敷《おしき》を持った采女たちが数人ずつ固まり、他愛のない話をしていた。彼女たちからもっとも遠い壁際に場所を占めたが、志斐弖は素焼きの皿に盛られた油飯を箸でつつくばかり、一向に口を開こうとしない。

じれったくなって、春世は水を向けた。

「昨晩、どこかに出かけていましたの？　同室の若子がそんなことを言ってましたわ」

「あ、はい。その……安貴王が迎えに来てくださいまして。ええとその、昨夜は満月でしたから、月見をしようと仰ったんです」

案の定だ。春世は万歳したい気持ちを押し殺し、努めて平静を装った。

「あら、そうだったんですの。最近志斐弖は、安貴さまと仲がよろしいんですのね」

「ええ。でも、そんなに親しくお話しするわけじゃありません。それにいつも安貴王がお尋ねになるのは、春世さまのことばかりです」

「あたくしの？」

あまりの意外さに声を筒抜かせた春世に、志斐弖《しんし》はこっくりとうなずいた。それまでのおずおずした表情を拭ったようにかき消し、妙に真摯な眼差しで春世を見つめた。

「春世さま、あたし昨夜、天皇のご寝所《しんじょ》に侍《はべ》りました」

その途端、すべての雑音が周囲からかき消えた。

ご寝所。その意味がすぐに理解できず、春世はただ志斐弖の口許を見つめた。

「安貴王がお計《はか》らいくださったんです。先だって、あたし、酔っぱらって帝の御前で不埒《ふらち》を働いたんでしょう。首さまはその際、あたしを見初《みそ》められたんだそうです」

安宿媛の出産と井上皇女の出立を控えた後宮は慌ただしく、本来なら宮人に目を留めているどころではない。そう承知しているだけに、首は当初、志斐弖を寝所に召そうとはしなかった。だが翌日、他ならぬ彼女が安貴王の元に出向いたのを皮切りに、事態は意外な速さで進み始めた。

「安貴さまはあの晩すでに、首さまがあたしを気に入られたと勘付いておられたんですって。だからあたしをご自宅に遣わされた春世さまのご慧眼《けいがん》に、ひどく驚かれたそうです」

違う。春世はそんなことを察知して、志斐弖を安貴邸に行かせたわけではない。反論しようにも、喉の奥がひりついたように乾き、声が出ない。無言のままでいるのを、驚きゆえと受け取ったのだろう。志斐弖は大きな眼を申し訳なさげに伏せた。高窓から降り注ぐ夏の陽《ひ》が、産毛の残るその頬を、取れたての桃の実のように光らせた。

そう、志斐弖はまだ若い。言うなれば今からどんな花を開かせるか分からぬ、潤沢な露をはらんだ初々《ういうい》しい蕾《つぼみ》だ。

勝気な安宿媛、貞淑な広刀自、陽気な海上女王、そして数々の愛人たちや他ならぬ春世が持っていなかったもの――この宮城の女たちがとうに失っている純朴さを、この娘はまだ宿している。

宮城の権謀術数に疲れた首は、酒にしどけなく酔い、裸馬を乗りこなす彼女のそんな真直ぐさに惹かれたのに相違ない。

唐突に、手足の先に鉛を詰められたような重さを感じた。自分が誤った道を敷いたのではない。どのみち最初から、自分では駄目だったのだ。

「でもあたし、宮を賜ろうとか、嬪《ひん》に取りたてていただこうなんて、これっぽっちも考えてません。たとえ一夜でも帝のお情けを蒙《こうむ》れただけでも、幸せなんです。幸せだって思うなんて、雷に打たれてもしかたないぐらい不遜《ふそん》な話ですけど」

ああ、もう。志斐弖ときたら、いったいどこまで欲がないのだ。さりながらたった一晩の添い臥しにこれほど恐懼《きょうく》する純真さを知ったからこそ、首は志斐弖を召したのだろう。自分の負けだ。いや最初っから春世は、同じ土俵になんて立っていなかったのかもしれない。

震える声を懸命に励まし、そう、と春世はうなずいた。

「……それは、よかったですわ。だけどかようにに考えられるんだったら、昨夜のことは決して、誰にも話しちゃだめですわよ」

「それは分かってます。ただ――」

なんだ、まだ続きがあるのか。これ以上、打ちひしがれるのはご免だと思いながら、それでも春世は頬に笑みに似たものを刻んだ。

こんな小娘に、寵姫《ちょうき》の座を狙っていたなどと知られてたまるものか。春世からすればそれは、精一杯の強がりであった。

「安貴さまとお話ししていたのは、帝のことだけじゃないんです。その――あたくし、安貴さまから文の使いを頼まれたんです」

志斐弖は懐から、一通の結び文《ぶみ》を取り出した。

「本当ならあたくしが覚えて、詠《うた》って差し上げたかったんですけど。ほら、あたくし、頭が悪いですから。長歌《ちょうか》なんてどうしても覚えられなくて」

固く結ばれた文を開くと、かっちりと書きそろえられた文字が、視界に飛び込んできた。

安貴王の手蹟《て》だと一目で分かるほど、生真面目で直向《ひたむ》きな筆であった。

――遠妻《とおづま》の　ここにし在《あ》らねば　玉桙《たまほこ》の　道をた遠《どお》み　思ふそら　安からなくに　嘆くそら
通読せずとも冒頭のほんの数句で、歌意《かい》は歴然としている。

愛する人は遠くにおり、手が届かない。逢いに行きたいけれども道が遠いので、思う心は平静でなく、嘆く心は苦しい――愛すれど手に入らぬ者を恋う、切々とした長歌であった。

「なんですの、これ」

尋ねる声が無残に震えた。まさか。いや、そんな莫迦げた話があるものか。

「安貴さまから春世さまへの御歌です。あの方、昔からずっと、春世さまを想ってらしたんですって。一時はどうしようもないと諦めたのだけど、海上さまの元で再びお顔を合わせて、やはり己の思いは偽れぬと確信なさったそうです」

予想していなかった――いや、ある意味予想通りの答えに絶句する春世には構わず、志斐弖は言葉を続けた。

「だけど春世さまは昔も今も全然、安貴さまのことなんか眼中にないって感じで、安貴王はやきもきしてらしたそうです。ほら、春世さまはお美しいから。あの晩も、万が一、帝の目に留まったらどうしようって不安だったらしいですよ」

そうですわよ、あたくしはそのつもりでしたわ。喉元までせり上がってきた言葉を春世はぐっと飲み下した。

どうしてこんなことになってしまうのだ。安貴王とくっつけるはずだった志斐弖は帝の寝所に侍り、あろうことか自分はまたも安貴王に口説かれようとしている？　そんな計算違いが起こってたまるものか。

今度こそはっきりと、全身から力が抜けた。膝に抱いていた折敷がひどく重く感じられ、春世はのろのろとそれを板間に下ろした。

失敗だ。どこで道を違えたかは分からぬが、とにかく自分は完全に失敗したのだ。

泣くに泣けない思いが胸をかきまわす。だが打つ手打つ手がこれほど見事に間違った方向に進んだと思えば、言い知れぬおかしさすらこみ上げてくる。

天井を仰いで大きな息をついたのをどう捉えたのか。志斐弖はどこか嬉しそうにしゃべり続けている。

「あたしが最初にお詫びにうかがったときなんか、安貴さまはずっと春世さまのお話ばっかりだったんですよ。今、深い仲のお方はいるのか。藤原麻呂《まろ》さまとは結局、どうなっているのか、とか」

深い仲の相手なんて、いるはずがない。いつでも帝の閨《ねや》に侍れるよう、ややこしい男たちは、すべて切り捨てて備えていた。それなのに。そこまでしていたのに。

身の丈に合わぬ網を大海に投げたところ、かかったのは奇妙な鰻一匹。狙っていた大魚は小魚を追って、はるか彼方に逃げてしまった。

長々と書き連ねられた長歌に目を落とす。ひょろりと頼りない——だからこそ誠実に映る安貴の面差しが、脳裏に甦った。

進んで網に入ってきた鰻一匹。でもおそらくはこれぐらいが、己の身の丈に合った魚なのだろう。

まあいいか、と春世は胸の裡《うち》で呟いた。

紀小鹿の姪《めい》・意美奈《いみな》とは、すでに一度、男を巡って激しくやりあっている。その上、更に安貴王と関係を持てば、小鹿は自分を激しく攻撃するだろう。

とはいえ、女に嫌われるのは慣れている。やれやれ、何不自由ない帝の寵姫の座より、そんな喧嘩沙汰のほうが自分には相応《ふさわ》しいとは。

重くふさがった胸も身体も、立ち上がってしまえばさしたることはない。春世は安貴の文を袖に突っ込んで立ち上がった。

真っすぐ仕事に戻る気には、到底なれない。少し風に当たるかと官衙《かんが》の庭に出た春世は、正門越しに陽炎《かぎろい》立《だ》つ小路を見やり、はっと息を呑んだ。

十二司の官衙が建ち並ぶこの一角は、官吏の出入りも多く、人通りも盛ん。とはいえこの暑い最中、日陰に入るでもなく佇《たたず》む人物が目立たぬわけがない。ましてやそれが、無官ながら帝の信頼厚い皇族となればなおさらだ。

（ああ、もう。昼日中《ひなか》っからそんなところにいらしたら、すぐ噂になってしまいますのに）

いったいいつからそこにいたのだろう。じりじりと照り付ける陽をまっすぐに受けた安貴王の額には、すでに玉のような汗が浮かんでいる。

春世の姿に気付いて一旦ぱっと明るみ、すぐに不安と期待がないまぜになった表情を浮かべたその顔は、驚くほど子どもっぽい。春世はふと、それを可愛らしいと感じた。

（まったく、もう、しかたないんですから）

その呟きは彼に向けたものか、それとも自分自身へのものか。

息子の浜足《はまたり》の顔が、ちらりと脳裏をよぎり、灼熱の陽光に溶けるように消える。

たった一人、後宮で足掻き続けるこの身にとって、恋人も息子もさしたる違いはないのかもしれない。手に入れ難く、相手の心がなかなか読めぬという点では、別々に暮らす浜足より、自分に首ったけの恋人の方がよほど扱いやすい。

神や仏を信じたことはない。しかし偶然手に入ったあの鰻は、誰かが浜足の代わりに自分にくれた贈り物なのかもしれぬ。

降り注ぐ夏の陽が妙に眩しく、今まで見たことがないほど晴れやかに感じられる。それに目を細めながら、春世は懐の文を押さえて小路の方へと一歩踏み出した。

土塀《どべい》が白々と光り、春世を待つ人影を眩しいほどに輝かせていた。

第七話　飯盛顚末記《めしもりてんまつき》

物《もの》の怪《け》は怖い。幽鬼も怖い。山や森に棲まう狼や熊《くま》も、やっぱり怖い。

さりながら、それらよりもなお恐ろしいのは嫉妬に狂う女。そしてその尻馬《しりうま》に乗る者たちだと、若子《わかこ》はこのひと月で身に染みて学んだ。いや、こんなことは学ばずに済めば、それに越したことはなかったのだが。

「まったく嫌になるわよねえ。藤原麻呂《ふじわらのまろ》さまに飽きたと思ったら、大神但成《おおみわのただなり》さま。それでひと騒ぎ起こしておきながら、次は安貴王《あきのおう》に色目を使うなんて」

「次々と悪評を立てながら、新しい男君《おとこぎみ》にしゃあしゃあと寄り添えるなんて、信じられないわ。まったくこれだから鄙《ひな》の出の采女《うねめ》は油断ならないのよ。最近じゃ新参の志斐弖《しひて》まで、どうやってか手懐《てなず》けているみたいじゃない」

紀意美奈《きのいみな》とその朋輩《ほうばい》が、平瓮《ひらか》を拭く若子に聞こえよとばかりに声を張り上げている。中には横目で若子を睨《にら》み付け、露骨な舌打ちをする氏女《うじめ》もいた。

「でもそんな尻軽女にだって、友達がいるんだから不思議よねえ」

「ふん、類は友を呼ぶって言うでしょう？　どうせ同じように質《たち》の悪い女狐《めぎつね》に決まっているわよ」

「でもその女狐ったら官衙《かんが》じゃ勤勉な顔をして、一人前の宮人《くにん》として扱われているんでしょう。もうじき、帝《みかど》の強飯《こわいい》を盛る係にも任ぜられるっていうじゃない？　いやあね、尚膳《かしわでのかみ》さまったら、いったいどこを見てらっしゃるのかしら」

怒っては駄目だ。少しでも反応しようものなら、更なる悪態が降りかかってくる。若子は奥歯を強く噛みしめ、麻の布巾を持つ手にぎゅっと力を込めた。

今頃笠女《かさめ》は書司《ふみのつかさ》で同じように、小鹿《おじか》の罵声を受けているだろう。上司に八つ当たりされる彼女に比べれば、自分は相手がまだ同僚なだけ楽なはずだ。

さりとて意美奈たちの悪口も、まんざら根も葉もないわけではない。春世《はるよ》と安貴王の関係が噂になり、ひと月余り。春世の浮いた話は珍しくないが、今回はこれまでの例とは少々事情が異なっていた。

何しろ安貴王は、政《まつりごと》とも無縁の穏和な歌人。そんな彼が数年越しの思いを吐露する長歌《ちょうか》を作り、春世がそれを受け入れたという始まりからして、そもそもただ事ではない。

加えて安貴王には、紀小鹿というれっきとした妻がいる。嫉妬に怒り狂った彼女が夫と激しい喧嘩をしたとの噂、更には安貴が口やかましい妻に閉口し、薬師寺《やくしじ》にほど近い別墅《べっしょ》に移ったという噂が飛び交うにつれて、後宮《こうきゅう》の取沙汰は次第にかしましさを増していった。

だが春世は浮気性な分、これまで特定の男に深く入れあげたり、相手の家庭に波風を起こすような真似はしたためしがない。それが今回に限り、こんな騒ぎを起こすとはどういうことだ。数々の風聞にもっとも目を丸くしたのは、他ならぬ若子と笠女であった。

「だいたい春世は、帝の寵姫《ちょうき》の座を狙ってたんじゃなかったの？　それがどうしてこういうことになったわけ？」

「知らないわよ、そんなの。こっちが聞きたいぐらいだわ」

何しろ小鹿は笠女の上司。また若子の同輩の意美奈は、その小鹿の姪《めい》である。

有形無形さまざまな風当たりに耐えかねた二人が事の次第を問いただすと、春世は大きな眸《ひとみ》を宙に据え、そうですねえ……と言葉を濁した。いつもはっきりとした物言いをする彼女には珍しい態度であった。

「安貴さまが小鹿さまと揉められたのは、あたくしのせいみたいです。あたくしを妻として家に入れたいと、はっきり仰ったんですって」

「ああ、そりゃあ揉めるってば。そんなこと言われて、あの方がはい、そうですかと引き下がるわけがないもの。安貴さまも生真面目《きまじめ》というか、莫迦《ばか》というか――」

「だけど春世、あなたそれでもなお、安貴王との関係を続けるつもりなの？　その……帝のお傍に侍《はべ》ろうとするのは、もう止めたの？」

ええ、と春世は薄い笑みを浮かべてうなずいた。これまでの浮き沈みの激しさが嘘のような、ひどく淑《しと》やかな微笑であった。

「それはもう、諦めました。どうも安貴さまぐらいのお方が、あたくしには合っているみたいです」

そう語る春世の化粧は、ちんまりした素顔が透けて見えるほどに薄くなっている。改めてしげしげと眺めれば、どこかつんけんとした驕慢《きょうまん》さは鳴りをひそめ、こちらを見つめる眼差しまでがひどく円《まろ》やかになった気がする。

まるで長い嵐に耐えてきた小鳥が、小さな木陰にようやく羽を休めたかのようだ。そう、若子は思った。

「なんかもう、疲れちゃったんですの。男君たちとの駆け引きも、息子を引き取ろうと躍起になるのも。しかも安貴さまは、こんなあたくしをずっと好いてくださってたというから。だったら一度ぐらい、そんなお方の陰に安らぐのも悪くないかな、って」

一人の男に真摯《しんし》に愛される日々が、春世をこれほどまでに穏やかにしたのか、それとも彼女の中に別の思いが去来したのかは分からない。ともあれ若子たちの目にそれは、全身を飾りたてた華やかな孔雀《くじゃく》が、野を翔《かけ》る鶸《ひわ》に生まれ変わったが如き変貌ぶりと映った。

とはいえそれで、彼女の行為が正当化される道理もない。

紀小鹿の実家は、武内宿禰《たけうちのすくね》を祖とする武門の名家。そんな名族の娘が、夫を田舎出の一介の采女に奪われ、黙っているはずがない。

廊下で行き合う春世に嫌味を言う、彼女の上司を監督不行き届きだと責める……さらには内侍司《ないしのつかさ》に彼女を罷免《ひめん》せよと怒鳴り込むに至っては、知らぬ顔を決め込んでいた典侍《ないしのすけ》・大宅《おおやけの》朝臣《あそん》諸姉《もろあね》も黙っていられなくなったらしい。春世を呼び出し、お決まりの長い説教を垂れた。

「男女の仲に、無粋《ぶすい》を申すつもりはありませぬ。されどここは帝の日々のお暮らしを支える後宮、いわば国政の揺り籠《かご》です。そこに仕える女官《にょかん》同士がかようにいがみ合っては、いずれ政に障りを成しましょう。安貴さまともよう話し合い、なんとか事を穏便にまとめるよう努めなさい。寄る辺があれば後宮から身を退《しりぞ》け、なるべく小鹿どのを刺激せぬほうがいいかもしれませぬ」

そういうわけで春世は今、西二坊大路《にしにぼうおおじ》にほど近い安貴王の別邸に身を寄せている。他ならぬ彼を頼るのは上策とも思えぬが、他に厄介になる先がないのだからしかたがない。とりあえず小鹿の怒りが収まるのを待ち、今後の対応を考える腹であった。

「このまま采女を辞めてしまうつもりかしら」

「まあ、それも一つの選択だよね。安貴さまほどのお方なら、別宅と本宅にそれぞれ妻を住まわせても別段の不思議もないわけだし」

三人暮らしに慣れ切っていた目には、一人が欠けた宿舎の房は妙に広く感じられる。覆いがかけられた鏡台を見やり、笠女はわざとらしい溜息をついた。

「それにこのまま宮仕えを続けても、春世には針の筵《むしろ》だろうしね。だったらもう肩肘を張らず、背の君のご厄介になったほうがいいって。あの子も珍しく、安貴さまには素直に従ってるみたいだし」

「お子はどうするのかしら。だいたい春世はお子を手許《てもと》に取り戻すために、帝の寵愛《ちょうあい》を蒙《こうむ》ろうとしてたのよ」

「安貴さまは主上《おかみ》の信頼厚い御仁。今すぐには無理でも、いずれあの方にお口添えいただけば、浜足《はまたり》さまと暮らせるようになるんじゃないかな」

「なるほど、確かにそうね」

思えば春世は常に身構え、女であるがゆえの不幸を女の武器で撥《は》ね飛ばそうとしていた。だからこそ龍寵《りゅうちょう》を得るという途方もない望みを抱き、そこに向かって疾駆していたわけだ。

「それにしてもあの意地っ張りの心をほぐしたのが、安貴王とはねえ。まったく人の世とは、分からぬことだらけだわ」

そう呟く笠女には最近、蔵司《くらのつかさ》への異動話が持ち上がっている。神璽《しんじ》（天皇の御璽《ぎょじ》）・関《かん》契《けい》（関所の割符《さいふ》）をはじめ天皇の衣服や珍宝を管理する蔵司は、内侍司に次ぐ重要な官司《かんし》。後宮屈指の頭脳を誇る笠女には、もってこいの職場である。

紆余曲折《うよきょくせつ》はあるにせよ、春世はまたとなき背の君を得た。そして笠女もその才に相応しい部署へと、羽ばたこうとしている。

そんな二人に比べれば、わが身の平々凡々なことは甚だしいが、

（でも、これぐらいがわたしには上出来よね）

と若子は胸の中で小さくうなずいた。

気が付けば宮仕えを始めて、すでに二年。これといった目立った活躍はしていないが、どんな務めでも地道に果たす点が買われたのか、最近では上司から直に仕事を言い付けられる折も増えてきた。

膳 司《かしわでのつかさ》の長官である牟《む》妻《ろ》女王は、先日知遇を得た藤原房前《ふささき》の妻。ここのところの厚遇はそんな縁故もあるのかもしれないが、ともあれ箸にも棒にもかからぬ采女を引き立てるような真似はすまい。真面目にこつこつと働いてきた歳月がようやく認められたと思えば、自然と仕事にも励みが出てくる。

（こんな風に目立たず、出しゃばらず地味にやってゆくのが、きっとわたしには合っているんだわ）

遥かな高みに上ろうとする笠女、女としての幸せを得んとしている春世。晴れやかな二

人の朋友が、若子にはひどく誇らしかった。

しかしそんなやりとりから数日後、そう呑気を言っておられぬ騒動が起きた。春世が藤原麻呂との間に儲けた息子・浜足が不義の子である――という投げ文《ぶみ》が、藤原四子に届けられたのである。

それを若子に知らせたのは、四兄弟の次男である房前。突然の呼び出しに駆け付けると、彼は苦虫をかみつぶしたような顔で、卓の上に放り出された文を指した。

「ここにある八《や》上《かみのむらじ》連春世とやらは、そなたの友人であろう。ここのところその女子が安貴王と深い仲になり、嫉妬した典書《ふみのすけ》が内侍司に罷免を迫ったとの騒ぎは、わしも耳にしておる。本来、采女や氏女の悶着は内侍司の管轄。されどこのような怪文書まで出て参るとあっては、わしも見過ごすわけにはまいらぬわい」

藤原麻呂は男児に恵まれず、唯一健やかに成長しているのは、春世の産んだ浜足のみ。いわばこの投げ文は、朝堂《ちょうどう》を支える藤原氏の血統の中に、異端が紛れ込んでいると指弾したわけである。

「麻呂さまのお子でないとすれば、浜足さまはいったい誰のお胤《たね》というのです」

「それがあろうことか、長屋王《ながやおう》どのの息子と記されているわい。まったく、厄介なことを申し立ててきたものじゃ」

「長屋王のお子ですと――」

若子は絶句した。

左大臣・長屋王は大海人《おおあま》大王（天武《てんむ》天皇）の孫。前帝・氷高《ひだか》（元正《げんしょう》天皇）の妹である吉《き》備内親王《びないしんのう》を正室とする彼は、天皇を支える皇親勢力の筆頭とも呼ぶべき人物である。

それだけに彼は、臣下の身で皇統に食い込もうとする藤原氏を嫌悪している。いや、その敵愾心《てきがいしん》は嫌悪というより憎悪に近く、そんな彼の子が麻呂の息子として養育されているなど、ありうべからざる話であった。

「呼子鳥《よぶこどり》（カッコウ）は己の雛《ひな》を他の鳥に育てさせると申すが、これがまこととすれば、春世と申す采女は実に不埒《ふらち》な女子。我らを嘲《あざけ》るにもほどがある。ともすれば長屋王どのにも、真偽を問いただささねばならぬわい」

「まさか――まさか、そんなことはありえません。春世が長屋王と通じていたなど」

春世が評判とはまったく異なる娘であることを、若子はよく承知している。彼女が麻呂の子を産んだ当時、自分はまだ宮仕えに出ていなかった。しかしあの春世が、周囲を偽るはずがない。他人の子を麻呂に養わせるぐらいなら、後宮で一人、己の子を育てただろう。若子が知る春世とは、そういう女子だ。

房前は無言で、じっとこちらを見つめている。鋭い眼光に身がすくみそうになるのをこらえ、若子は更に言い募った。

「だいたい長屋王は峻厳《しゅんげん》なご気性で、こう言っちゃなんですが四角四面な堅物ではないですか。後先考えずに後宮の采女に――それも麻呂さまと深い関係であると知れ渡っている女子に手を付けるなど、ありえぬ話でございます」

まるで笠女あたりが言いそうな弁明である。

しまった、言い過ぎた、と思ったが、一旦口から出た言葉は取り返しがつかない。恐る恐る見上げれば、房前は苦笑を噛み殺し、確かに、とうなずいた。

「おぬしの申し状も一理ある。我ら藤原氏と長屋王どのとの不仲は、宮城《きゅうじょう》では知らぬ者のない事実だ。そんな中で、麻呂とあの御仁を天秤にかけたりすれば、誰より危うい目に遭うのは当の本人。下手をすれば、間諜《かんちょう》と疑われても文句は言えぬものなあ」

「では房前さまは、春世の潔白をお信じくださるのですか」

「男遊びの激しい女は、おおむね頭がよいものだ。二人、三人の男を同時に手玉に取るにしても、かような危ない橋は渡るまい。対立する二人の間を往き来して楽しむのは、己が聡明と自惚《うぬぼ》れているだけの愚かな女子じゃわい」

おそらくいま房前の脳裏には、自分と同じ推測が浮かんでいるのであろう。慎重に言葉を選ぶその口許を、若子は凝視した。

後宮の中で春世を嫌う者は数えきれぬが、これほど悪質な誹謗中傷をする人物は極めて限られる。ましてや春世が安貴王の別宅に引き取られている今、並みの女官は春世に手出しできぬはず。投げ文の主と思い当たる人物は一人しかいなかった。

美髯《びぜん》をしごき、房前はううむと天井を睨み付けた。

「時期が時期じゃ。長屋王どのといらぬ波風は立てたくないのじゃが、おそらくこの文はわしばかりではなく、麻呂の元にも届けられておろう。だとすれば話はちょっとやそっとでは片付くまい。なにしろあ奴は末っ子だけに、我慢の足りぬところがあるゆえのう」

房前が言い終えるより早く、房の外に規則正しい足音がこだました。見覚えのある房前の下官が、実直そうな顔を強張《こわば》らせて、磚《せん》の敷き詰められた床に跪《ひざまず》いた。

「大変です。ただいま朱雀門前で京職大夫《きょうしきだいぶ》さまと長屋王のご一行が喧嘩になり、双方の従僕が怪我を負ったそうでございます」

「そうれ、おいでなすったぞ」

小さく舌打ちし、房前は素速く立ち上がった。こうなることをあらかじめ予想していたかのような敏捷《びんしょう》な動きであった。

冠を正し、足早に部屋を出て行こうとして、彼はふと若子を振り返った。

「こうなってしもうた以上、春世とやらにも一通りの事情は聞かねばならぬ。包み隠さず一切を白状するよう、おぬしからも申し伝えてくれ」

「はい、かしこまりました」

もっとも、と早口で続け、房前はもう一度髯《ひげ》に手をやった。

「この騒動が、それだけで収まればよいのじゃがな」

どういう意味ですか、と問うよりも早く、房前は小走りに房を出て行った。馬が曳《ひ》きだされたのであろう。思いがけぬほど近くで馬の嘶《いなな》きが響いたかと思うと、すぐに幾《いく》つかの蹄《ひづめ》の音が湧き起こって消えた。

元々授刀頭《じゅとうのかみ》の房前から呼び出された時点で、今日は夕刻から出勤すると届け出ている。房前の執務所を出ると、若子は着替えもそこそこに後宮を飛び出した。

正午を過ぎた朱雀門前は、退庁する官人でごった返していた。色とりどりの官服で混み合う大路を走り抜ける間にも、「麻呂さまの下僕が先に」「朱雀門の衛士《えじ》どもが引き離したそうな」「長屋王さまも軽いお怪我を」といったやり取りが切れ切れに聞こえてくる。それらに耳を塞ぐようにして飛び込んだ安貴王の別宅では、春世が両の目を真っ赤に泣き腫らしていた。

「春世――」

安貴王は例によって奉幣使《ほうへいし》を命じられ、三日前から京を離れているという。憔悴《しょうすい》しきった彼女の顔を見ただけで、若子は先ほどと同じ投げ文がこの屋敷にも届けられていると確信した。

「ひどい――ひどいですわ。あたくしが憎いのなら、ここに乗り込んできて刀子《とうす》で刺すなり、紐で縊《くび》るなりすればいいじゃないですの。それを浜足まで巻き込むなんて」

いったいいつから泣き続けているのか、声は嗄《か》れ、床子《そうじ》にぐったりともたれかかった身体には力がない。

投げ文を一目見るなり泣きわめき、手近なものを手当たり次第投げ付けたのだろう。帳《とばり》は裂け、壁際には玻璃《はり》の瓶が割れて転がっている。薬っぽい匂いが充満しているのは、塗香《ずこう》の壺をひっくり返したからに違いない。

「こんな真似をするなんて、信じられませんわ。若子さま、小鹿さまは今日も出仕《しゅっし》しておられますの。あたくし、今から宮城に参ります。せめて一言、この腹の内を申し上げなきゃ」

「ま、待って。春世」

身体をふらつかせながら立ち上がった春世を、慌てて若子は抱き止めた。

「今、房前さまが仔細を調べて下さっているから。あなたが今ここで出て行ったら、またしても大騒ぎになってしまうわ。お願いだからここは、我慢して」

「我慢って……これ以上、あたくしに何を我慢しろって言うんですか」

化粧が斑《まだら》に剝《は》げた顔で、彼女はじっと若子を見返した。

「あたくし、これまでだってずっと我慢してきました。浮かれ女って言われたときもそう、麻呂さまのお子を産んだときもそう。なのにここでまたこんなありもしない中傷をされて、それでも耐えなきゃならないんですか」

わっと声を上げて、春世はその場に泣き伏した。

　怪文書の主が紀小鹿であることは、ほぼ間違いない。房前とてそれは百も承知だろう。だがその文がきっかけで麻呂と長屋王との間に悶着が起きた今、ことは女官同士の争いの域を超えている。ましてや今は八月。安宿媛《あすかべひめ》がいつ産気づいてもおかしくない時期である。

　ここで更に騒ぎを大きくしては、均衡状態にある藤原氏と長屋王の仲は——そして宮城の平穏は一気に乱れかねない。春世と小鹿の正面衝突は、是が非でも避けねばならなかった。

　若子は恐る恐る、春世の背に手を当てた。ついこの間まであれほど穏やかな笑みを浮かべていた彼女が、今は目の下にどす黒い隈《くま》を浮かべて嗚咽《おえつ》している。苦いものが喉の奥にこみ上げてきた。

　床に突っ伏したまま、不意に春世がくぐもった声を漏らした。

「もう——もう駄目ですわ」

「何が駄目なの」

「だって安貴さまは皇族ですもの。きっと今頃は長屋王によって、無理やり京に呼び戻されておいでです。そしてかような噂の元になる女子はさっさと追い出せと、叱責されておられるに違いありませんわ」

　弱々しく身を起こし、春世は息を呑む若子に寂しげに笑いかけた。

「安貴さまはあたくしが麻呂さまの子を産んだことも、様々な男君と浮名を流したことも気にしないと言ってくださいましたの。でもこんな騒ぎになってしまった以上、あたくしがここにいては、あの方にご迷惑をかけるばっかりです」

　両手で涙を拭い、「あたくし、後宮に戻ります」と春世はかすれ声で続けた。

「でも――」

「しかたありませんわ。だってあそこ以外、あたくしには身の置き所がないんですもの」

　その瞬間、若子の腹の中がかっと沸き立った。

　ようやく安貴王という止まり木を見つけた春世。誰がどう誹《そし》ろうとも、若子の自慢の友だった春世。彼女をこれほどまでに苦しませる者を許してなるものかという、それはひどく唐突な怒りの焔《ほのお》であった。

「いいえ、そんなことさせてたまるものですか。春世、あと一日だけ、辛抱してちょうだい」

　腹の中で、何かがふつふつと音を立てている。それに急かされるように、若子は春世の細い肩を抱いた。

「後宮に戻るなら戻るで、しかたがないと思う。でも今のままじゃ、小鹿さまにどんな嘲罵《ちょうば》を浴びせかけられるか知れたものじゃないわ」

　人が変わったかのような若子の早口に、春世はきょとんとしている。そう、これ以上、目の前の友人を、傷つけさせてたまるものか。

「あたしと笠女でどうにかするから。お願い、信じてちょうだい」

半ば怒鳴り付けるように言い聞かせると、若子は大急ぎで宮城にとって返した。そのまま書司に駆け込んで、笠女を呼び出す。

「投げ文ですってえ？」

事の次第を聞くなり、笠女は素《す》っ頓狂《とんきょう》な声を上げた。若子にしっと叱られ、慌てて自分の口を両手で押さえた。

「今日は小鹿さまはどうなさってる？」

「どうも何も、朝から妙に機嫌がよくってさ。いつも叱られ通しの小家主《こやかぬし》なんて、かえって不気味だと顔をひきつらせてるぐらい――」

そこまで言って、まさか、と目を見開いた笠女に、若子は小さくうなずいた。

「うん。多分、間違いないと思うの」

「冗談でしょ、と言えないのが恐ろしいなあ……。また確かに、あの方だったらそれぐらいはなさりそうだもの。そうでなくとも常々から、藤原氏を成り上がり者扱いしておられるし。麻呂さまのお子を誹謗したって、あの方なら何の痛痒《つうよう》も感じないだろうしね」

現在権勢著しい藤原氏の本流・中臣《なかとみ》氏は、元は祭祀《さいし》を司る弱小豪族。それだけにいつの間にやら朝堂を牛耳るようになった彼らに、苦々しい目を向ける貴族は数えきれない。古代からの名族・紀氏など、差し詰めその筆頭に違いなかった。

今の春世の状況を語る若子を、

「よし、分かった」

と笠女はひどくきっぱりと遮った。

「ここまで春世を莫迦にされたんじゃ、あたしだって黙っちゃいられない。春世が仕返しすればまた話が大袈裟になるだろうし、かといって房前さまだって投げ文の主を追及するほどお暇じゃないだろうし」

「じゃあどうするつもり」

「あたしたちで小鹿さまに、真実を白状させりゃいいんでしょう。やってやろうじゃない」

それは若子がしようとしていたこととまさに同一。さりながらいったいどうすればそれが叶えられるのだろう。途方に暮れる若子に、笠女はふっと唇を歪めた。

「まあ見てなって。見事に小鹿さまを陥《おとしい》れてみせるから。ただ今日一日じゃ無理だから、春世には明日まで待っていてもらわなきゃいけないけど」

「どういう手段なの」

「うん、若子にも少し、協力してもらうと思う。だけどとりあえずは、そろそろ膳司に戻ったほうがいいんじゃないのかな。そろそろ夕の御物《おもの》の支度が始まるよ。昨日から確か、帝の強飯を盛るお役目が回ってきたって言ってなかったっけ」

指摘されて、若子は飛び上がった。折しも鼓楼《ころう》から響いてくる報時鼓《ほうじこ》を数えれば、すでに申《さる》ノ一剋《いっこく》（午後三時）。膳司の采女・氏女たちがそろって、天皇の御膳の支度にかかる時刻だ。

「仕事が終わったら、宿舎の食堂に来て。後のことはそこでゆっくり話し合おう」

言いながら笠女は袖をたくし上げ、懐から出した紐で裙《くん》の裾《すそ》をくくりあげた。まるで今から野良仕事に出かけるような身拵《みごしら》えである。

どういう計画がその胸中にあるのかが気になるが、それを尋ねている時間はない。今、鳴らされている鼓が止むまでに膳司に戻らねば、夕刻の点呼に間に合わないからだ。

膳司の仕事はすべて輪番制。あらゆる業務を五日ごとにこなしていく決まりで、昨日から若子は帝の飯を盛るという、膳司の中でももっとも晴れがましい務めに就いていた。

米は主食であるとともに、霊力が宿る聖なる食物と考えられている。ましてや天皇が召し上がる飯は、この日本の国でもっとも清浄なる米。それだけにこの飯盛の仕事を果たすには、膳司におけるそれなりの勤務経験のほか、行いの正しさや穢《けが》れのなさが必須であった。

月の障り中の女官はもちろん、常から素行の悪い者、身体に瘡《かさ》などのある者は、この当番からは外される。また任の途中であっても、遅刻したり、うっかり怪我をして血の穢れに遭った場合も、すぐさま飯盛役から降ろされるのが慣例だった。

今回とて若子が点呼に間に合わなければ、その務めはすぐさま同輩に回されるだろう。そうでなくとも今日の昼中《ひるなか》の欠勤は、上司たちに不快の念を与えているはずだ。膳司に配属になって二年。ようやく一人前の女官と見なされ、初めて回って来た飯盛番というのに。

もはや間に合わぬと知りながら、若子は埃っぽい道を駆け出した。笠女がその後ろ姿を見送り、口許ににっと満足げな笑みを浮かべたことなど、気付くよしもなかった。

案の定、官服に着替えた若子が息せききって膳司に駆け込んだとき、点呼はすでに終わっていた。それぞれの仕事に黙々と勤《いそ》しむ女官たちの中、紀意美奈がわざとらしく若子を振り返り、ふふん、と鼻を鳴らした。

その膝の前には、巨大な檜《ひのき》の飯櫃《めしびつ》が置かれ、白い湯気をもうもうと噴きあげている。意美奈が手にしている杓子《しゃくし》を見るまでもなく、自分に代わって彼女が帝の飯盛の役に就いたのは明白だった。

おおかた点呼に若子が欠けていると知り、すぐさま代理を希望したのだろう。いかにも万事抜け目のない意美奈らしい。

だが春世の件がよほど頭を占めていたのか、若子は自分でも意外なほど、落胆を覚えなかった。むしろ意美奈の意味ありげな嘲笑が小鹿の仕打ちを思い出させ、腹の底からまたも怒りが湧いてくる。

それにしても、笠女はいったいどんな策を巡らしているのだろう。妙に自信満々な顔つきだったが、小鹿をただ窮地に陥れるだけでは意味がない。少なくとも、あの投げ文の書き手は自分と白状させねば。

尚膳たちが帝の御膳を捧げて出て行くと、若子は大急ぎで片付けを終え、宿舎に戻った。笠女はすでに着替えを済まし、食堂の片隅で夕餉《ゆうげ》を取っていた。猪肉《ししにく》の塩焼を箸でつつきながら、ちらりと周囲にうかがう眼差しを投げた。

「ねえ、若子。小鹿さまの最大の泣き所って、なんだと思う？」

一日の務めから解放された女官たちの話し声で、食堂の中は大鐘《おおがね》の中にいるかのような響きに満ちている。うーん、と考え込む若子に、笠女はゆっくりと続けた。

「あたしは、それは意美奈じゃないかって思ってるんだよね。小鹿さまは感情的だけど、仕事だけはそこそこ無難にこなしてる。だけど意美奈は、そんな伯母上の威《い》を借る狐でしょ？　顔は可愛いけど、仕事の出来はいま一つ。小鹿さまが尚膳さまや典膳《かしわでのすけ》さまに、姪をくれぐれもよろしくって頼んでいることも、あまり分かってないみたいだし」

そうこうする間に、当の意美奈が朋輩たちとともに食堂に入ってきた。折敷《おしき》に載った食事を見て、細い眉をあからさまにしかめた。

「今日の夕餉は猪なの？　あたし、猪は堅くて嫌いなのに。いやあよ、だったら食べたくないわ」

もともと意美奈は好き嫌いが多く、事あるごとに献立に文句をつけている。とはいえ食事を賄《まかな》う厨《くりや》からすれば、なら食べないでいてくださいというわけにもいかない。中年の厨女頭《くりやめがしら》が困惑顔で、

「じゃあ、鴨肉が少しだけありますから、そっちになさいますか？」

と申し出たのに、意美奈は当然とばかりにうなずいた。

「そうね。だったら食べてあげてもいいわ」

そんな小さな騒ぎにはお構いなしに、若子と笠女は額を寄せ合ってこそこそと話を続けた。汁が冷め、焼肉の油が白くなるのにも気付かぬままであった。

「じゃあ笠女は意美奈を使って、小鹿さまに脅しをかけるつもり？　でも意美奈はあんな娘よ。そう簡単に、弱みを見せるとは思えないんだけど」

「そりゃ当然。だからこっちからそれを出すようにしかけるわけ」

「どうやって？」

若子の問いに、笠女は薄く含み笑っただけで答えなかった。堅くなった猪をまずそうに口に押し込み、さっさと席を立った。置いて行かれまいと慌てて食事を頬張る若子の傍《かたわ》らを、厨女頭がようやく焼き上がった鴨肉を運んで行く。肉の横に添えられた濃い緑の菜が、

妙に鮮やかに目を射た。

翌朝――。

若子が大急ぎで身支度を整えていると、笠女が床の中から「そうだ」と思い出したように話しかけてきた。

「ねえねえ、若子。ちょっと話があるんだけど」

「なあに？　急がないんだったら後にしてよ」

後宮の他の官衙に比べ、膳司の朝は早い。そうでなくても昨日の遅刻で、上司たちからは目を付けられているのだ。遅刻してなるものかと焦る若子を、笠女は枕に頬杖をついて、面白そうに眺めた。

「今日はあたし、久しぶりの休みなんだ。あとでちょっと、膳司をのぞきに行ってもいいかな。ほら、もうすぐ蔵司に異動になるじゃない。あそこに配されると十年ぐらいは転出しないって言うし、今のうちに他の官衙の仕事ぶりも知っておきたいんだよね」

その言葉に、若子はわずかなひっかかりを覚えた。書司の休みは申請制のはず。笠女はいつのまに、休みを取得したのだろう。

ともあれ今、それを問いただしている暇はない。

「いいわよ、別に」

裙の帯を結びながら、若子は慌ただしくうなずいた。

「わたしはもう行かなきゃいけないけど、もう少ししてからゆっくり見に来たらいいと思うわ。帝の御膳が仕上がるのは、一刻ぐらい後かしら」

毎朝毎夕、帝の御膳を運ぶ際、膳司は張り詰めた緊張感に包まれる。唯一絶対のこの国の主。国中から選りすぐった美味を、天皇に捧げるという誇らしさは、膳司の女官全員が共有している感情である。

どうせならもっとも晴れがましいその場を見て欲しいとの願い通り、笠女は辰《たつ》ノ一刻（午前七時）、すなわち内膳司《うちのかしわでのつかさ》から次々と料理が運ばれてくる時刻になって、膳司にやってきた。

帝の食事は内膳司の膳部《かしわでべ》によって調理され、木の櫃《ひつ》に納められて膳司に届けられる。そして奉膳《うちのかしわでのかみ》や尚膳たちの監視の下、女官たちの手で美しく盛り付けられるのだ。

普段女たちの声でやかましい膳司も、この時だけは全員が仕事に集中し、しんと静まり返る。飯盛役から折敷洗いに回された若子が、そんな同僚たちを手持ち無沙汰に眺めていたときである。

膳部から檜の飯櫃を受け取った意美奈が、足をよろめかせた。なにしろ毒味の分も含めて計七人分もの膳を拵えるのだ。その重さたるや、並大抵ではない。

これまでにも幾度か、手をすべらせた宮人を見てきただけに、若子はあっと息を呑んだ。しかし壁際にたたずんでいた笠女が、そんな意美奈にすぐさま走り寄り、櫃の反対側を支えた。

（なによ、手を出さないでよ）

意美奈はそう言いたげに笠女をきっと睨み付けた。さりながら不安定に飯櫃を支えている以上、邪険に振り払いも出来ぬ。そのまま二人がかりで櫃を運び、所定の場所にそれを据えた。

奥の座では尚膳の牟婁女王が、思わぬ手だしをした笠女を睨んでいる。それを気に留める風もなく、笠女はさっさと意美奈から離れ、もといた場所に戻った。

そのとき、若子の視界を赤い色がちらりとよぎった。意美奈だ。こちらに背を向けて、膝立ちで飯を盛っている彼女の臀《しり》に、赤いものがついている。

えっと眼をしばたたいた若子に気付いたのだろう。立ち働く女官たちを見張っていた典膳が、その視線をたどって意美奈を振り返った。細い目を驚いたように見開き、すぐにつかつかと彼女に歩み寄った。

「意美奈、その血はどうしたのです」

典膳の厳しい声に、膳司中の手が止まった。

「帝の御膳に接するのに、月のものは最大の穢れ。それを知らぬでもないでしょうに、何たることです」

険しい叱責に、意美奈は慌てて自分の臀部《でんぶ》に手を当てた。掌《てのひら》についた赤いものを見るや、顔色を見る見る蒼白に変えた。

帝が召し上がるものに直に触れるだけに、膳司の女官は月経の間、出仕を禁じられる。それを無視して膳司にいたばかりか、あろうことかもっとも重い飯盛の役に就くとは。典膳が声を荒らげるのも当然の失態であった。

「ち、違います。知らなかったんです、あたし」

「知らなかったでは、済まされませんよ。いいから早く、こちらにおいでなさいッ」

典膳は意美奈の腕を摑み、強引に彼女を引っ立てた。誰もが驚きと好奇に満ちた眼差しで二人を見送る中、後には蓋が開いた飯櫃と、ほかほかと湯気を立てる強飯が残された。

(まさか——)

同輩同様、呆然と成り行きを見守っていた若子は、あることに気付いて頭を巡らせた。壁際では笠女が行儀悪く腕を組み、壁にもたれかかっている。若子の視線に、軽く片眉を跳ね上げてうなずいた。

満足げなその顔つきを見ただけで、彼女が何をしたのか分かろうというものだ。若子はここが膳司であることも忘れて、笠女に走り寄ろうとした。だがそんな彼女を、牟婁女王の声が押し留めた。

「しかたありません。若子、今日はそなたが飯を盛りなさい。言っておきますが、昨日の懈怠《けたい》が許されたわけではありませんからね」

「は、はい」

そうだ、今はまだ仕事の最中だ。笠女を問いただすのは後でいい。ここはまず、上役《うわやく》たちの不審を買わぬようにせねば。

大急ぎで袖をからげながら見回せば、笠女の姿はかき消すように消えている。官衙の裏庭に続くくぐり戸がわずかに開き、その向こうで枯れかけた撫子《なでしこ》があるかなきかの風に揺れていた。

「ぼんやりするのではありません。みな、至急支度をなさい。このままでは御物が遅れてしまいます」

どこからともなく、牟婁女王の声が聞こえてくる。

膳司を抜け出した笠女は、人気《ひとけ》のない裏門まで来たところで、よし、と呟いて足を止めた。

さて、次は書司だ。小鹿は今日も上機嫌に違いない。そんなところに姪っ子の不始末を告げれば、どれほど血相を変えるだろう。

思わず笑みが浮かぶ唇を引き締め、笠女は懐に入れていた小さな油紙の包みを、門の脇の藪《やぶ》にぽんと投げ込んだ。中には昨日、東院の池で捕まえた鴨の血をひたした麻布が入っている。意美奈を手伝ったあの時、一瞬の隙を見澄まして、それを彼女の臀に押し当てたのに気づいた者は、誰もいないはずだ。

（やっぱりなんだって、経験しておけば損はないものよね）

内教坊《ないきょうぼう》で習い覚えた身の軽さが、こんなところで役に立つとは。やはり人の世とは、分からぬことだらけである。

帝に穢れを近づけるのは、不敬。悪意を持って考えれば、呪詛《じゅそ》の意思があったとも取れる。

このまま笠女が口をつぐんでいれば、意美奈は後宮を逐《お》われるやもしれぬ。後宮での後見人である小鹿とて、ただでは済まされぬだろう。

意美奈の血の理由を知るのは、自分一人。そして彼女の潔白を明らかにできる品《しな》の所在を知っているのも、笠女だけだ。

あの血が過失でないと証を立てたいのなら、投げ文は過ちと認めよ。春世が後宮に戻っても、二度と嫌がらせをするな。小鹿がそう誓うのなら、血汚れた布の所在を教えてやる。

鳥の血を持ちこんだことが知れれば、笠女とて無事ではいられぬ。しかしおそらく小鹿は、笠女を内侍司に突き出しはしないだろう。そんなことをすれば、自分が行った投げ文の一件まで、典侍たちに告白せねばならないからだ。

（あーあ、これで今後ずっと、小鹿さまに睨まれるんだろうね。まあ、それはそれで面白いけど）

まったく、後宮とは油断のならない場所だ。だが愛憎渦巻くこの場所を、自分は心から愛している。己を着飾ることにしか興味のない浅薄な年増の女官も、まだまだ子どもじみた甘ったれた小娘たちも。

いつか必ず、自分はそんな彼女たちの上に立ってやる。そのためにはあの矜持《きょうじ》ばかりが高い女一人、思うさまに操れずしてどうする。そう、この後宮こそが自分の生きる場所だ。

さあて、と呟き、笠女は足取りも軽く歩き出した。

ようやく御膳の用意が整ったのだろう。少しばかり顔を強張らせた尚膳たちが、高坏《たかつき》をうやうやしく捧げて回廊を行くのが、木立の果てにちらりと見えた。

暮靄《ぼあい》の漂い始めた空を焦がすかのように、篝火《かがりび》が盛んに焔を上げている。燃え盛る火の熱さを頬に感じながら、若子は朱雀門前にじっと佇立《ちょりつ》していた。

「少しは火から離れてはどうだ。髪が焦げてしまうぞ」

いつもの如く官服を隙なく着こなした房前が、呆《あき》れた声をかけてくる。若子はそれを無視して、刻々と暗くなる大路に目を凝らした。

やがて身形《みなり》のよい従者に前後を固められた輿《こし》が、人気《ひとけ》の絶えた大路をまっすぐこちらに進んで来た。その最後尾には騎乗した安貴王が、輿を守るかのように付き従っている。

「春世！」

朱雀門の石階の下で輿から降りた朋友は、心なしかやつれ、頬も青ざめている。それでもかろうじて頬に笑みらしきものを刻み、春世は若子と房前を交互に見比べた。

「待っていてくださったんですの？　嬉しいですわ。あら、でも笠女さまは？」

「笠女とやらは今、大宅諸姉に説教を食らっておる。いくら紀小鹿にすべてを白状させるためとはいえ、鳥獣の血を膳司に持ちこむとは。まったく目を離せぬ采女どもじゃ」

笠女の取引は成功した。小鹿は包みの場所と引き換えに、投げ文の主が自分だと房前に名乗って出たのである。しかし同時に意美奈の潔白を訴えた彼女は、何故その包みの在処《ありか》を知ったのかと反問され、しどろもどろになった。たまたま藪陰で拾ったと言って、通じる相手ではない。あっさり笠女の名を告げてしまった一点だけは、計算違いであった。

「されどすべては、小鹿の中傷が招いた話。友を思う心からと思えば、いたしかたあるまい。奉膳や尚膳には、穏便に事を済ませるよう、わしから取りなしておこう」

房前に請け合われ、若子はほっと胸を撫で下ろした。

笠女一人が罪を蒙るのではないかと案じていただけに、いかめしい彼の顔がありがたい仏とも映った。

「長屋王どののお怪我も、幸いかすり傷程度。先ほど兄の武智麻呂《むちまろ》がお屋敷にうかがったところ、寛容なるお許しをいただけたそうじゃ」

「申し訳ありませぬ。それがしが妻をちゃんと納得させなんだのが、すべての過ちでございました」

低頭する安貴王に、うむ、と房前はうなずいた。

「確かに全ての元凶はあなたさまにあると申せましょう。とはいえ、この騒ぎの責任を安貴さまに問うわけにも参りませぬ。さりとて朱雀門前でひと騒動起こし、膳司まで悶着に巻き込んだ以上、このまま誰も処罰せぬというのも道理には合いますまい。そこで――」

不自然に言葉を切り、房前は若子を振り返った。いや、違う。彼が眼を向けたのは、若子の隣に立つ春世であった。

「八上連春世、そなたの采女の任を解き、本郷への退却を命じる。よいな」

本郷に退却。それが故郷への送還を意味すると理解した途端、若子の背に氷を差し込まれたような寒気が走った。

春世もまた、房前の言葉に頰を強張らせた。しかし顔を蒼ざめさせながらも、彼女は強く唇を引き結び、気丈にも一つ、静かにうなずいた。まるであらかじめ予想していたかのような、腹の据わった物腰であった。

「かような騒ぎの源となった女子を、これ以上、後宮に置いてはおけぬ。浜足が不義の子などという悪評を招いたのも、そもそもはそなたの素行に難あればこそ。本貫《ほんがん》に戻り、己の行いをしかと悔いるのじゃ」

「お待ちくださいゝ。房前さま」

「なんじゃ」

思わず口をはさんだ若子を、房前はじろりと睨みつけた。どこかわざとらしいとも言える態度であった。

「これは長屋王とわが兄が協議した末の措置じゃ。おぬしはその裁決に異議を唱えるのか」

背後から春世が、もういいというように腕を摑んでくる。だがぎゅっと二の腕に食い込むその細い指は、わずかな震えを帯びている。そのことに気付き、若子は必死に己を励ました。

「お子は、浜足さまはどうなるのですか。今も別々に暮らしておられる上に、母君が因幡《いなば》に送られるなど、あまりにおいたわしいではございませぬか」

「かような女子であれば、もとより傍におらぬほうがお子のためであろう」

「それは房前さまのご意見でございますか」

彼の目に一瞬、苛立ちめいた色が浮かんだ。しかしすぐにそれをかき消し、突き放すような口調で答えた。

「そうじゃ。それに長屋王どののもそのほうがよかろうと仰られておる」

「ですが――」

「もういい、もういいですわ。若子さま」

なおも言い募る若子を、春世が強引にさえぎった。

唇まで青ざめさせながらも、房前を強い眼差しで見上げる。

「承知いたしました。あたくし、房前さまのお言葉に従います」

「春世――」

「いいんですの。これだけの騒ぎを起こしながら、故郷に送り返されるだけで済んだのだから、ありがたいというものですわ」

唇の両端を吊り上げ、春世はかろうじて笑みらしきものを作った。そして凍りついたように棒立ちになっている安貴王に近づくと、若子たちの眼差しも気にせず、その腰に両手を回した。

「安貴さま、お世話になりました。短い間でしたけど、あたくし、幸せでした」

何か言いたげに唇を震わせる安貴王は、彼の側が咎人《とがにん》かと思うほど顔をひきつらせている。それを優しげに見上げ、春世は軽く小首を傾《かし》げた。

「最後の最後に、安貴さまのような方に添えて、おかげで寧楽《なら》の思い出は、素晴らしいものになりました。あたくしのような女子を好いてくださって、ありがとうございます」

そう微笑む春世の横顔は、若子がこれまで見たことがないほどに美しかった。いったい後宮の女官の誰が、これほどに慈愛に満ちた微笑を浮かべられるだろう。

もしもっと早く、彼女が安貴の求愛を受け入れていれば——いや、今更考えても詮なき話だ。

安貴王がぎこちない動きで、春世を強く抱きしめた。骨も砕けよとばかりの抱擁にわずかに顔をしかめながらも、それでも春世はうれしそうに彼の胸に顔をこすりつけた。

「出立《しゅったつ》は明後日じゃ。それまでに身辺を整理しておくのじゃな」

短く言い捨てて二人に背を向けた房前を、若子は慌てて追いかけた。

大股にずんずん歩む彼の腰で、大刀金具が物々しい音を立てている。それに負けまいと、若子は声を張り上げた。

「どうして——どうして、春世一人がお咎《とが》めを蒙るんですか。あの子が承知しても、わたしは納得できません」

「つべこべ申すな。すでに決まった話だ」

「長屋王も武智麻呂さまも、後宮のことなんか何にもご存知じゃないでしょう。春世がどんな采女だったのか、後宮の皆があの子にどんなにつらく当たったのかもご存知ないくせに」

相手は正三位《しょうさんみ》授刀頭。一介の采女の身で不敬と知りながらも、若子は声を抑えられなかった。

執務所にでも戻るのだろう。衛士が固める朝堂院を迂回し、官衙が立ち並ぶ一角へと足を向ける房前の背に、彼女は必死に語り続けた。

「安貴さまほどのお方であれば、二、三人の妻がいるのは当たり前。それにも拘わらず、ああも皆さまを騒がせた小鹿さまはお咎めなしで、どうして春世だけがこんな目に遭うんです」

抗議しても無駄だ。いくら非公式とはいえ、上卿《しょうけい》方が下した評決が覆るはずがない。頭ではそれを理解しながらも、若子は抗弁を続けずにはいられなかった。そう、ここで自分が黙ってしまえば、誰が春世を救ってやれるのだ。

「――おぬしはまこと紀小鹿との悶着だけで、春世を本郷に戻すと思っておるのか」

このとき不意にそう呟き、房前が足を止めた。

いつの間にか辺りから人気は絶え、遠くから兵士たちの甲冑《かっちゅう》の音がかすかに聞こえてくるばかりとなっている。雲間から差し込む月光が、振り返った彼の顔をかすかに照らし出した。

「おぬしは、首《おびと》さまの後宮でのお振る舞いを耳にしたことはないか」

「お振る舞い、と仰られますと……」

「要は妃がたの宮にいる女官を、気ままにご寝所《しんじょ》に召されるという話だ」

なんだ、そんなことかと、若子は拍子抜けした。

「それなら確かに、聞いたことがあります。藤原氏の方々や長屋王は、そんな帝の性癖に

「最近は後宮がざわついていることもあり、そういった真似も止んでおられたのだが。先だって久方ぶりに、氷高さまの侍女をお召しになられてのう。ああいったものは一度堰《せき》を切ると、同じことが二度、三度と続くもの。やれやれ、厄介な話だ」

「ひょっとして……」

ある可能性に思い当たり、若子は息を呑んだ。

長屋王と武智麻呂。対立するその二人が、共に手を携えるのはどういう場合だ。彼らが擁立する二人の妃。それ以外の女性に天皇の目が向きそうな時ではないか。

春世は美しい。ましてやこれほどの騒ぎを起こし、後宮中に名が知れ渡った彼女だ。室育ちの首の興味が、いつ春世に注がれるか知れたものではない。

そう、長屋王たちは、帝の寵を受けるやもしれぬ彼女を疎《うと》んじたのだ。

今回の解雇は、ただの懲罰ではない。もっと深い、若子如き一介の采女には太刀打ちできぬ理由がそこにはある。

ただの処罰であれば、決定を覆す手段もあったやもしれない。だが帝絡みの話となれば、どれだけ若子が抗《あらが》おうとも、どれだけ笠女の頭脳が優れていようともそれは不可能だ。

全身からがっくりと力が抜けるのを、若子は止められなかった。

「言い訳と思うて欲しくないが、わしはただの采女如き、さっさと任を解いて、安貴どのの妻にしてしまえば恐るるに足るまいと申したのじゃ。されどあの二人は、どうしても納得してくれなんだ」

特に激しく文句を言い立てたのは兄の武智麻呂だった、と房前は続けた。

武智麻呂は最近、自分の長女を首の後宮に入れるべく、あれこれ支度を整えている。娘のためにも、少しでも妨げになる女子を除いておきたいのだろう。春世ばかりか、これまで帝の寝所に召されたことのある宮人を内密裡に洗い出し、悉《ことごと》く追放せんとしているという。

「すまぬな、かようなことになってしもうて」

早口の謝罪が、耳を上滑りした。房前は最初から、こうなるやもしれぬと予測していたのだ。

後宮では、目立つのは禁物。やはりもう少し早く、春世が安貴王の思いを受け入れていれば。そうすれば春世はあの慈愛あふれる笑みのまま、安貴王の妻として、息子ともども平穏な暮らしを営めたかもしれぬ。

あふれ出る涙を見られまいと、若子は顔を背けた。皓々《こうこう》と降り注ぐ月光が、今夜ばかりはひどく疎ましかった。

「おぬしと笠女の上役には、わしからも口添えをしてやる。明後日は共に見送ってやるがよい」

両の手を拳に変え、崩れそうな足を懸命に励ましながら、若子は幾度も小さくうなずいた。

何も出来ぬわが身が、ひどく情けなかった。いくら小鹿や意美奈をやり込められても、それは所詮《しょせん》、ただの悪戯《いたずら》のようなもの。巨大な権力を前にしては、自分たちはただ風になぶられる野の花の如く、なすがままにされねばならぬ。

房前は鋭い目にわずかな憐《あわれ》みを浮かべ、じっとこちらを見下ろしている。

唐突に、目の前の彼にすがりつければどれだけ楽だろう、という思いが胸に兆《きざ》した。己の他に寄る辺なき後宮で、誰かに抱きしめられ、この悲しみを分かち合うことが出来れば、どれだけ心励まされるかしれぬ。

少なくともその時、目の前の人物に対する恐れはなかった。ただ、かつてわずかに抱いた淡い思いに突き動かされるように、若子は一歩、房前に歩み寄った。

安宿媛と阿倍《あべ》皇女の驕慢さを嘆いたあの彼であれば、しがない采女であっても受け入れてくれるはず。そんな確信が全身を突き動かしていた。

房前は冴え冴えとした月光を半身に受けながら、じっとこちらを見つめている。濡れた頬を素早く片手で拭いて、若子は更にもう一歩、踏みだした。

布沓《ぬのぐつ》の先に縫い付けられた銀線が、天空にかかる半月を受けて、小さな光を放った。

第八話　姮娥孤栖《こうがこせい》

紅葉《こうよう》の美しい寧楽坂《ならざか》を、二人の男に担がれた手輿《たごし》が登っていく。山道に降り積もった紅《くれない》の葉が、長い旅路のために延《の》べられた敷き物のようだ。

轅《ながえ》の端《はし》に嵌《は》められた金具の輝きが錦秋《きんしゅう》の山に飲み込まれるように消えると、若子《わかこ》は詰めていた息をゆっくり吐いた。

「行っちゃった……」

笠女《かさめ》のつぶやきに、傍《かたわ》らの志斐弖《しひて》がぐすっと鼻をすする。昨夜からずっと泣き通しなのだろう。瞼《まぶた》はみっともないほどに腫れあがり、鼻の頭や頬も真っ赤であった。

今年は秋の訪れが遅く、山の木々が色づき始めたのは八月も終わりが近付いてから。だがその直後、真冬もかくやと思うほどの冷え込みが京を襲い、羅城《らじょう》を取り囲む山々はあっという間に、美しい錦と変じた。

山背国《やましろのくに》を抜けて山陰道に入り、徒歩で十余日。国衙《こくが》で国司《くにのつかさ》の検察を受けて、更に山道を一日。深い山に囲まれた鄙《ひな》の地が、春世《はるよ》がこれからの長い生涯を過ごす故郷である。

因幡国《いなばのくに》は、冷たい海と険しい山脈にはさまれた狭隘《きょうあい》な国と聞く。日差しが少なく、日々低い雲が垂れこめる北の国。春世が古里にたどり着く頃には、険しい山嶺は白いものをいただいているに違いなかった。

「大丈夫でしょうか、春世さま」

「大丈夫よ」

啜り泣きに近い志斐弖の声をぶったぎるように、若子は言い切った。半ば自分に言い聞かせた言葉でもあった。

「春世は強いもの。それに悪事を働いて采女《うねめ》を解任されたわけじゃないことは、郡領《こおりのかみ》のお父君だって、分かってくださるはずだわ」

「そうだよね。あの子はなんやかんや言って、たくましいから」

笠女も無理やりのようにうなずき、三人の背後に立つ藤原房前《ふじわらのふささき》にちらりと目を投げた。もはや輿が見えなくなったにも拘わらず、房前は栗毛の駒《こま》の鞍上《あんじょう》から、山路の果てにぎょろりとした目を据え続けている。その峻厳とも言える姿に、若子はわずかな後ろめたさを覚えた。

笠女は勘がいい。何も口にせぬが、春世の処分が決まってからの二月で、自分と房前がただならぬ仲に陥ったことなど、とうに御見通しに違いない。そう思うと、今この場に房前がいること自体、決まり悪くてならなかった。

まだ暑さが残る時期に処分が定まりながら、春世の押送《おうそう》は結局、閏《うるう》九月まで伸びた。その第一の理由は斎王《さいおう》として伊勢に発つ井上《いがみ》皇女の支度で、後宮《こうきゅう》中が慌ただしかったこと。そして二つ目の理由は、春世の処断を耳にした海上《うなかみ》女王が、房前すら手を焼く激しさで解任に反対したことであった。

「まったく、海上さまがあれほど春世を気に入っておいでとは意外であった。かの采女がどれほど奔放であったかを申し上げても聞く耳持たれず、果ては帝《みかど》に直訴すると喚き出される始末。いやはや、大変なことになったわい」

結局これは、春世が自ら海上女王の説得に当たって落着した。だが息子を置いて京を離れる境遇を、よほど哀れんだのだろう。海上は己の封戸《ふこ》（領地）の一部を八上《やかみ》郡領に与え、春世の生涯の生活費に充《あ》てるよう命じた。

采女の任を解かれて故郷に帰された娘に、まともな縁組などあるわけがない。これからの長い歳月を、せめて安逸に過ごせるようにとの計《はか》らいであった。

「春世の思惑はさておき、結局、海上さまはあの子をとても気に入ってらしたんだねえ」

「明るく振る舞ってらっしゃるけど、帝の夜離《よが》れにはそれなりに苦しんでおられるんでしょう。哀しい御身の上だからこそ、春世の先行きを案じてくださったに違いないわ」

一方で春世の解任が知れ渡った途端、あれほど彼女を毛嫌いしていた女官《にょかん》たちは、掌《てのひら》を返したように彼女への同情を口にし始めた。

要はこのままでは、目覚めが悪いというわけだろう。若子や笠女に別れの品《しな》を託す者、別離の歌をしたためる者……挙句は春世の出立《しゅったつ》の日は必ず見送りに行くと言い出す者まいて、同輩たちのあまりの豹変ぶりに、若子と笠女は呆《あき》れ返るよりほかなかった。

そんな中でたった一人、意美奈《いみな》だけが、

「ふん、本郷に戻されるなんてほんっとに恥さらしもいいところね。ようやく罰が当たってくれて、せいせいするわ」

と公言して憚《はばか》らぬのが、かえって清々しく感じられた。

月が改まり、井上が京を出立すると、後宮には少し落ち着きが戻ってきた。女官たちの興味もいい加減春世から逸《そ》れた時期を狙って、いよいよ押送が命じられたが、いざ蓋を開けてみれば当日の見送りを願い出たのは若子と笠女、それに春世の後輩であった志斐弖の三人のみ。

「まあ、こんなものよね……」

「京と山背の境の寧楽坂は遠いからね。いきなり冷え込み出したこの季節、わざわざ足を運びたくないってのも道理よ」

若子たちはそうお互いを慰めながら、紅葉の美しい山道までやって来たのであった。

昨夜のうちに、存分に名残《なごり》を惜しんだのだろう。安貴王《あきのおう》の姿はなく、代わりに道中の警固《けいご》を命じられたと思《おぼ》しき武官が三人、輿を囲んでいる。

晩秋のこととて、吹く風は冷たい。質素な衣裙《いくん》の肩にしっかり領巾《ひれ》を打ちかけた春世は、化粧っけのない顔をまっすぐ前に向けていた。坂の中腹に立つ人影に気付くと、帳《とばり》を掲げ、朋友《ほうゆう》たちに静かな会釈を送った。

唇には紅《べに》すら差さず、御愛想の笑み一つ、そこには浮かんでいない。しかし若子は春世の澄みきったその表情を美しいと感じた。

自棄《やけ》になっているわけでも、すべてを諦めきったわけでもなく、ただあるがままを受け入れんとする静かな意思。罪を得て、これから本郷に戻される女とは思えぬ貫禄すら、そこには漂っていた。

そんな彼女に気圧《けお》されたのは、若子一人ではないのだろう。これが生涯の別れとなれば、言いたいことは様々あったはずだ。だが笠女も志斐弖もかける言葉の見つからぬ顔で、粛々と進む輿をただ見つめ続けていた。

京に暮らす者にとって、山深い鄙の地への送還は、敗北以外の何物でもない。しかしひょっとしたら春世は今、虚飾に満ちたこれまでの姿を脱ぎ捨て、新たな一歩を歩み出したのではなかろうか。

春世が去るのではない。自分たちが置いて行かれるのだ、という不思議な感慨が胸をよぎった。

「さあ、いつまでも佇《たたず》んでいてもしかたない。そろそろ宮城《きゅうじょう》に戻るぞ」

房前がまだ名残惜しげな三人をうながしたとき、一人の男が坂道を駆け上がってきた。これまでも幾度となく見かけた、房前の下官である。主の姿を見留めるや、彼は両手を大きく振り回し、いっそう足を速めた。

「ふ、房前さま。大変でございます」

「なんじゃ、蔓縄《つるなわ》か。いかが致した」

「安宿媛《あすかべひめ》さまが産気づかれました。すでに武智麻呂《むちまろ》さまはじめ、一族の皆さまが後宮に向かっておられます」

「――そうか」

彼の言葉を皆まで聞かず、房前は馬の手綱を引いて若子たちを振り返った。

「聞いての通りじゃ。わしは一足先に宮に戻る。そなたたちはこの蔓縄ともども、ゆるりと帰って参れ」

止める間もあればこそ、馬の尻に笞《むち》をくれ、あっという間に坂を駆け降りて行く。

今回の安宿媛の出産は、藤原氏の命運を賭したもの。それはよく理解しているものの、春世との別れを悲しむ娘たちの胸裡など、もはや興味がないと言いたげな態度に、若子は少なからず鼻白んだ。

もっともこれ以上若子たちの愁嘆場《しゅうたんば》につき合ったところで、房前には何の得にもならない。多忙な彼が寧楽坂まで同行しただけでも、感謝すべきであろう。

（まあ、当然と言えば当然よね）

と胸の中でそう呟き、これは春世が言いそうな言葉だな、と思う。

それにしてもついこの間まで、麻呂《まろ》と深い仲にある春世を理解しがたいと思っていたのに、今度は自分が彼女と似た立場に置かれるとは。奇妙としか言いようのない運命の転変を考えると、今更ながら当惑がこみ上げてくる。

どうして房前などと深間《ふかま》にと問われても、確たる答えはない。敢えて言えば、春世の処分が決まったあの夜。誰でもいいから縋《すが》り付きたくて寄り添った男が、たまたま房前だっただけだ。

帝の義兄にして叔父である房前と自分が釣り合うとは、元より思っていない。だいたい彼には正妻・牟《む》婁《ろ》女王を筆頭に、子まで生《な》した女性が幾人もいる。ただの采女に過ぎぬ自分と男女の仲になったのは、相手にとってもものの弾みだったはずだ。

だがそんな諦めを抱きながらも、今日のように見送りに同行するなど、自分に様々な便《べん》宜《ぎ》を図ってくれる彼にどんな思いをかけるべきか、若子はいまだ考えあぐねていた。

肌を交わした相手をすぐに振りきれるほど、男に慣れてはいない。だからといって房前にすべてを頼りきるのは、彼我の立場の違いが足をすくませる。

所詮《しょせん》、自分はただの采女。彼をつなぎ止めようとしたとて、いずれあちらが醒《さ》める日が来よう。そう腹を据《す》えれば、男に甘えてもいられぬとの決意が湧き、なるほど春世の麻呂に対するあの醒めた態度も、似たような思いから来たものかと、今更納得がいった。

(結局、男君《おとこぎみ》の力なんて、借りるわけにはいかないっていうのが、本心よね)

男に力があればあるほど、その思いはむしろ強くなる。その点から言えば、安貴王のように政《まつりごと》と縁のない者のほうが余程《よほど》安心だ。いわば春世は最後の最後になって、心の底から愛すべき男に出会えたのかもしれない。

日々、狭い後宮で寝起きする女官が、山路を散策することなど滅多にない。常であれば坂の下に止めた輿に戻るまでの道々、美しい秋の野山に歓声を上げただろう。だがそれぞれ異なる思いが胸に去来しているためか、蔓縄の先導で寧楽坂を下る間、三人の娘たちの表情はいずれも暗かった。

ことに志斐弖に至っては、まだ鼻をすすりながら、皆の後ろをついてくる始末。宮城に戻るのを拒むかのような鈍重さに、先頭を歩いていた笠女が露骨な舌打ちをした。

「ねえ、もう少しさっさと歩けないかな。安宿媛さまが産気づかれたとなると、あたしたちも早く戻らないと怒られちゃうよ」

蔓縄は輿の支度を整えるため、先に坂を下りて行った。笠女の遠慮のない叱責に、志斐

弖は細い肩をびくっとすくめ、

「は、はい……」

と手巾《しゅきん》を握りしめてうなずいた。まるで後ろから誰かにどやされたかのような怯えぶりである。

見て見ぬふりも気の毒で、若子はわざと気楽な声で笠女に話しかけた。

「安宿媛さまって、前回のお産は結構軽かったそうね。ひょっとしたら今夜中にでも、お子が生まれるのかも」

「だとすると少しでも早く戻らないとねえ。仮に皇子ご誕生だったりすれば、すぐに色々な儀式が執行されるだろうし。――ちょっと、志斐弖、いい加減にしなさいよ」

苛立った声に振り返れば、志斐弖が紅葉降りしきる道の真ん中に突っ立っている。真っ赤な頰に涙を伝わせ、まるで子どもが道に迷っているかのような、途方に暮れた顔付きであった。

「春世が気になるのは分かるけどね。あいつは腹をくくって因幡に帰ったの。ここで志斐弖がぐずぐず言ったって、どうしようもないんだって」

降り積もった枯れ葉を蹴立てて、笠女は坂を駆け上がった。志斐弖の二の腕を摑み、嚙みつくように言った途端、少女の双眸《そうぼう》に大きな涙の粒が盛り上がった。

「違う、違うんです、あたし――」

わっと顔を覆って泣き出す彼女に、笠女と若子は顔を見合わせた。いくら春世の送還に動揺したとしても、どうも様子が妙である。

「あたし、春世さまにご相談したいことがあったんです。でも今から因幡に戻られるのにご心配かけちゃいけないと思うと、どうしても打ち明けられなくて——」

泣き声に驚いた蔓縄が、坂の下に姿を見せた。それを「何でもない」と手を振って追い払い、笠女は泣き崩れる志斐弖の肩を抱き寄せた。

「ちょっと、こんなところで泣かないでよ」

「だって……だって、あたし、誰にも相談できなくて。春世さまにもお話しできなかったら、もうどうしたらいいのか」

ぼろぼろと頬に涙を伝わせる志斐弖に、笠女はがしがしと髪をかきむしって空を仰いだ。

「ああ、もう分かった分かった。しかたない、春世に代わってあたしたちが聞いたげるから。さあ、何だか知らないけど話してみなさいな」

「ほ、本当ですか」

「あなたに嘘ついたってしかたないでしょうが。これでも春世の友達だもの。あいつの後輩の悩みぐらい相談に乗ってあげるわよ。それで、いったいどうしたってての」

笠女は口は悪いが、一本気で頼りがいがある。志斐弖もそれを承知しているのだろう。若子が差し出した手巾で顔を拭くと、ほとんど聞き取れぬような声でぼそりと何か言った。

「なんだって？　もうちょっと大きな声で言いなよ。聞こえないじゃない」

「ですから……その、あたし、お子を授かったんです」

えっ、と聞き返しそうになるのを、若子はかろうじて飲み込んだ。

宮城の官吏《かんり》といい仲になる女官は、後宮では珍しくない。それにしても六百人もの宮人《くにん》の中から、よりによってこんな乳臭い娘に手を出す男がいるとは。

同じ感想を抱いたのだろう。笠女も複雑な面持ちで、がりがりとこめかみを掻いている。

「そりゃ、よかったと言うべきかなんと言うべきか……けどそうやって悩んでいるところからして、相手の男は子どもを産むのに反対なわけ？」

「反対というか……あたしが身籠《みごも》ったことも、ご存知ないと思います」

蚊の鳴くような返答に、二人はちらりと目を見交わした。

どうやらとっくの昔に切れた男が、志斐弖の腹に土産を残していったらしい。色恋沙汰の多い宮城では、これまたある話だ。

女官の中には腹の据わった女子もいたもので、こういう事態に接しながら、誰にも事情を語らぬまま子を産んでしまう例は案外少なくない。とはいえ志斐弖に、その覚悟はあるまい。

宮城には女医と呼ばれる、産科・外科に通じた下女が常時召し抱えられている。表向き、女官の診察・投薬を職業とする彼女らは、他面、望まぬ胎児を始末する堕胎医でもあった。

志斐弖はまだ若く、回復も早いはず。腹が目立たぬうちに堕ろしてしまえば、他の宮人にも事態を悟られずに済もう。

しかし無言のうちにそう考えた二人は、志斐弖の更なる一言に、そろってぽかんと口を開いた。

「だってあたし、主上《おかみ》に召されたのは一晩だけなんです。たった一夜でお子を孕《はら》んだなんて言っても、きっと信じていただけないと思います」

「お、主上？」

笠女が声を裏返らせ、志斐弖の肩を両手で摑んだ。

「志斐弖、あんた、帝に召されたことがあるの？　いつ？　それを春世は知ってるの？」

「三月余り前です。春世さまも、このことはご存知です。だって、あたしがご相談申し上げましたから」

笠女はおよそ信じられぬと言いたげな目で、志斐弖をしげしげと眺めている。それは若子とて同様だ。こんな背丈もまだ伸びきらず、顔立ちだってひどく子どもっぽい娘を天皇が気に入られるとは、気まぐれにも程がある。

ああ、それを知ったから春世は、あんなにあっさり帝の籠絡《ろうらく》を諦めたのか。こんな虫食い葉のような娘に引き比べられて負けたとあれば、情けなくなるのも無理はない——いや、今はそんなことを振り返っている場合ではなかった。

「あたし……あたし、どうしたらいいんでしょう。帝にはすでに安宿媛さまや広刀自《ひろとじ》さまみたいに美しいお妃さまがおられるし、一晩お情けを蒙《こうむ》っただけで身籠ったなんて言っても、嘘だと決め付けられるに違いありません」

志斐弖の双眸に再び大粒の涙が盛り上がった。成熟した女の涙というより、童女《どうじょ》が夜道の心細さに泣き出したような泣き方であった。

これで志斐弖がいっぱしの氏族出の女官であれば、父兄弟から天皇に奏上を行い、胎《はら》の子が帝の胤《たね》であると認めてもらうこともできよう。しかし既に父親もなく、身寄りは伯父ぐらいしかおらぬ彼女に、それを求めることはできない。

「でも腹の子は、帝のお子ですもの。勝手に堕ろしたりなんかしたら、きっと罰が当たります。だからといって、誰にも父君の名を告げずに産むなんて真似も、あたしには到底できなくて——」

麻呂という庇護者《ひごしゃ》があった春世ですら、あれほどの風当たりを蒙ったのだ。出仕《しゅっし》間もなく、まともな後ろ楯もない氏女《うじめ》が父無し子を産んだとなれば、後宮中の謗《そし》りは免れまい。風紀監察を職務とする内侍司《ないしのつかさ》とて、黙っているはずがなかった。

「まずい、よなあ」

笠女はううむと腕を組んで眉根を寄せた。若子を眼で招き、志斐弖には聞こえないように声をひそめた。

「時期が時期だもの。万が一、この一部始終が明らかになった末に、志斐弖が男の子でも産んでみなさいな。子どもは藤原氏と長屋王《ながやおう》ご一派、双方から狙われることになってしまうわよ」

「だけどもし安宿媛さまが今回のお産で、皇子《みこ》をお産みになったら？　そうしたら志斐弖の子が男女どちらでも、次の帝位は安宿媛さまのお子に決まったも同然。志斐弖たちは安全なんじゃない？」

「いいや、そうなったら今度は長屋王が、志斐弖の子をご自分の側に抱え込もうとなさるはず。そうすればその子は安宿媛さまの御子に敵対する者として、藤原氏から狙われる羽目になる」

「つまり――」

「どっちにしたって、志斐弖と子どもに平穏なんて訪れないってことね」

これで天皇に志斐弖を守る男気があればいいのだが、あいにく首《おびと》はどっちつかずの甲斐性なし。ましてや彼女を召したのが一度きりとなれば、腹の子が本当に己の胤かと疑うに決まっている。

後宮の者はみな、藤原氏の容赦なさを知っている。まだ少女の井上を邪魔者とみなし、単身、遠い伊勢国に追いやった彼ら。あの四兄弟であれば後の禍根になるやもというだけで、志斐弖を腹の子もろとも始末するやもしれぬ。

房前は以前、勝者は敗者を慰撫《いぶ》せねばならぬと語った。だがあれは相手が県犬養広刀自《あがたいぬかいの》など、それなりの影響力を有する人物に限っての話。だいたい彼は先だって、兄の武智麻呂が娘の入内《じゅだい》に先駆け、これまで帝の寵愛《ちょうあい》を蒙った女官の洗い出しにかかっていると言っていたではないか。

志斐弖がそれに引っかからなかったのは、たった一晩の淡い交情ゆえか。ともあれ龍《りゅう》寵《ちょう》を受けるやもというだけで春世を放逐した苛烈さからするに、この件が明らかになれば、どんな措置が取られるか知れたものではない。

若子は笠女の袖を強く摑んだ。

「ど、どうしよう、笠女――」

「どうしようと言ってもねえ……」

笠女はきっと唇を嚙みしめた。若子がこれまで見たことがないほど、真剣な顔つきであった。

「女官としての任を果たすなら、志斐弖が帝のお情けを蒙ったと、内侍司に報告しなきゃならないんだけどね。もちろん、お子を授かった件も含めて」

「だめよ。そんなことしたら、志斐弖がどんな目に遭うか知れたものじゃないわ」

笠女は少しばかり意外そうに若子を見下ろした。

「つまりそれは、房前さまにも黙ってるってわけ？」

「ええ、そうよ」

確かに房前と自分は男女の仲。とはいえ、それとこれとは別だ。春世が去った今、何としても彼女に代わって志斐弖を守らねばならない。

眦《まなじり》を決する若子を、笠女は何やら考え込む顔で見つめていた。だがすぐに「よし」とつぶやいて、手を打ち鳴らした。

「そうと決まれば、早く宮城に戻ろう。とにかく安宿媛さまの産を見届けて、それから善後策を講じなきゃ——安心なさいな、志斐弖。あなたのことは、あたしたちがどうにかしてあげるから」

笠女は志斐弖の手を摑み、足早に坂を下り始めた。吹き寄せられた紅葉《もみじ》が踏みしだかれ、かさかさと乾いた音を立てた。

安宿媛の産は案に違わず軽く、当夜のうちに男児を産み落とした。

もっとも月が満ちていた割にその産声は弱く、産婆に背を小突かれ、ようよう乳を飲み始めるような虚弱さであった。

しかし生まれてしまえば、こっちのもの。藤原四兄弟はすぐさま選りすぐりの名医を皇子の侍医に配し、初めて男児を得た帝もまた、すぐさま天下に大赦《たいしゃ》を布告して、父となった喜びをあらわにした。

生誕から三日後、皇子の名は基《もとい》と定められた。国の基を想起させるその名は、まだ生後間もない男児に何が課せられているのかを、人々にはっきり告げたも同然。あまりに大仰な期待ぶりに、苦笑いする者も多かった。

「基さまと同じ日に生まれた子には、帝より布一端に綿《わた》二屯《とん》、それに稲二十束をくださるんですって」

「房前さまや武智麻呂さまは早速主上をせっついて、皇子を皇太子に立てようとなさっているそうよ。だけどおしめを当てた皇太子なんて、ねえ」

宮城のあちこちでひそひそ話が交わされるのは、皇太子が天皇を補佐する重職であり、古来、壮年の男性が就く慣例だからだ。

襁褓《むつき》を当て、乳を飲む皇太子……それを堂々と実現させせんとする安宿媛の宮とは正反対だったのは、広刀自の宮である。そうでなくとも愛娘《まなむすめ》を伊勢に去らせて以来、広刀自はとかく沈みがちな日々を送っている。そこに響いてきた藤原氏の凱歌《がいか》に、彼女の周辺は葬列もかくやと思わせる暗鬱さに包まれていた。

だがそれを除けば、宮城は皇子誕生に沸き立ち、下官や若子たちのような采女にまで、藤原氏より祝いの品が配られる有様。

幸いにもそんな誰もが浮足立った最中にあっては、少しぐらい志斐弖の様子が変でも、さして目立ちはしない。

「それにしたって、そろそろ打つ手を考えなきゃなあ。悪阻《つわり》が軽いのはよかったけど、のんびりしていると腹が目立ってきちゃうだろうし」

このところ宮城は宴会続きで、膳 司《かしわでのつかさ》は席の温まる暇もない忙しさ。この日もようやく夜更けになってから宿舎に戻ると、床の中で書見にふけっていた笠女がぱたりと本を伏せた。

「何か名案はあるの？」

春世が置いて行った鏡台に向かいながら、髪を解く。鏡に映り込んだ笠女が、「いいや」と首を横に振るのが見えた。

「一番手っ取り早いのは、志斐弖が氏女を辞めてしまうことなんだけどね。とは言っても宮城から戻ってきたあの子が父無し子を産めば、後見人という志斐弖の伯父とやらは、必ずや後宮に怒鳴り込んでくるよねえ」

志斐弖を説得して堕胎させる手もあるが、形勢がますます藤原氏に傾く今、彼らの手先がどこに潜んでいるか知れたものではない。下手に動いて異変を察知される恐れもある今、三人は四囲《しい》を狼に囲まれた兎《うさぎ》同然であった。

「志斐弖を腹の子ぐるみ引き取ってくださる奇特な男君は、どなたかおられないかしら」

「それはあたしも考えたのよね。ほら、あたしが親しくさせていただいている、玄蕃允《げんばのじょう》の高丘 連河内《たかおかのむらじかわち》さま。あの方、この春に奥方を亡くされたばかりって聞いたから、それとなく声をかけてみたんだけど」

「どうだったの？」

「国事多忙の折、今は妻《めと》を娶るどころではないとそっけなく言われておしまい。まだ小さいお子がおいでっていうし、ちょうどいい気がしたんだけどなあ」

だけど、と笠女は床の中で頬杖をついた。

「あたし、正直、若子が志斐弖をかばうとは思わなかったよ。てっきり房前さまにご注進すると決めつけてたわ」

意外な言葉に、若子は櫛《くし》を握りしめたまま、背後を振り返った。からかう表情はない。むしろひどく真剣な眼差しで、笠女はじっとこちらを見つめていた。

確かに房前にこの件を打ち明けようと思えば、機会はいくらでもある。つい昨夜も彼は共寝の床で、「そういえばおぬしらとともに見送りに来た若い宮人は、見慣れぬ顔じゃな」と漏らしたばかりであった。

「だってそういう仲になってまだ二月、今が一番、相手に尽くしたい時期なんじゃない？普通の女子だったら、絶対そうしてると思うけどね」

なるほど並みの男女であれば、ためらいもせず相手に全てを告げただろう。だが自分と房前の間には、厳然とした立場の隔たりがあり、それを思えば思うほど、彼に甘えてはならぬとの警鐘が鳴り響く。そして同じことは、彼の側にも言えるのではないか。

彼の正室は、若子の上司である尚膳《かしわでのかみ》・牟婁女王。彼女は藤原不比等《ふひと》の後妻・橘三千代《たちばなのみちよ》が前夫との間にもうけた娘。つまり房前にとっては、血のつながらぬ妹に当たる。

情愛ではなく血縁を重視して娶った有能な妻。そんな艶《あで》やかな大輪《たいりん》の牡丹《ぼたん》もよいが、時には野に咲く小花を摘みたいと思う折もあろう。彼が自分とこういう仲になったのは、おそらくただの気まぐれ。だとすればなまじ心を通わせるほうが、房前には迷惑に違いない。

そんなことをぼそぼそと語ると、笠女は呆れたように溜息をついた。

「何よ、それ。まあ春世みたいなのを見て、男君に期待しなくなるのも分かるけどね。さすがにその言い様はちょっと、房前さまが気の毒じゃないかなあ」

「そうかしら……」

「志斐弖の件を告げ口しろと、そそのかしてるわけじゃないよ。だけどあたしは男ってのは、物事をそんなあっさり割り切れない生き物だと思ってるの。実際のところ世間を渡るたくましさで言えば、女のほうがしたたかなんじゃないかな。だって女子は——特にあたしたちみたいな身の上だと、自分を守れるのは自分しかいないからね」

とにかく、と笠女はじろじろと若子の全身を見回した。

「そういう仲になっちゃったんだから、つんつんしてないで、房前さまにももう少し可愛げのあるところを見せてやりなよ。男なんて、要は女に甘えて欲しいものなんだって」

そんなことをして、後々傷つくのは自分ではないか。これが春世ならともかく、男っ気のない笠女にそんな助言はされたくない。

「あ、でもとにかく、今は志斐弖のことが第一だよね。うーん、何かいい手が見つかればいいんだけど……」

少なからずむっとしたのが、顔に出たのだろう。笠女は曖昧に話を打ち切って、夜着にもぐり込んだ。

「とにかく、もう少し案を練ってみるよ。おやすみ」

灯火を消し、笠女のわざとらしい寝息を聞きながら、若子は真っ暗な天井をじっと見つめた。今頃春世はどこでこの夜を過ごしているのだろう。彼女が今ここにいれば、房前にどう接すればよいのか分からぬ自分を、何と評するだろう。

（案外にこっと笑って、そんなの成り行き任せですわ、とか言うのかもね……）

風が出てきたらしい。窓の桟がかたかたと鳴り、夜着の隙間から若子の襟元に微かな隙間風がすうっと忍び入ってきた。

侍医たちの必死の看病が功を奏したのか、基皇子は出産時のひよわさが嘘のような発育を遂げ、ほんの半月で、乳母の乳が枯れんばかりの食欲を示すようになった。

「さすがは藤原の血を引く皇子。貪欲さでは人後《じんご》に落ちぬと見えるわい」

長屋王は露骨な嫌味を触れ回ったが、すでに生を享《う》けてしまったものをどうしようも出来ぬ。歯噛みをする皇族たちを他所に、房前や武智麻呂は帝の元に日参《にっさん》して基の立太子《りったいし》を迫り、早々に床を払った安宿媛もまた、兄たちの意見に賛意を示した。

「基は主上にとって、はじめての男児。しかも生母であるわたくしは先の太政大臣《だじょうだいじん》の娘であり、皇太夫人《おおみおや》さまの妹です。その腹より生まれた子を太子に立て、何の文句がありましょう」

しかし帝とて、一人の男性である。美しい安宿媛やこまっしゃくれた阿倍《あべ》を愛おしく思う一方で、温和な広刀自や闊達な不破《ふわ》が可愛くてならない。ましてやそんな温もりからはじき出された井上の身を思えば、基を安易に太子に立てる真似もしがたいのであった。

いつになく頑強な首帝の反対に、房前は目に見えて機嫌を損ねていった。

それというのも彼は、帝が長幼《ちょうよう》の序を重んじ、長女である井上を跡継ぎにと言い出すのではと疑っていたのである。

常が優柔不断な者ほど、ときに思いがけぬ裁断を下すものだ。一度定められた斎宮を解任するのは、異例の措置。加えて女性の皇太子もまた前例がないが、生後ひと月に満たぬ乳児の立太子を思えば、奇妙さは似たようなものである。

そんな彼の苛立ちを身近で見れば見るほど、志斐弖を早く後宮から出さねばとの焦りが生まれてくる。しかし笠女とともにどれだけ知恵を絞ろうとも、名案と呼べる策はなかなか思いつかなかった。

「右京《うきょう》の光永寺《こうえいじ》に逃がすのはどうかしら？　あそこなら子どもの一人や二人、かくまってくれるんじゃない？」

「駄目駄目、あそこには月に一度、大炊寮《おおいりょう》の役人が米を届けに行くんだよ。有髪《うはつ》の女と子どもが暮らしていたら、すぐ内侍司に告げ口されるって」

自慢の頭脳も、この難問にはお手上げなのだろう。異を唱える口調は、いつになく尖《とが》っていた。

そうこうする間にも、腹の子はどんどん育っている。同僚たちの目を考えれば、あまり悠長にも構えていられない。

「誰にも頼らず、一人で市井で暮らしていけるたくましさが、志斐弖にあればいいんだけど。そんなのどう考えても無理だろうしなあ」

思い余った笠女が、そんな自棄を口にした夜である。宿舎の表が急に騒々しくなったかと思うと、笠女と同役の壬生直《みぶのあたい》小家主《こやかぬし》が「大変、大変です」と叫びながら駆け込んできた。

「海上女王の宮で、志斐弖が倒れたそうです。お話し相手として、参上していた最中なんですって」

驚いて房を飛び出せば、ちょうど志斐弖が使部《つかいべ》の背に負われて戻ってくるところであった。

海上女王のものであろうか。品のいい襖《あお》を打ちかけた顔は青ざめ、血の気がない。野次馬の同輩たちをかきわけ、笠女は志斐弖の頬を軽く叩いた。

「おい、志斐弖。どうしたんだ、志斐弖」

「ここのところ志斐弖ったら、あんまり食が進まない様子だったんです。夏の疲れが今更出たんだと笑ってましたけど」

反対側から、小家主が心配そうに志斐弖の顔をのぞきこんだ。強く歯を食いしばった頬は汗ばみ、後れ毛が数本、こめかみにはりついている。

「お医師を呼んだほうがいいでしょうか」

夜の早い舎監《しゃかん》たちは、とっくに床に就いている。不安そうな女官たちを遮って、

「必要ないわよ」

と若子が割って入った。

「志斐弖と同室の者は誰？　今夜はこの子は、わたしたちの部屋に寝かせるわ。笠女と二人で見ているから、心配しないで」

矢継ぎ早の指図に、周囲の女官はみな気圧されたように黙り込んだ。

狭い後宮で、噂が広まるのは早い。若子が房前の愛人となったという風評は、いつしか宮人の間では周知の事実となっていた。

志斐弖の同室は全員年若で、こういう場合、役に立たない。使部を指示し、空いたまま

になっている春世の寝台に彼女を寝かせたとき、若子の袖を後ろから引く者がいた。見れば小家主が、目顔で外を指している。

「あの、海上さまの侍女《じじょ》がお越しです。志斐弖と親しい女官を連れてくるようにとのお達しですって」

なるほど宿舎の正門の脇に、身形《みなり》のいい中年女の姿がある。戸口から顔を突き出した若子と笠女に、恭《うやうや》しく頭を下げた。

「どうしよう、笠女」

「行かないわけにもいかないでしょうが。女王の宮で卒倒したんだから、一応お詫びは申し上げなきゃなんないし。小家主、しばらくここを頼むわね。すぐに戻るから」

耳を澄ましてみると、志斐弖はすうすうと軽い寝息を立てている。表情も先ほどに比べれば、心なしか安らかになったようだ。

笠女は海上女王の襖を丁寧に畳んだ。代わりに自分の床から引っ剝がした夜着を、志斐弖にかけて立ち上がる。

案内された海上の居間では、火桶に赤々と火が焚《た》かれていた。志斐弖に振り回されて失念していたが、そういえば暦はいつしか冬に入っている。あとふた月もすれば、また新たな年がやってくるのだ。

刺繍の施された裙《くん》を胸高に締めた海上女王は、椅子《いし》にゆったりと腰かけて若子たちを迎えた。

甘葛《あまづら》の湯を満たした椀が三つ、唐風の卓の上で柔らかな湯気を立てている。その傍らでは油っこそうな唐菓子が、朱漆《しゅうるし》の盆に山盛りにされていた。

「寒い夜道を呼びだして、悪かったですね。さあ、おあがりなさい」

春世が親しく出入りしていたとはいえ、これまで面と向かって海上と言葉を交わしたことはない。いくら寵愛が薄れても、相手は帝の妃。真っ先に志斐弖の不《ぶ》調《ちょう》法《ほう》を詫びようとする笠女に、ああ、と海上は軽く片手を振った。

「志斐弖の件なら、気にしないで。それよりあの子、大丈夫だったのかしら」

「気持ちよさそうに寝ておりましたから、ご心配いただくほどのことはないでしょう。そうでなくともここのところ、後宮は大忙し。疲れゆえか、食も細っていたそうです。しばらく休ませればよくなるでしょう」

しれっと嘘をつく笠女に、海上女王はわずかに小首を傾《かし》げた。

「あら、そうだったの。以前はあれほど唐菓子が好きだったのに、ここひと月ほどはどれだけ勧めても手をつけなかったの。なんだか奇妙とは感じていたのだけど」

あっけらかんとした口調に、若子はひやりとした。だが女王はそれを知ってか知らずか、大儀そうに身を乗り出し、率先して菓子を頬張った。

「あのね、今宵《こよい》二人を召したのは、他でもないの。さっき志斐弖は、わたくしに暇《いとま》乞《ご》いをしに来たのよ。まだ内侍司にも伝えていないけど、近々、自分は後宮を出ると思う。春世ともども可愛がっていただいたお礼を、いまのうちにちゃんと申し上げたいって」

若子は思わず胸の中で舌打ちした。

まったく、何という事をしてくれるのだ。後宮ではいったいどこに、藤原氏の目が光っているか知れぬ。宮城中が皇子誕生に沸く今、一人そんなことを言い出しては、疑ってくれと吹聴《ふいちょう》しているようなものではないか。

「どこに行くのと聞こうとしたら、急に青ざめて気を失ってしまったんだけどね」

女王は太った肩を揺すって小さく笑った。

「いやあね、そんな怖い顔をしないでちょうだい。わたくしが聞きたいのは、その件じゃないんだから。ほら、せっかくだから菓子もつまみなさいよ。大膳職《だいぜんしき》に特別に作らせた桂心《けいしん》よ。蜂蜜《はちみつ》がたっぷりで、おいしいんだから」

はあ、と皿に手を伸ばす若子と、甘葛の椀をすする笠女を交互に見やり、女王は歌うように続けた。

「あのね、わたしが尋ねたいのは一つだけ。志斐弖は帝の子を孕んだんでしょう？」

ほとんど不意打ちに近い問いである。思わず桂心を取り落とした若子の隣で、笠女がぶっと甘葛を吹いた。

とはいえ、その非礼を詫びる余裕などあるわけがない。

知られた。それもよりによって帝の妃に。全身の血が下がって行く音が聞こえた気がした。

あまりのことに、言い訳すら出て来ない。絶句する二人に、女王はいっそうにこやかに笑った。ひどく晴れやかな笑顔が、この場ではいっそう不気味であった。

「ああ、やっぱり。食が細っていると思ったら、そうだったのね。あの子がご寝所《しんじょ》に召されたと安貴どのが漏らしてなきゃ、てんで思いつかないところだったわ」

もう駄目だ。

この時節に生まれる天皇の子がどんな騒動を呼び起こすか、海上が知らぬわけがない。藤原氏・長屋王どちらにも与《くみ》せぬ彼女だ。どちらの派閥からも恨みを買わぬよう、すぐさまこの事実を両者に告げ知らせるだろう。

そうなったら志斐弖母子には――いや、それを匿《かくま》おうとした自分たちにも未来はない。

卓の下に落ちた桂心が、斬り落とされた己の首のように見えた。

「その様子だと、そなたたちはだいたいの事情を知ってるようね。だとすれば、話は早いわ。相談があるのよ。志斐弖の腹の子を、わたくしにくれないかしら」

「へっ？」

我知らず間抜けな声が漏れた。今、女王は何と言った？　志斐弖の腹の子をだと？

「今すぐ志斐弖をわたくし付きの侍女にしてしまえば、腹が大きくなっても露見しないわ。

この宮の女官は全員口が堅いし、恥ずかしながら首さまや高官たちは、滅多にここに足を向けないから」

自分は今から少しずつ、腹に綿を入れて妊娠を装う。その上で志斐弖が産み落とした子を我が子と言って回れば、彼女が疑われることはあるまい。

若菜摘みの計画でも語るかのようにあっけらかんと言う海上の顔を、若子と笠女は呆然と見つめた。

「女王……本気で仰っているのですか」

「ええ、本気よ。だってそうでもしなきゃ、志斐弖の子は助からないじゃない」

平然とうなずき、海上は卓上の鈴を打ち振った。音もなく現れた侍女に甘葛の湯を入れ直すように命じる横顔には、これっぽっちの曇りもなかった。

「だって、こんなご時世ですもの。万が一、男児でも生まれてごらんなさい。あっという間にあの四兄弟に捕まって、ちょん、よ」

女王は長い爪を顎の下に当て、小さく横に振って見せた。

なるほど海上女王であれば、子を産んでも藤原氏に抹殺されはすまい。後宮の勢力図が大きく変わるかもしれぬが、そんなことは正直、若子たちには与《あずか》り知らぬ話である。

「春世に続いて志斐弖まで後宮から去るなんて、わたくしはご免だわ。日陰の身のわたくしが、親しく出入りする宮人を不幸にしたみたいじゃない。——それに、ね」

このとき若子たちをこの宮まで案内してきた侍女が、新しい甘葛の湯を運んできた。それが銘々の椀に注がれるのを見つめていた女王は、彼女が扉の向こうに消えるのを待って、再び口を開いた。

「わたくしだって一度ぐらい、子どもってものを持ってみたいのよ。それが己の腹を痛めた子じゃなくっても、そんな夢ぐらい、抱いたっていいでしょう」

もし海上が帝の子を宿していれば、彼女の暮らしは全く異なるものとなっていただろう。静謐《せいひつ》にも包まれたこの宮にも賑《にぎ》やかな声が弾け、帝の訪《おとな》いとてもっと頻繁になっていたはずだ。

と、そこまで考え、若子はあることに思い至った。

「お言葉ですが、女王。最近、帝はたまにはこちらの宮にお越しなのですか？」

「いいえ、全然。顔だけはごく稀に見せてくださるけど、共寝したのはもう一年以上前だわ」

「それじゃ、さっきの計画は土台無理じゃないですか！」

笠女が血相を変えて、卓を叩いた。

そうだ。いくら海上女王が子を孕んだと主張しても、帝の訪れがなかったのなら何の意味もない。むしろ更なる騒動の種を蒔《ま》くだけである。

だが笠女の叫びに女王は、

「いいえ」

と、きっぱり首を横に振った。

「それでいいのよ。わたくしが産むのは帝のお子じゃないの。主上に捨てられたわが身をはかなんだわたくしが、どこぞの下官と通じた末に生した子なの」

一瞬、若子は彼女が何を言い出したのか理解できなかった。代わりに笠女が凄まじい形相で、女王に食ってかかった。

「そんなことを仰られようものなら、女王はすぐさま後宮を逐《お》われてしまいます。帝の御寵愛に背いた咎《とが》で、妃の身分も剝奪されましょう」

「いいえ、いいのよ。それで」

海上の顔は、驚くほど晴れやかなままであった。この腹の据わった笑みには、見覚えがある。そうだ、房前から送還を告げられたときの春世の表情と、瓜二つではないか。

「だってわたくしはもう、後宮には不要な女子ですもの。いっそ不義を働いてここから追い出されたほうが、みな気遣いが要らなくなって、せいせいするでしょう」

「ですが――」

「痩せても枯れても、わたくしは志貴《しき》皇子の娘、葛城《かつらぎ》大王（天智《てんじ》天皇）の孫。後宮を放逐されこそすれ、命まで狙われはしないわ。だとすれば真実さえ知られねば、志斐弖の子も死なずに済む理屈よね」

確かに海上ほどの血筋であれば、いくら帝に背いたとて厳罰までは下されまい。おそらくは父の屋敷に返され、残る日々を肩身狭く暮らすことになろう。

（だけど――）

不義の子の誇りは免れぬが、それでも女王の子と偽れば、少なくとも子の命だけは救われる。むしろ不貞の子という境遇はかえってその子を宮城から遠ざけ、政変などとも無縁な一生をもたらすのではあるまいか。

このまま闇から闇に葬られるのと、どちらがいいのか。思案するまでもなかった。

「本当によろしいのですか、海上さま」

若子の問いに、女王は瞬時も躊躇《ためら》わずにうなずいた。

「ええ、いいのよ。そなたとてこの後宮がいかに狭く、息苦しい場所か知っているでしょう。ましてや帝からも忘れ去られ、子もないままそこで朽ちてゆく身がどれだけみじめなものか。わたくしはもう、こんなところには飽き飽きしたの」

美しき牢獄の如き後宮から去る。その上、寄る辺のない母子を救うことが出来れば――そして血がつながらぬにせよ、夢にまで見た子どもまで得られれば、どれだけ幸せだろう。

愛した者は皆、自分のもとから去って行く。帝も、春世も、そうだった。ならばせめて最後に残った志斐弖だけでも、助けてやらねばなるまい。

にこやかに笑いながらそう語る海上の眼差しは、これがあの陽気な妃なのかと疑うほど強勒であった。

「志斐弖が目を覚ましたら、すぐにここに連れておいでなさい。子を産んだ後、引き続き後宮に留まるか、それとも適当な理由を付けて本貫に帰るか。それは産を終えるまでの間に、ゆっくり当人に考えてもらいましょう」

「はい、かしこまりました」

「もっとも、わたくしとしては、せめて志斐弖には京に留まっていてほしいのですけどね。だって、春世に続いてあの子までいなくなってしまったら、寂しくてしかたがないもの」

語り疲れたのだろう。海上は椅子の背にもたれかかり、ゆっくり眼を閉じた。

話は終わったとばかりに軽く手を振られ、若子たちはそそくさと女王の宮を後にした。

肌を刺すような夜気《やき》が、血が昇っていた頭を冷やしてゆく。二人はどちらからともなく、凍りついたような紺青《こんじょう》の空を見上げた。

月はまだない。星が一つ、わずかな尾を引いて流れ、すぐに空の果てに吸い込まれるように消えた。

「……いいのかな、こんなことをして」

流れ星を追うように頭を巡らせたまま、ぽつりと笠女がつぶやいた。

「それで海上女王さまが、幸せになられるのならいいんだけどね」

このまま後宮で忘れ去られた花として萎《しぼ》んでゆくか、罪人として貶《おとし》められながらも、手に入れられなかった幸福の欠片《かけら》を得るか。

どちらが幸せなのか、そんなことは分からない。だがどちらの方がより不幸ではないのかと問われれば、若子は迷いなく後者と答えるだろう。

権勢欲渦巻くこの華やかな後宮は、一介の采女であるはずの自分たちをすら、否応なしに戦いに巻き込む血なまぐさい場。そこを出て、新たな日々を得られるのであれば、それに勝る幸せはないはずだ。

ひょっとしたら海上女王は、安宿媛や広刀自よりもはるかに強く、天皇を愛しているのではなかろうか。そう、最愛の人に召された宮人を救い、己が産めなかった彼《か》の人の子を育《はぐく》まんとするほどに。

若子はまだ何か言いたげな笠女の袖を、強く引いた。

「考えるのは、後回しにしましょう。とにかく、このことを早く志斐弖に伝えなきゃ」

だが小走りに宿舎に戻った二人は、あちらこちらの房に煌々《こうこう》と灯りが点されているのに気付き、おや、と足を止めた。

すでに夜半近く。とっくに消灯時間は過ぎているのに、どうやら女官たちの大半が起きているらしい。ざわざわとした話し声が、半町あまり先まで聞こえて来る。

「どうしたのかしら」

不審を覚えながら門をくぐれば、一頭の馬が梅の下枝につながれている。豪奢な馬具を置かれた栗毛の駒には、見覚えがある。房前が普段用いている、若駒《わかこま》であった。

「あっ、若子さま、笠女さま、お帰りなさい」

庭まで走り出て二人を迎えた小家主は、髪も梳《す》かず、化粧も落としていない。回廊を不安げに行き来する女官の中には、寝入りばなを起こされたと覚しき寝ぼけ顔もある。宿舎内で何かが起きているのは明らかだった。

「今、典侍《ないしのすけ》の諸姉《もろあね》さまとご一緒に、授刀頭《じゅとうのかみ》の房前さまがお越しなんです。最近女官たちの風紀が乱れているため、抜き打ちで女官たちの綱紀を改めに来られたんですって」

今度こそはっきりと、息が詰まった気がした。

女官の中には、恋人との逢引のため、夜更けに宿舎を抜け出す者も多い。しかしそれについては、舎監も見て見ぬふりが不文律。房前が自ら出張るような話ではない。

（ひょっとして――）

若子は駒の傍らに控える房前の供に、急いで眼を走らせた。やはりそうだ。蔓縄とかいったあの男が、木立の陰に佇んでいる。

春世を見送ったあの日、真っ赤な眼で輿に乗り込んだ志斐弖の姿が脳裏に甦《よみがえ》った。まさか話を聞いていたわけではあるまい。だが蔓縄はあの時、志斐弖のただならぬ様を眼に留めていたのだ。そして彼から告げられた志斐弖の態度に、房前は何かしらのひっかかりを抱いたのだろう。

しかしそれとなく話を向けても、愛人である若子はいっこうに志斐弖の件に触れない。それがかえって彼の疑念をかき立てたのだろうが、それにしてもいきなり宿舎に踏みこんでくるとは。しまった、と噛んだ唇がひどく苦かった。

このとき、宿舎の回廊に房前が姿を現した。庭先に立ちすくむ若子たちに気付き、軽く片眉をはね上げる。彼の背後に従っていた諸姉も、驚いたように眼をみはった。

「そなたたち、ようやく戻りましたか。海上女王の宮に召されていたそうですが、こんな夜更けまで出歩く者がおりますか。さっさと自分たちの房に戻りなさい」

「は、はい。申し訳ありませぬ」

房前はもう、志斐弖に会っただろうか。とにかく今は一刻も早く、彼女を海上女王の元に連れて行かねばならぬ。仮に志斐弖がまた妙な口走りをしていたとて、海上の宮に入ってしまえば、房前もおいそれとは手が出せぬはずだ。

伏し目がちに彼らの前を走りぬけようとした二人を、

「おぬしら、待て」

と房前が呼びとめた。

「二人とも、海上さまの宮で何をしておった。この夜半、如何《いか》なる御用を命じられたのじゃ」

「いいえ、御用ではありませぬ。ただお話の相手を命ぜられただけでございます」

笠女が昂然と顔を上げた。顔はわずかに青ざめているが、声音にはいささかの震えもない。

「ほう、お話し相手とな。そういえば女王がひどく気に入られている志斐弖とやらは、いま体調を崩して臥せっているとか。確か、春世の送還の日に見送りに参った宮人であろう。まんざら知らぬ仲ではなし、ついでに見舞いを致そうかの」

その一言でまだ彼が志斐弖と顔を合わせていないと知り、若子は少しだけ安堵した。さりながら虎口《ここう》はまだ、目の前にぽっかりと開いている。

「ありがたいお言葉でございますが、志斐弖はつい先程、ようやく眠ったばかりでございます。申し訳ありませんが、起こすのも気の毒でございますゆえ」

開き直ったとも取れる口調で、笠女は房前の言葉を遮った。およそ一介の采女に許される態度ではない。だが、それしきで引き下がる房前ではなかった。

「別に起こせとは申しておらぬ。顔を見て帰るだけの話じゃ」

「女子の寝顔は、けっして美しいものではありませぬ。見知らぬ殿方にのぞかれたとなれば、志斐弖は後から必ずや恥ずかしく思いましょう。ここは何卒ご遠慮くださいませ」

笠女もまた、一歩も引かぬという形相で言い募った。

諸姉は珍しく困惑した面持ちで、双方を見比べている。その表情から察するに、おそらく、彼の来訪の真意は知らされていないのであろう。

普段であれば笠女を叱り付けるところだが、あえてそうしないのは内侍司の管轄を侵して宿舎に踏み込んだ房前に、屈託を抱いているためか。とはいえそれで、彼女の加勢が期待できるわけでもない。

見回せば回廊の端には、深津直山勢《ふかつのあたいやませ》を筆頭とした舎監たちがずらっと居並び、濁った眼で房前を睨《にら》みつけている。眠りを破られ、茫々《ぼうぼう》たる蓬髪《ほうはつ》を振り乱した姿は、まさに鬼気迫ると言うべき迫力に満ちていた。

(主上に仕える女官たちの暮らす場所。いかに権勢著しい藤原氏とはいえ、かような暴虐は許されぬぞよ)

山勢たちの眼差しは、この場の氏女・采女らの心の声を代弁しているかのようであった。無論房前とて、己の強引さは百も承知に違いない。

「ただ見舞いをと申しているだけじゃ。かように拒まずともよかろう」

「お気持ちは嬉しゅうございますが、一介の宮人を授刀頭さまが見舞われたとなると、後々どんな噂になるやも知れません。ここはどうぞお止めください」

「噂のう。何か噂になるようなことが、あるのか」

激しい笠女の反発をかわしながら、房前はちらりと若子に視線を走らせた。

この官舎で、味方と呼べるのは若子一人。その眼差しが助勢を求めるかに見えた瞬間、何かが身体の中を駆け抜けた。

――あたしは男ってのは、物事をそんなあっさり割り切れない生き物だと思ってるの。実際のところ世間を渡るたくましさで言えば、女のほうがしたたかなんじゃないかな。

笠女の声が脳裏に甦る。次の瞬間、頭より先に身体が動き、若子は房前の胸元にふらりとしなだれかかった。

「なっ……」

諸姉がぎょっと息を呑むのが視界の隅にひっかかる。

だが若子はそれには構わず、上目づかいに房前を見上げた。唇には笑みを浮かべ、それでいて眼つきはあくまでしおらしく。そう、かつての春世を思い出して真似すればいいのだ。

「房前さま、でしたらここはわたしが代わりに、志斐弖を見舞ってきますわ。房前さまはここでしばらくお待ちくださいし」

「若子――」

房前もまた、驚きを隠せぬ顔で若子を見下ろした。

男女の仲になって二月余り。身体を許してもどこか心に一線を引いているように見えた女が、いきなり人前でしなだれかかってきたのだ。警戒を覚えるのは当然である。その耳元に、若子は口早に囁《ささや》いた。

「いったいどうしていきなり、宿舎においでになりましたの？　ひょっとして志斐弖に何か不審でもおありなのですか。いずれにしても、ここはわたしに任せてください。あなたさまほどのお方が突然お越しになっては、怪しい者も逃げてしまいますわ」

房前の正室・牟婁女王は高位の女官。ならば自分は末端の女官の立場から彼を支えると言えば、この身も房前にとって有益となる。

男は大なり小なりみな、女子に頼って欲しいと思っている。自分にそれだけの価値があり、何事も成し遂げられると自惚《うぬぼ》れているからだ。さりながら女は自らの立場を弁《わきま》え、相手にかような甘えを見せられぬと自戒するゆえに、男女の仲はすれ違う。

ならば今は、その警戒を解いたふりをしてやればいい。後のことは、そのときに考えよう。

自分は房前の愛人。当の彼がそう思いたがっている事実を、ここで利用せずしてどうする。

房前はしばらくの間、考え込む顔つきであった。しかしやがて片手を振って諸姉と笠女を遠ざけ、若子の両肩に手を置いた。もともと低い声を更に低め、若子の顔を険しい目で覗き込んだ。

「実は志斐弖とやらの様子がおかしいと耳にしたゆえ、様子を見に参ったのじゃ。確たる証拠はないのじゃが、志斐弖とやらは一度、帝のご寵愛を受けたことがあるとの噂も耳にしておる。よもや、帝のお子を孕んだのではあるまいな」

「そんな莫迦《ばか》な話、あるわけないじゃないですか」

若子は大袈裟に笑い崩れた。そうしながらも頭の片隅では、やはりそうか、と冷静に事態を観察する己がいる。

女子とはたくましいものだ。身分も力もない采女は、権勢者から見れば一息で吹き飛ばせるほどひよわな身。だからこそ自分たちは懸命に、この後宮で生きぬいてやる。仲間を守るために、肌を合わせた相手すら利用してやる。

きっとそれは、世の覇権を争う男たちからすれば、許しがたい行為であろう。されどこれこそが、後宮に生きざるをえない女の生き様だ。なぜなら身分や財力に守られた男たちとは異なり、自分たちには夢まぼろしの如きこの身しかないのだから。

春世と海上女王の顔が交互に脳裏に浮かぶ。ひとしきり笑い転げてから、若子はぐっと声を低めた。

「そんなことがあったら、すぐにわたしがお教えいたしますわ。ご心配なさらないでくださいい」

房前はじっと若子の顔を見つめた。なにか思惑が隠されているのではとうかがう眼差しを、若子は平然と受けとめた。

房前を謀《はか》ることに、後ろめたさを覚えぬわけではない。だが自分は何としてでも、志斐弖を助けねばならぬ。その目的を思えば、良心の呵責《かしゃく》に苦しむ必要はない。

男とは誰かを信じ、また誰かに信じていてもらいたい生き物なのだろう。さりながら女は非力なだけにかえって、自力で守らねばならぬものが男より多い。それを守り通すためであれば、自分はどんな相手でも欺《あざむ》いてやる。色恋だけを信じていられるほど、女子の世界は甘くないのだ。

房前は双眸にぐっと力を込めた。子どもであれば泣き出してしまいそうな、触れれば切れるかと思われるほど鋭い視線であった。

「――信じてよいのじゃな」

「もちろんですわ」

小さくうなずいたそのとき、若子はこの一瞬のために、自分は遠い阿波《あわ》から京に来たのではと思った。

己には春世のような美貌も、笠女のような才知もない。そんな自分が采女なりの覚悟を示すことが、この身に課せられた責務なのではないか。

房前は若子から目を逸らし、さっと周囲を見回した。柱の陰からこちらをうかがっていた山勢たちが、慌てて首をすくめる。

「――あい分かった。かような夜更けにすまなんだ」

言うなり彼は素早く踵《きびす》を返した。足音も高く宿舎を後にする背に、若子は悠然とした笑みを投げた。

（ごめんなさい、房前さま）

彼を愛していないわけではない。しかし彼は自分などの助けがなくとも、一族を繁栄に導く逸材。自分とは雲泥の差がある上《うえ》つ君《きみ》だ。

だからこそ、自分は自分なりの処世を貫かせてもらう。藤原氏の繁栄を盤石のものにしたいとの志は分からぬでもないが、実際のところは志斐弖の一人や二人、彼らにとって何の妨げにもなるまい。それをなお排除せんというやり口は、ただの怯懦《きょうだ》である。

（結局――）

男と女は、どこまでも分かりあえぬものなのだろう。たとえれば宮城は川、男と女はそれを挟む二つの岸。宮城を支えるために不可欠な両者は同時に、決して歩み寄ることが出来ぬ存在でもある。

いつか真実が露見すれば、自分は房前に斬られるのだろうか。いや、そんな目に遭ってたまるものか。己を、笠女を、志斐弖を守るためにも、自分は彼を欺き続けて見せる。それが後宮で暮らす女の生き方だ。

「ああ、驚いた」

一行が門を出て行くと、笠女が大きな息をつきながら近づいてきた。吐く息が白くなる冷え込みにも拘わらず、額にびっしりと玉の汗を浮かべている。

「若子があんなに大胆とは、考えもしなかったわよ。まったく、人は見かけによらないものね」

後宮のおかげよ、と呟いた声は笠女の耳には届かなかったらしい。

え？　と振り返る朋友に、若子は小さく首を横に振った。そう、安堵している場合ではない。志斐弖を今すぐ、海上女王の屋敷に届けねば。

頭上では遅まきながら昇った月が、星々のきらめきを圧して澄んだ光を投げかけている。後宮の六百人の宮人など、あの月の如き公卿《くぎょう》たちに比べれば何の力もない。だがたとえ月光の眩しさに覆い隠されても、星屑《ほしくず》のごとき自分たちは確かにここにいるのだ。

大いなる野望を抱く房前には、自分が何を貫こうとしているかは理解できまい。仮に伝えたとしてもそれこそ女子の戯言《たわごと》と嘲笑《あざわら》われるであろう。

しかしこの華やかな後宮のただ中で、夢も定かに見られぬ身だからこそなお、自分たちは各々の生き方を全うするため、足掻き続けずにはおられぬ。いつか、夢を摑むその時まで。

「行きましょう、笠女」

「よし、急がなきゃね」

二人は目を見交わして走り出した。

月はようやく軒端《のきば》を越え、彼女たちの影を回廊に長く曳《ひ》いている。餌の匂いでも嗅ぎつけたのか、やせた鼠《ねずみ》が一匹、板戸の隙間から顔を出し、その影に怯えたようにすぐ姿を消した。

二人の足音を断つように、ぎいっという板戸の軋《きし》む音が夜の底に響く。

時に神亀《じんき》四年（七二七）年十月二十二日。

空には一片の雲もなく、下弦の月が京を冴え冴えと照らし付ける、ひどく明るい夜であった。

主要参考文献

角田文衞『角田文衞著作集　五　平安人物志・上』法蔵館　一九八四年
門脇禎二『采女　献上された豪族の娘たち』中公新書　一九六五年
野村忠夫『後宮と女官』教育社　一九七八年

解説

遠藤慶太

奈良の平城宮跡を訪れてみる。復元されて青丹《あおに》鮮やかな朱雀《すざく》門や大極殿《だいこくでん》、発掘調査にもとづいて居室や食卓を展示した平城宮跡資料館をたずねると、一三〇〇年前の日々を身近に感じることができる。

『夢も定かに』は、この咲く花の匂うがごとき平城の宮を舞台に、奈良時代の後宮に出仕する女性たちを主人公とした歴史小説である。

本書に登場する女性たちは、地方出身で平城宮に勤務した采女《うねめ》である。彼女たちは与えられた立場や逃れがたい境遇のなかで、傷つき、苦しむ。それでも組織のなかでの自分の役割を見出し、男に心までを委《ゆだ》ねることなく、背をしゃんと伸ばして、また歩みだそうとする。後宮に仕える古代官僚としての采女の心意気——確かな筆致で描かれる宮廷の日々をみていると、時には苦い感情さえ抱き、あるいは自分の日常を省《かえり》みながら、彼女らの活躍をいつしか応援し始めている。これは作品の力であり、作者の人柄に他ならない。

著者は澤田瞳子氏、日本古代史を専攻し、今や話題の歴史小説を著し続ける気鋭の作家である。

ここで采女について、ごく簡単に説明をしておこう。

采女は地方豪族である郡司《ぐんじ》が中央に推薦した古代の女性官人《かんじん》といえばよいだろうか。彼女らは宮中に出仕し、天皇の日常生活を支える役所に配属された。

采女の起源は古い。畿内を中心にして形成された日本の古代国家は、各地域を征服してゆくなかで、地方で勢力を張る豪族たちから、その子女を差し出させた。女性は采女、男性は兵衛《ひょうえ》として大王《おおきみ》（天皇）に仕えた。奈良時代を前に律令《りつりょう》が整備されると、子女を送りだすことが条文に規定される。

郡司といえば、その地域では最も有力な一族である。つまり彼ら采女・兵衛は、古くは地方の中央に対する服属の証であり、奈良時代には一族の期待を背負って中央と地方を結ぶ存在でもあった。武芸に巧みな兵衛に対し、采女の推薦条件は一三歳以上三〇歳未満で「形容端正」、いわば容貌が重視された。これを手がかりにわれわれ読者は、若子《わかこ》をはじめ、登場する采女たちの容姿を思い描く。

若子たち三人の采女にはモデルがいる。このあたりの設定は、根底に史料をひそませながら、ありえたかもしれない世界へ誘いかける澤田作品らしい。なるべくサゲを割らない範囲で、読者にはあまりなじみがないであろう奈良朝の采女たちを紹介したい。

阿波国板野郡《あわいたの》（徳島県北部）の采女・若子は粟国造若子《あわのくにのみやつこわくご》、出身の郡名を冠して板野采女・板野命婦《みょうぶ》とも呼ばれた。正倉院文書では、仏典の出納《すいとう》や貴人の意志を伝える場面にあらわれる。正史である『続日本紀《しょくにほんぎ》』では、天平一七年（七四五）正月七日、紫香楽宮《しがらき》での定期昇進で外従五位下を授けられたことが唯一の登場である。五位ともなれば貴族の位、立派な高級官僚であった。

同じ日に叙位された女性のなかには、飯高君笠目《いいたかのきみかさめ》がいた。飯高命婦とも呼ばれた彼女は、宝亀八年（七七七）五月に八〇歳で亡くなった典侍従三位飯高宿祢諸高《すくねもろたか》と同一人物と考えられる。伊勢国飯高郡（三重県南部）に本拠をもつ飯高氏は、異数の出世を遂げた彼女のおかげで立身のルートを開き、その後も中央に出仕する子女が続く。

諸高は没年から逆算すれば文武天皇二年（六九八）生まれ、神亀四年（七二七）には数えの三〇歳であった（作品では一九歳であるが、そこは采女たちの青春を描くマジックである）。『続日本紀』には、四代の天皇に仕えて過失がなかったとあるが、そんな彼女が若き日に天敵と取っ組み合いを演じた場面を想像してみると、愉しい。

春世《はるよ》のモデルとなるのは、八上郡《やかみ》（鳥取県東部）の名を冠した因幡八上采女《いなばのやかみのうねめ》だろう。この女性は『萬葉集』巻第四・五三五番歌左注にみえ、安貴王《あきのおう》から深い愛情を寄せられたことが伝わる。聖武天皇と海上女王《うなかみ》との相聞《そうもん》（『萬葉集』巻第四・五三〇、五三一番）もふくめ、作品を読んだあと『萬葉集』にふれると、『夢も定かに』は古典文学のなかで育まれてきた「歌語り」（歌をめぐって語りだされる物語）の後裔のように思えてくる。

人物を調べるおもしろさを存分に満喫できる系図集『尊卑分脈《そんぴぶんみゃく》』をひらいて、天平の貴公子・藤原麻呂《まろ》の個人情報を確かめてみる。すると麻呂には一男があり、その母は因幡国八上郡采女との注記がある。たしかに藤原麻呂は因幡采女との間に男児・浜足《はまたり》（のち浜成《はまなり》と改名）を儲《もう》けていた。

じつは奈良時代には、夫が中央官庁、妻が後宮と夫婦で出仕しキャリアを重ねた例が少なくない。後宮女官のなかで五位を帯びる者、また五位官人の妻は「命婦」と呼ばれた。板野命婦・飯高命婦は、采女から立身して五位を得た女官であった。情意投合《じょういとうごう》――長く後宮で勤務し、時には秘聞にまで通じたであろう命婦らは、野心ある男官にとって魅力的なパートナーである。関心のある読者は、ぜひ奈良時代後期に閣僚になった藤原楓麻呂《かえでまろ》について、その出自を『尊卑分脈』で確かめていただきたい。きっとそこには、若子と藤原房前《ふささき》の恋のゆくえが見出せるはずである。

采女たちに対して、中央氏族から推薦され、やはり後宮に配された女官もいる。氏女《うじめ》である。作品では、さながらキャリアとノン・キャリアの間に横たわる溝のように、氏女と采女の隔たりが強調されていた。あるいはそうであったかもしれない。古代の朝廷を形成した側（畿内豪族＝中央氏族）と組み込まれた側（地方豪族）の溝は、おさおさ消えるものではない。

それでも、すべての道が平城京に通じ、全国から集められた強健な若者、端正な乙女たちは、そのまま都に居場所を見つけた者があろうし、Uターンの後、地域で名望家として活躍した者もあろう。出身の異なる人たちが都で出会う。そのようなシステムのなかに平城京が機能し、奈良時代の日常があった。『夢も定かに』には、じつにリアルで、現代の読者にとっても共感の深い世界が広がっている。この世界を支えているのは、『続日本紀』をはじめとした史料を使いこなし、上方人《かみがたじん》らしい諧謔《かいぎゃく》も忘れずに、小説に結晶させた作者の手腕なのだ。

ところで、ある古代史の先学は、これからはあるべき女性像を、女性みずからが多くの人びとと創り出してゆくべき時代になった、と語りかけた（門脇禎二『采女献上された豪族の娘たち』中公新書）。それからほぼ五〇年を経て、古代史の分野では女官のキャリア・コースに迫る意欲作が著されるようになった（伊集院葉子『古代の女性官僚　女官の出世・結婚・引退』吉川弘文館）。そして『夢も定かに』は、研究や史料を活かしながら、小説を通して生彩あふれる女性たちの群像を描きだしている。このことは、古代史を舞台として歴史小説の可能性を押し広げたといえるのではないか。それは日本の古代に関心を抱く者にとって、とても幸福なことだと思う。

史料と創造、ふたつの翼で羽ばたく澤田作品は、これから先、どのような世界をみせてくれるのだろう。作者と同世代の私は、またひとつ歴史の愉しみをみつけることができた。それはきっと、多くの読者にとっても同じに違いない。

（皇學館大学准教授・日本史）

『夢も定かに』二〇一三年八月　中央公論新社刊

中公文庫

夢《ゆめ》も定《さだ》かに

2016年10月25日　初版発行
2022年 1 月20日　再版発行

著　者　澤《さわ》田《だ》瞳《とう》子《こ》

発行者　松田陽三

発行所　中央公論新社
〒100-8152　東京都千代田区大手町1-7-1
電話　販売 03-5299-1730　編集 03-5299-1890
URL https://www.chuko.co.jp/

ＤＴＰ　平面惑星
印　刷　三晃印刷
製　本　小泉製本

Published by CHUOKORON-SHINSHA, INC.
Printed in Japan　ISBN978-4-12-206298-6 C1193

各書目の下段の数字はＩＳＢＮコードです。978－4－12が省略してあります。

中公文庫既刊より

さ-74-2
落　花　澤田瞳子
仁和寺僧・寛朝が東国で出会った、荒ぶる地の化身のようなもののふ。それはのちの謀反人・平将門だった。武士の世の胎動を描く傑作長篇！〈解説〉新井弘順
207153-7

S-2-3
日本の歴史3　奈良の都　青木和夫
古代国家の到達した一つの展望台。律令制度はほぼ整い、国富は集中されて華麗な奈良の都が出現する。大仏開眼、古事記が誕生した絢爛たる時代。〈解説〉丸山裕美子
204401-2

S-27-3
新装版　マンガ日本の歴史3　律令国家の成立　石ノ森章太郎
血なまぐさい暗闘が激化した大和王権に登場した初の女帝推古天皇と聖徳太子は、国内改革を大胆に推進。その後、古代最大の内乱〈壬申の大乱〉が勃発する。
206945-9

Cさ-1-12
女帝の手記　孝謙・称徳天皇物語①　里中満智子
奈良・天平年間、藤原氏が朝廷で権力をふるう中、阿倍内親王は、ただ一人の藤原直系の内親王となり皇太子に仕立てられる。史上初の女性皇太子の誕生。
203052-7

Cさ-1-13
女帝の手記　孝謙・称徳天皇物語②　里中満智子
藤原氏台頭の中、孤立した聖武天皇の姿に天皇の地位の重さを知る阿倍皇太子。とびきりの切れ者、藤原仲麻呂は権力を得んがため阿倍皇太子に近づく。
203053-4

Cさ-1-14
女帝の手記　孝謙・称徳天皇物語③　里中満智子
女帝孝謙天皇に取り入った仲麻呂は権力の頂点に立ち独裁ぶりを発揮する。権限をすべて与える代償に結婚を望む天皇は仲麻呂の不実さに気づき始める。
203079-4

Cさ-1-15
女帝の手記　孝謙・称徳天皇物語④　里中満智子
上皇阿倍は実権を再び自分に戻す。そこには仲麻呂との別離と道鏡への想いがあった。仲麻呂は反乱に失敗、死去。阿倍は再び皇位につき称徳天皇となる。
203080-0

各書目の下段の数字はISBNコードです。978－4－12が省略してあります。

や-58-1
役小角絵巻 神変
山本兼一
七世紀後半、中央集権の国造りを着々と進める女帝・持統。役小角は山の民を率い、強大な支配者に戦いを挑む！　著者唯一の古代長篇。〈解説〉安部龍太郎
205959-7

あ-59-4
一　路（上）
浅田次郎
父の死により江戸から国元に帰参した小野寺一路は、参勤道中御供頭のお役目を仰せつかる。家伝の行軍録を唯一の手がかりに、いざ江戸見参の道中へ！
206100-2

あ-59-5
一　路（下）
浅田次郎
蒔坂左京大夫一行の前に、中山道の難所、御家乗っ取りの企てなど難題が降りかかる。果たして、行列は期日通りに江戸へ到着できるのか――。〈解説〉檀　ふみ
206101-9

あ-59-7
新装版 お腹召しませ
浅田次郎
幕末期、変革の波に翻弄される武士の悲哀を描く傑作時代短編集。書き下ろしエッセイを特別収録。司馬遼太郎賞・中央公論文芸賞受賞作。〈解説〉橋本五郎
206916-9

あ-59-8
新装版 五郎治殿御始末
浅田次郎
武士という職業が消えた明治維新期、行き場を失った老武士が下した、己の身の始末とは。表題作ほか全六篇に書き下ろしエッセイを収録。〈解説〉磯田道史
207054-7

あ-83-1
闇医者おゑん秘録帖
あさのあつこ
「闇医者」おゑんが住む、竹林のしもた屋。江戸の女たちにとって、そこは最後の駆け込み寺だった――。女たちの再生の物語。〈解説〉吉田伸子
206202-3

あ-83-2
闇医者おゑん秘録帖 花冷えて
あさのあつこ
子堕ろしを請け負う「闇医者」おゑんのもとには、今日も事情を抱えた女たちがやってくる。「診察」は、やがて「事件」に発展し……。好評シリーズ第二弾。
206668-7

あ-93-1
神を統べる者（一） 厩戸御子倭国追放篇
荒山　徹
仏教導入を巡り蘇我馬子と物部守屋が対立を深める六世紀の倭国。馬子から仏教教育を受ける厩戸御子だが、異能ゆえに、時の帝から危険視され始める……。
207026-4

あ-93-2
神を統べる者(二) 覚醒ニルヴァーナ篇
荒山徹
犠牲を払いながらも中国に辿り着いた厩戸御子たち。だが、その異能を見抜いた、九叔道士たち道教教団に厩戸は誘拐されてしまう……。歴史伝奇巨篇第二弾。
207040-0

あ-93-3
神を統べる者(三) 上宮聖徳法王誕生篇
荒山徹
急進的仏教教団に攫われた厩戸御子を奪回に向かう虎杖たち。仏教導入を巡る倭国の内乱を背景に聖徳太子の冒険を描いた伝奇巨篇、完結!〈解説〉島田裕巳
207055-4

う-28-7
孤闘 立花宗茂
上田秀人
武勇に誉れ高く乱世に義を貫いた最後の戦国武将の風雲録。島津を撃退、秀吉下での朝鮮従軍、さらに家康との対決! 中山義秀文学賞受賞作。〈解説〉縄田一男
205718-0

う-28-8
新装版 御免状始末 闕所物奉行 裏帳合(一)
上田秀人
遊郭打ち壊し事件を発端に水戸藩の思惑と幕府の陰謀が渦巻く中を、著者史上最もダークな主人公・榊扇太郎が剣を振るい、謎を解く! 待望の新装版。
206438-6

う-28-9
新装版 蛮社始末 闕所物奉行 裏帳合(二)
上田秀人
榊扇太郎は闕所となった蘭方医、高野長英の屋敷から、倒幕計画を示す書付を発見する。鳥居耀蔵の陰謀と幕府の思惑の狭間で真相究明に乗り出すが……。
206461-4

う-28-10
新装版 赤猫始末 闕所物奉行 裏帳合(三)
上田秀人
武家屋敷連続焼失事件を検分した扇太郎は改易された出火元の隠し財産に驚愕。闕所の処分に大目付が介入、大御所死後を見据えた権力争いに巻き込まれる。
206486-7

う-28-11
新装版 旗本始末 闕所物奉行 裏帳合(四)
上田秀人
失踪した旗本の行方を追う扇太郎は借金の形に娘を売る旗本が増えていることを知る。人身売買禁止を逆手にとり吉原乗っ取りを企む勢力との戦いが始まる。
206491-1

う-28-12
新装版 娘始末 闕所物奉行 裏帳合(五)
上田秀人
借金の形に売られた旗本の娘が自害。扇太郎の預かりの身となった元遊女の朱鷺にも魔の手がのびる。江戸闇社会の掌握を狙う一太郎との対決も山場に!
206509-3

各書目の下段の数字はISBNコードです。978－4－12が省略してあります。

う-28-13
新装版 奉行始末 闕所物奉行 裏帳合㈥
上田 秀人
岡場所から一斉に火の手があがった。政権返り咲きを図る家斉派と江戸の闇の支配を企む一太郎が勝負に出たのだ。血みどろの最終決戦のゆくえは⁉
206561-1

お-82-1
時平《しへい》の桜、菅公の梅
奥山景布子《きょうこ》
孤高の俊才・菅原道真と若き貴公子・藤原時平。身分も年齢も違う二人は互いに魅かれ合うも、残酷な因縁に辿り着く——国の頂を目指した男たちの熱き闘い！
205922-1

お-82-2
恋衣 とはずがたり
奥山景布子
後深草院の宮廷を舞台に、愛欲と乱倫、嫉妬の渦に翻弄される一人の女性。遺された日記を初めて繙いた娘の視点から、その奔放な人生を辿る。〈解説〉田中貴子
206381-5

も-26-3
花見ぬひまの
諸田 玲子
幕末の嵐の中で、赤穂浪士討ち入りの陰で、女たちは生命を燃やした。高杉晋作の愛人おうの、二人を匿った野村望東尼……儚くも激しく、時代の流れに咲いた七つの恋。
206190-3

も-26-4
元禄お犬姫
諸田 玲子
「生類憐みの令」のもと、犬をめぐる悪事・怪異が相次ぐ江戸の町。野犬猛犬狂犬、なんでもござれの「お犬姫」が、難事件に立ち向かう。〈解説〉安藤優一郎
207071-4

も-26-5
恋ほおずき 完全版
諸田 玲子
浅草田原町の女医者。恋の痛みを癒すため、御法度の子堕ろしを手がける彼女は、あろうことかそれを取り締まる同心と恋に落ちてしまう。最終章を書き下ろし。
207158-2

は-45-1
白蓮れんれん
林 真理子
天皇の従妹にして炭鉱王に再嫁した歌人柳原白蓮。彼女の運命を変えた帝大生宮崎龍介との往復書簡七百余通から甦る、大正の恋物語。〈解説〉瀬戸内寂聴
203255-2

み-18-18
錦
宮尾登美子
西陣の呉服商・菱村吉蔵は斬新な織物を開発し高い評価を得る。さらに法隆寺の錦の復元に成功し、織物を芸術へと昇華させるが……絢爛たる錦に魅入られた男の生涯を描く。
205558-2